复旦大学文史研究院
中华书局编辑部 编

复旦文史讲堂之四

FUDAN WENSHI JIANGTANG

思接千载

中華書局

图书在版编目(CIP)数据

思接千载/复旦大学文史研究院,中华书局编辑部编.—北京:中华书局,2011.10
(复旦文史讲堂;4)
ISBN 978-7-101-08137-4

Ⅰ.思… Ⅱ.①复…②中… Ⅲ.社会科学-文集
Ⅳ.C53

中国版本图书馆CIP数据核字(2010)第170056号

书　　名　思接千载
编　　者　复旦大学文史研究院
　　　　　中华书局编辑部
丛 书 名　复旦文史讲堂(第四辑)
责任编辑　王　芳
出版发行　中华书局
　　　　　(北京市丰台区太平桥西里38号 100073)
　　　　　http://www.zhbc.com.cn
　　　　　E-mail:zhbc@zhbc.com.cn
印　　刷　北京天来印务有限公司
版　　次　2011年10月北京第1版
　　　　　2011年10月北京第1次印刷
规　　格　开本/700×960毫米 1/16
　　　　　印张17　插页2　字数250千字
印　　数　1-2000册
国际书号　ISBN 978-7-101-08137-4
定　　价　43.00元

序

汇集在这一辑里的，是2008年6月到2009年6月整整一年间，在“复旦文史讲堂”进行的十一场讲座的记录稿。看上去主题相当分散，有文学史，从两汉文学到唐代小说；有社会史，从宋代妇女守节到明代的崇奢论；也有学术史，从美国的朱熹研究到陈寅恪的治学；还有文化交流与比较，从文化交流史上耶稣会士的意义，转道日本的科学概念和中国的格致旧词，到求异还是趋同的比较方法，虽然是“出文入史”，所涉及的话题却相当广泛。不过，我读过校样之后，总觉得这些演讲仍有一个共同之处，就是这些造诣精深的学者，以他们各自的阅读经验，通过各种主题的演讲，在向年轻的学生呈现学术视野，强调专业精神，示范研究方法。

本来大学就应该讲“学术视野”、“专业精神”和“研究方法”。可惜的是，近年来这种学院的要求似乎从大学中淡化了，那种随意的、趣味的和漂浮的风气渐渐在课堂以及讲座中弥漫，“学院本当传绝业”，如今却变成“世态万端都成戏”。我一直觉得，如果仅仅是凭着兴趣和感悟，把历史、文学和哲学当作“消遣”，写一些感性的小说、灵动的杂文和聪明的随感，甚至编一些“写给大众的某某史”，说一些“某朝那些事儿”，其实，不一定非到大学来不可。为什么？因为有时候，那些严格到刻板的学术训练，反而会阻碍这些机智和感动。不过,我以为,若是想做出一些前人不曾做过的业绩,发现一些前人不曾发现的历史,并在学术世界与国际学界较长论短,却不能不在国际学术的平台上接受检验,在严格规范的镣铐中跳舞,在“冷板凳”和“故纸堆”里沉下心来翻检。英文里“大学”(University)和“教授”(Professor)两个词也许说明,大学既要传授普遍知识,教授也要教专业知识,所以,大学的严格训练是必要的,而大学的学术讲座,就不得不多讲所谓“视野”、“精神”和“方法”,尽可能呈现教授们知识世界的宽阔、研究纪律的严格和学术论述的清晰。

这一年里,接受我们的邀请,在“复旦文史讲堂”演讲的教授,有来自欧洲、美国、日本的朋友,也有来自中国大陆和台湾的学者。在“复旦文史讲堂”演讲的讲题,有关于历史上的思想与社会风气的,有讨论东西文化接触后的观念与知识变迁的,有讨论现代学术史的研究方法的,也有讨论文学史中的问题的,所谈的话题,上起汉唐下至民国,时间横跨了两个千年。但是,无论他们来自何处,无论他们讲什么话题,由于他们身处这一共同的学术世界,需要在一个学术规则中呈现自己的研究所得,所以,当他们“思接千载”,也就是面对种种历史文献和历史现象的时候,并不可能只靠“精骛八极”,凭天才的想象信口开河,真正的、现代的、大学的学术研究,需要有宽广的“学术视野”、严格的“专业精神”和科学的“研究方法”。这一点,各位读者尽可以在这些教授的演讲记录和现场问答中,清楚而充分地看到。

其实这是常识,本不需要我在这里多说。

葛兆光

2010年10月26日于上海

目　录

为什么“Mr. Science”中文叫“科学”?

主讲人:艾尔曼(Benjamin A. Elman)

主持人:章清

艾尔曼(Benjamin A. Elman)

美国宾夕法尼亚大学博士，普林斯顿大学东亚系和历史系教授，普林斯顿大学东亚研究院主任(2005—2010)与东亚学系主任(2010—2015)，兼任复旦大学长江讲座教授。主要从事近世以来中国思想、文化、科学、社会史和东亚文化交流的研究。著作有《从理学到朴学：晚期中华帝国知识与社会变革》(*From Philosophy to Philology: Intellectual and Social Aspects of Change in Late Imperial China*)、《经学、政治和宗族：中华帝国后期常州今文经学派研究》(*Classicism, Politics, and Kinship: the Ch'ang-chou School of New Text Confucianism in Late Imperial China*)、《晚期中华帝国科举文化史》(*A Cultural History of Civil Examinations in Late Imperial China*)、《中国科学面面观，1550—1900》(*On Their Own Terms: Science in China, 1550—1900*)，《中国近代科学的文化史》(*A Cultural History of Modern Science in China*)。

章清 | 复旦大学历史系主任、教授，主要研究领域为中国近现代思想文化史。

章清：

今天，复旦文史讲堂请到了普林斯顿大学艾尔曼教授来做讲演，作为复旦的长江学者特聘教授，艾尔曼教授与复旦的关系越来越密切了。在未来三年里，他每年都会到学校来，不单是发表演讲，还会为学生开设一些相关的课程。关于艾尔曼教授的研究，中文界大概最早注意到的是他的《从理学到朴学》这本书。近些年，他也先后出版了好几本很厚重的书，包括《晚期中华帝国科举文化史》、《中国科学面面观，1550—1900》，这两本书的厚度都相当可观，书籍的中文翻译也都在进行之中，相信很快会和读者见面。今天，艾尔曼教授报告的题目是：为什么"赛先生"中文叫"科学"？我想，"赛先生"是我们太熟悉的一个称谓，这是流行于五四时期的一个口号。那么，在把"赛先生"称为"科学"这样一个过程里面，又发生了什么呢？下面请艾尔曼教授为我们做出他的诠释。（掌声）

艾尔曼：

谢谢章清教授。我非常高兴有机会到这里来，尤其是未来的三年都有机会同你们一起讨论、交换意见，这对我是一件很好的事情。谢谢大家！

我在研究明清科学史的过程中，注意到"科学"这个词有它的主体内容。

我们过去都把它当作是客观的——科学就是科学，science 就是 science。但实际问题比较复杂，“科学”这个词并不是由中国人发明的，而是明治时代的日本人发明的。科学是指西方的自然学，翻译成汉字，是为“科学”。后来，很多人觉得中国以往没有什么科学，科学是在 20 世纪以后出现的。所以，我今天要谈的是，中国为什么没有科学？“科学”这个词是什么意思？为什么是“科学”这个日本人翻译的汉字词汇？

大家都知道，陈独秀先生在新文化运动期间，提倡中国一方面需要打倒儒家，打倒传统艺术和宗教，一方面要接受新文化。新文化的重要内容，一个是“赛先生(science)”，即科学，另一个就是“德先生(democracy)”，即民主。陈独秀先生那时是北京大学文学部的部长，他的主张发表在《新青年》杂志上面。他把科学和民主称为“赛先生”与“德先生”，提出只有提倡民主、科学——“德先生”、“赛先生”——才可以救中国。那时，科学与救国的关系很紧密。他用了日本的“科学”一词，却没有说明词汇的来源。这些发表在《新青年》上的新主张，不只在新文化运动期间影响我们，也在五四运动时影响我们。那么我今天就试图回到新文化运动以前，五四运动以前，看情况是怎么样的？中国人为什么在翻译“赛先生”时，用了“科学”这两个字？这是一个非常重要的、值得深入探究的问题。

1922 年，冯友兰先生到美国休假一年，在纽约哥伦比亚大学讲课。那时他跟杜威先生曾做过一些哲学方面的交流。他写了一篇名为《中国为什么没有科学?》的文章，很出名。他认为西方有科学，中国没有；而中国之所以落后，就是因为中国没有“科学”。19 世纪末的英国人傅兰雅(John Fryer)到上海后，在格致书院有一些活动，还在江南制造局翻译书籍。那期间，很多东西被翻成中文，尤其是与科学相关的东西，但那时没有用“科学”这两个字，而是用“格致学”。回到我们今天的主题，除了“科学”之外，“赛先生”有别的名字吗？答案是：中国在有“赛先生”之前是有科学的，那就是格物致知之学，或格致学。但 20 世纪的人们似乎把以前那个词丢掉了。傅兰雅见证了中国使用“格致学”的最后一刻。他在上海工作、生活了三十余年，当中国在甲午战争中失败以后，傅兰雅就感到中国没有前途了。他看到日本是东亚新兴的领袖，中国则是一个衰亡的，落后的，丧失了权力的帝国。所以他那时提出，中国的语言无论在科学还是文学方面将会使用英文；中文将没有地位。这个看法当然不对。但是，从傅兰雅这里，我们可以了解19世纪末的外国人和中国人是怎么看清朝的，它衰落到了一个什么程度，到了需要新文化和革命才能拯救国家的地步。一百年以后的今天，我们当然知道中文没有被丢掉，但那个时候，很多人都觉得“世界的普通话”是英文，不是中文。所以，上面的两个例子（一个是哲学家冯友兰先生认为中国从来没有科学，这是它衰落的原因；另一个是英国人傅兰雅，他后来到美国伯克利大学建立了东方学系，觉得甲午战争之后的中国已经穷途末路了，中国只有学习外国才可以参与全球对话）暗示了，中国没有科学。我以前也轻信了这一点。

之所以说中国没有科学，是因为中国的宗教里面既没有“上帝”，也没有“自然”的概念。中国人不了解宇宙形成、终结的过程，而那是西方自然观中一个非常重要的前提条件。在哲学方面，中国既没有自然法则，也没有逻辑方法来确定知识，换言之，理论和知识没有放到一起。虽然中国有形而上学的方法来对一些问题作出解释，比如宇宙论、阴阳五行学这类的东西，但它们无法证明也无法否认客观事实存在的原因。因此，它不成其为客观知识。即使是中国古代发明的数学方法，也以命理为目的，不是用来测量的。中国语言充斥着成语、古文、诗和八股文，是一种不切实际的语言。中国的科举制没有益处，就像小脚损害女人的身体，八股文损害男人的脑子。儒家思想一无是处，它以道德说教为主，排斥新知识，是非理性的方法论。中国的专制政府压制新思潮、新思想。经济方面，中国人不了解贸易。按照以前的说法，甚至有一些人认为中国根本没有商人。韦伯（Max Weber）进了一步，他承认中国有很多商人，但他认为他们不懂得投资。发财之后不懂得投资，就是缺乏资本主义理想。而在经济以外，中国的劳动力资源丰富，不需要机械化，于是，劳动力多成了阻碍中国发展的一个先天缺陷。

除了这四方面的原因，还有很多你们熟知的原因。但如果承认这四点的话,也就意味着承认教育、儒家思想、专制政府和经济方面的种种限制,也就是承认,中国什么都没有了。但是,我们知道事实并不是这样的。我们现在来看傅兰雅和冯友兰先生当初的看法,知道那过于偏激,但我们是站在当下看历史,是有了后见之明。我们以前偏重分析"中国为什么没有什么资本主义、民主、科学?"但是现在,我们是要找到中国为什么没有科学的原因。19 世纪的中国人不会同意自己的国家没有自然学,但 20 世纪的冯友兰、陈独秀和胡适先生都那么认为。中国思想史上为何会出现这样的转变呢? 这要从格致学到科学的转变来看。我想,不只要问中国为什么没有什么,还要问中国为什么有其所有? 为什么对自然学感兴趣? 中医为什么能发展? 此外,在工艺,比如制瓷方面,中国有长足的发展。17、18 世纪的老方法,民国时照样在用。还有,鸦片战争之前,中国与外国的贸易呈顺差,欧洲人、外国人从中国进口的商品较多,白银大量流入中国。我们要了解 18 世纪之前的中国在亚洲的位置如何。我去年 12 月曾在这儿讲"日本是不是第二个罗马?"我说,日本 18 世纪时还在羡慕中国,学汉语的人很多,学中医的也很多。而到了 19 世纪末,情况就大不相同了:日本"上台",清朝则"下台"了。我们以前的看法是,中日的情形从德川时代起一直是那样。但其实不然,这个转变是从 19 世纪开始的。看 19 世纪末年发生的事情,足以使我们了解思想界是如何转变的。

在旧中国,人们只说自然学的问题,不提科学。其实西方人在 18 世纪以前也没有科学,甚至 science 这个词也没有。以前用拉丁文的 scientia,science 是 18 世纪以后才出现的,逐渐取代了 scientia。scientia 综合了自然学、社会学、人文学和道德学的观念。在中国,与其相对应的是"格致学"。"格致学"来自《大学》,从"格物致知之学"而来。尤其是宋朝的道学派,程颐、程颢、朱子和他的后学们,用"格物致知之学"来分析人生与事态万物。这些知识以道德为主,但朱子也说了,很多知识是在道德以外;每样事物自有其"理"之所在。所以,那时很多中国人开始用"格致"或"格物致知之学"来分析事物。1347 年,朱震亨、朱丹溪等有名的南宋、元朝的中医们,把与中医有关的著作定名为《格致余论》。他们把中医放在格致学里面，从而将中医的学问理学化，也可以说是"新儒学化"。那时，《黄帝内经》、《伤寒论》等都受到理学的影响，被理学化了。所以，这个理学化，是把中医的东西和理学、格致学放在一起。《格古要论》是郑和下西洋之后出现的，用了《格古要论》这个名字，该书分析了事物的内容、道理。到了明万历时，胡文焕编《格致丛书》，是格物致知的一个丛书，把以前很多与自然学、语言学、道教、《周易》有关系的内容统统收录了进去。该书有很多版本，甚至一些散落到了韩国和日本。《格致丛书》这个名字说明，它是在西方耶稣传教士来中国之前出版的，也说明我们的综合知识与格致学有着密切的联系。张华的《博物志》、宋朝的《续博物志》都收在《格致丛书》里面，都是与自然学相关的。所以，耶稣传教士来中国以前，中国人是有自己的一套词汇来描述与自然学相关的知识内容的。一方面，"格物致知"与程、朱思想有关；另一方面，它也与中医有关，与博物学、丛书、一般的综合知识有关。

到了万历时，耶稣传教士（如利玛窦）来到中国，他们在翻译拉丁文书籍时，自然而然地将自然学方面的内容冠之以"格致之学"的名号。比如，1626年的《空际格致》，是一本有关西洋天文学的书籍，由亚里士多德（Aristotle）的《自然学》而来。尽管耶稣传教士十分聪明，但他们的中文并没有好到足以自己想出这个名称的地步。"格致"的称谓是那些信教的中国人想出来的。格物致知之学，与西方所谓的自然学相关。《空际格致》最先把西方的自然学翻成中文，采用了"格致"一词。而第二个例子是矿业方面的《坤舆格致》（*De re metallica*），作者是是德国的矿物学家阿格里科拉（Gtorgius Agricola）。汤若望在中国人的帮助下，把它称作"坤舆格致"，就是矿业上格物致知的一本书，它实际是地质学方面的书籍。由此，我们可以看出，明朝末年的格致学与西方的自然学有很多重叠的地方。

熊明遇和这些耶稣传教士的关系很密切，他的著作《格致草》里搜录了很多西洋自然学方面的知识。《格致草》里说，中国有其格致，西方亦有其格致，该书编纂的目的是在把它们并置一处，方便人们阅览。中国好的地方要继承，西方好的地方也要学习采纳，总之，要把最好的知识放在格物致知之学的范畴以内。到了康熙时代，格致学在社会中已经很普遍了，中国人甚至把 18 世纪初的法国科学院称作“格物穷理院”。这一翻译极富时代性，生动地表达了康熙时代的科学——scientia 和法国科学院——格物穷理院。当然，这些翻译在 19、20 世纪都消失了。但是康熙朝廷的学者，如梅文鼎等人，仍把法国科学院视作与格致有关系的机构。康熙末年至雍正年间，陈元龙又编了《格致镜源》，也是一部丛书，这是耶稣传教士到中国以后，中国人再次将所有知识融会贯通的举措。但陈元龙对西学不太感兴趣，所以他的丛书更多地涵盖中国的传统内容。但他用了格致、格物致知之学来进行分类的工作。

中国人“下西洋”的时刻在中国海洋交通史上大概算是顶峰了。但是我觉得，这个位置未免放得有点高了。中国海军最巅峰的时刻应是万历年代。明末，日本人丰臣秀吉崛起，他打败了日本国内的对手，实力一度高涨，有侵略朝鲜和中国的野心。在我看来，这是中、日海军的第一次较量。中国在这次交战中胜利了，然而，这段历史被我们遗忘了。五四运动以后，没人提起明朝末年中国曾在朝鲜打败了日本。而同时期，西班牙的舰队要侵略英国，西班牙的舰队一共有 130 艘战舰，20000 多名水手。中国跟朝鲜加起来，计 500 多艘战舰，15000 多名水手。可见，这是一场规模很大的战争，日本人那时不愿意承认他们被打败了，借口说是领袖丰臣秀吉死掉了，他们才退回的。其实不然，他们那时候确实被打败了，海军和陆军方面都受到了挫折才撤退的。所以，中国在 18 世纪、19 世纪的时候并不落后，日本也不先进。这显然与我们从 19 世纪甲午海战以后得出的结论完全不同。

此外，中国的手工业原来也比日本发达。16 世纪，日本印书不多，仅一些禅寺可以进行少量印刷，大量的儒学书籍依靠手工抄写。日本人在离开朝鲜时，抓了一批朝鲜的刻工来日本，正是依靠了朝鲜的工人，日本的印刷业才在 16 世纪、17 世纪以后有所发展。在制瓷方面，朝鲜和明代中国都非常有名，日本则相对落后。他们的工艺仍停留在低温烧制粗陶器（stoneware)的水平，yakimono(焼き物)的工艺很简单，并未掌握制瓷的技巧。直到17、18世纪以后，在朝鲜工人的帮助下，日本才开始发展自己的制瓷业。可以说，日本的手工业、儒家思想，还有天文、历法等方面，都受到了中国的影响，也间接受到了朝鲜的影响。

此外，另一个矛盾是日本18世纪执行的"锁国"政策。那时，日本是一个固步自封的国家，而相较之下，中国则是开放的、发展的。这样，从18世纪的角度得出的结论与明治时代以后的完全不一样。

在海军装备方面，朝鲜的乌龟船很有名，明朝末年的海军也很先进，有大炮、大枪。中国打败日本依靠了技术，而不是由于中国和朝鲜的人多。现在看18世纪的中、日发展，有相当的困难。从清朝扩张的地图来看，清朝的版图在扩大。康熙末年，清朝的疆域包括了东北和内蒙古地区；乾隆时，又加入了新疆和西藏，以至于中国扩大了3倍。当然，台湾也包括在内；台湾是清康熙从荷兰人手中收复回来的，当时的清朝海军已有了相当的规模。所以，16、17世纪的中国并不落后，18世纪时也还处于领先的地位，是日本艳羡、模仿、赶超的对象。英国和其他的国家知道中国人把贸易、市场、钱和道德逻辑放在一起，而当时的中国儒家思想已经出现了一些调和的现象。在天主教、基督教国家，要赚钱，不要利息是很难的。而明清时期的中国把钱跟道德相提并论，对周边国家也有影响。可见，认为中国落后的观点是片面的，我们从这个角度了解中国当时的情况，应该是更妥贴的。

日本在朝鲜受挫之后，退回到了日本列岛，仅北海道一地还有所动作。日本后来又跟俄国发生了冲突。那时，寒冷的北海道几乎无人居住，不是什么好地方。日本人只能从长崎(Nagasaki)坐船到上海或宁波去。于是，日本和宁波、上海形成了非常密切的贸易关系。有时，从宁波、上海来到长崎的中国人一年中就逾万人。中国东南地区也有人到日本去。日本有个唐人街，叫作"唐馆"，规模很大，就是中国人的聚居区。可以说，17、18世纪时，中国是日本最重要的贸易伙伴，贸易量比荷兰还要多。

回到"中国有没有科学"的问题，我从前觉得科举制度就等同于八股文，尽是没用的东西，但后来我在日本找资料时发现，科举制度有自身的复杂性。我还发现所谓的自然学和历法方面存在一些问题。16 世纪时，江西并不是中国的重要省份，无法与江南、福建媲美。但从 1525 年的《江西乡试录》来看，考官还是要问候选人和生员：国家的历法问题应该怎样解决？耶稣传教士到中国之前，中国人已经觉察到他们用的历法存在误差这是显而易见的。他们问学生，该怎么办？应如何进行改革？嘉靖乙酉江西乡试录中提到："若果有一定之法，则可以常数求，而考测推步之术为不足凭"，意思就是说，有没有什么数学的方法可以解决这些问题？我们是否需要每年做观测，再修正历法的误差？有没有一劳永逸的办法？1525 年的时候，中国历法偏差一天(与公历差一天)。后来是耶稣传教士到中国，提出改革明朝历法。后来的修改工作是在钦天监完成的。

可是，在 1525 年的时候，西方的历法怎么样的呢？大家知道，在格里高利历法改革(Gregorian Reforms)之前，西方的历法有 10 天误差，比中国的历法还落后很多。直到 1582 年新格里高利历法出台以后，西方才稍微进步了一点，但仍不足。后来他们到中国后就开始帮助中国人改革历法，正是由于他们看到了中国人在这方面的需要。钦天监从元朝开始，已有回回族和汉人一起工作，清朝时又邀请了耶稣传教士加入钦天监。对于外来的学问，中国人一直是持欢迎的态度，也很公开地学习天文学和一些新的数学问题。以前我将科举士子简单地看作是一些学儒家思想、八股文的人，但我现在意识到，他们的脑子里面并不是那么简单，已经加入了不少新的东西，历法就是其中的一个例子。而且，科考第三场的问题不是八股文(八股文是第一场，第二场是写诏、判等其他一些东西)，而是策论。策论就是时政之类跟社会现实相关的东西。从《南国贤书》(一本明中晚期乡试题目的汇编)，可以看出，士子要掌握很复杂的知识，其中有一部分涉及自然学。虽然这类问题并不一定出现在考试中，但考生仍需要备考。所以，明朝文人的知识结构是非常复杂的，跟 17、18 世纪的欧洲比起来，相差无几。因为，那个时候西方也还没有科学，仅有一些新设立的涉及自然学的学科。

后来，耶稣传教士来到中国，他们唯一的也是最重要的贡献在于天文学方面。他们在天文台引进了一些新的机器，以使历法计算得更加精确一些。这时，中国和西方是合作的，这是非常重要的现象，也没有人瞧不起中国。那时，西方天主教庭反对哥白尼的日心说。在这一影响下，西方向中国传播的就是第谷天体（Tychonic Celestial Sphere），也就是地心说。当时中国人把这看作是可资利用的理论，因为它帮助解决了中国历法方面的问题。可见，中国人没有学到哥白尼的学说，不是因为他们没有兴趣，而是因为天主教庭没有告诉他们。一些介绍哥白尼的作品也是骗人的，比如它将第谷天体和哥白尼的日心学说等同起来，造成了中国人的误解。中国的天文学直到18、19世纪都比较落后，是由于他们从西方人那里学到的是落后的天文知识。

到了18世纪末年，事情出现了转机。那时，欧洲大陆在上演拿破仑战争，法国和英国打得不可开交。依靠新工业革命，新物理学、数学（微分、积分这些算法）相继在英法出现。但中国人对欧洲战场一无所知，耶稣传教士是中国了解欧洲的唯一媒介，而基督教国家来的传教士人数比较少，没有形成规模。1793年，马嘎尔尼的访团来见大清的乾隆皇帝，希望可以打开英、中之间的关系。然而这次出访失败了。欧洲人将失败的原因归咎于乾隆皇帝的思想落后，清朝的落后，对新科学、新事物一无所知。然而事实上，乾隆皇帝并不了解马嘎尔尼一行的目的。乾隆制作了一条绘有传统耶稣传教士的星图的地毯送给马嘎尔尼，以示谢意。但英国随后就出现了讽刺、批评的漫画，将乾隆皇帝和和珅等人描绘为东方主义的、专制落后的帝国君臣，贸易封闭等等，问题牵扯得很大。我们很容易从漫画中看出当时英国人对中国抱有什么样的看法。

那么由马嘎尔尼带来的天文台呢？故宫内到目前为止还没有找到，但将来某天很可能会重现于世人的眼前。马嘎尔尼的天文台是自动的，将太阳置于中心位置。但它并没有引起中国人的重视，反而是他带来的其他东西更吸引人。那时，瓦特的蒸汽引擎已经发明出来了。有意思的是，马嘎尔尼的船上带了一个这样的引擎，却没有给皇帝看。为什么马嘎尔尼给皇帝看天文台的东西，却忽略了引擎呢？还有其他一些与工业革命相关的东西，也在他的船上，却都没有给皇帝看。马嘎尔尼大概以为中国人只对天文仪器感兴趣，对工业相关的事物，不一定有兴趣吧。此外，他身为贵族，并非一般平民，对工业革命不了解也是情理之中的事，更何况工业革命在英国也才刚刚起步。当马嘎尔尼离开北方准备回国之前，曾在广州十三行作短暂停留。当时，他船上的一个天文学家卸下了所有的机器给当地的商人们看。这是 1794 年。马嘎尔尼在日记中说，如果与他同行的天文学家、数学家丁威迪（Dinwiddie）留在广州，把这些东西交给中国人的话，他一定会发财的。但丁威迪没有留在广州，他后来跑到印度开了一间这样的学校（印度当时是英国的殖民地）。所以，从马嘎尔尼的个案可以看出，问题不在于中国的落后。马嘎尔尼为什么没将英国工业革命之后发明的机器给大清皇帝看呢？中国商人看了这些机器后，是显示出了极大兴趣的。

到了 19 世纪，英法两国对中国的影响日深，第二波的欧洲自然学的知识开始传入中国。那么，在中国，新的自然学是如何称呼的呢？“科学”一词还没有发明出来，西方开始用 science 这个词。但是，中国人起先跟欧洲人、基督教人士合作，在广州出版了《博物新编》。这本书是合信（Benjamin Hobson）跟中国的学生一起编的，他们以“博物学”代替科学。《博物新编》是鸦片战争后第一部被翻译成中文的西欧科学作品。那时，“博物学”用得比较多。但是，太平天国之后，“格致”成为了最普遍的“科学”的代名词。举例来看，在上海的江南制造局有很多格致书室、《格致汇编》、格致书院、《格致启蒙》等。《格致书院课艺》是应试内容，用八股文去回答自然学方面的问题。但太平天国到甲午战争之前，还没有 science“科学”这个词，中国人普遍用“格致学”。无论江南制造局的翻译处，还是福州船厂的翻译处，人们都以科学为“格致学”。所以，“格致学”是那时很普遍、很重要的一个观念。

但“格致学”是如何被遗忘的，以致后来出现了“中国什么科学都没有”的说法？其实，17 世纪的“格致学”和西方的 scientia 差不多。到 19 世纪就有些不同了，因为工业革命出现的缘故。但是，到了19世纪80年代，全国范围内很多制造局开始学习新的微积分、工程学这类东西，相当普遍。是什么导致这些都被遗忘了呢？

一个重要的原因是战争，尤其是甲午海战。我查了一些资料，发现甲午战争之前的舆论认为中国会赢。中国的海军和日本的海军比起来，中国是世界第八名，一共有65艘战舰。日本则只有32艘战舰，列世界第11名。所以，法国和英国的专家在甲午战争刚开始的时候，都觉得中国会赢。中国那时海军比较强，分四队，一支是北洋舰队，一支是南洋舰队，另外两支在南部海域。与日本交战时，中国的海军没有统一起来。日本侵略朝鲜的时候，对付日军的实际只有李鸿章的北洋水师。日本人清楚，若中国人把所有的船舰集结起来，日本人是没有胜算的。但为什么只有北洋军对付日本海军呢？大家都知道，就在1884年——十年以前的中法马尾海战中，法国打败了福州水师。那时，李鸿章派了一艘战舰去助战，但这只船只是旁观，后来全身而退，没有提供一点援助。所以，到了甲午战争的时候，不是工业或是科学的问题，中国打败了是由于中国的海军没有联合起来。分裂的中国海军无法与日本海军抗衡。还有，那时日本人的船跟中国人的也不太一样。中国人重视船舰的吨位、武器的重量，而日本人重速度，出击快速灵活。然而在实战之前，大家不知道武器是重的好还是快的好。所以，甲午战争在世界上很有意义，因为这是第一次运用蒸汽动力的舰队进行海战，以前没有先例。从甲午海战，人们得到了一个教训，就是枪快比枪炮弹药的重量要更有效、更重要。自从那时起，日本的造船就走上了轨道，开始快速地发展了。但中国为什么没有得到这个教训呢？中国其实也得到了教训，但由于战后的高额赔款，中国已经没有什么钱去发展江南制造局、福州船厂了。所以中国在这时的落后，不是文化的问题，不是语言的问题，而是经济的问题，而经济问题跟战争有很重要的关系。

在下面结论中可以说，甲午战争证明了日本的“科学”超过了中国的“格致学”，并取代了它。中国人是以“格致学”来代表科学的，而日本用“科学”

来代表。所以,中国的失败不仅是一种客观实际上的失败,也是文化和军队方面的失败。日本赢了,也赢得很快。所以,用“后见之明”,我们看到中国是落后的,日本是领先的。然而如果从万历时代来看,那看法就会不太一样。后来,俄国和日本的战争,也发生在朝鲜和东北。

中国的“定远号”是1884年德国制造的。那不是一艘传统意义上的船,而是一艘动力强劲的船。但船上使用的弹药都是用水泥制成的,不是火药。上海商人,还有其他人把火药改成了水泥。弹药没有爆炸,也是战败的一个原因。所以,中国战败有很多科学技术以外的原因。中国军队依赖的私人倒卖的军火有很多潜在隐患。而船是很现代的,有的在上海江南制造局制造,有的是从欧洲进口的。

图一　日制版画:平壤大捷清将士捕之图

日本人作了一幅木版画,描绘他们打败清政府的情景(图一),这其实造成了错觉。木版画不是相片,即便是相片也是为了制造这个错觉。画的一侧是昂首挺胸的日本军人,另一侧是卑躬屈膝的满洲军人。其实,日本才是一个“低头”的国家,它的文化非常强调这一点。这幅画给人的感觉是日本人好像变成了西方人,他们站起来了,对战败的敌人充满了蔑视。这幅画是给日本国民看的,所以,它强调日本民族的伟大。中国人称日本人为“倭人”,即矮人,在这里他们却很高大。在“威海卫陷落北洋舰队提督丁汝昌降

图二　日制版画：威海卫陷落北洋舰队提督丁汝昌降伏图

伏图”中（图二）日本兵穿着笔挺的西式制服，一点看不出来是日本人。而站在中国官员背后的西方顾问，也垂着头，好像也在向日本人致敬。日本人则是一点儿都不低头。白色象征正义、英雄，黑色则刚好相反。日本的那艘从英国购买的船被画成白色，是“好的”，而清朝的船则是黑的。此外，签条约的时候（图三），日本代表好像欧洲人一样。我不是说这种描绘是正确的，而是说这造成一种错觉。我们可以从中看出日本人眼中的中国人和他们自己。从此，他们不断地在民众心中强化这种错觉。这是他们打败的那个中国海军。白色的当然是“好人”，黑色的就是“不好的人”，是清朝的船。

图三　日制版画：请和使谈判之图

最后，我要谈中国的“失败”和日本的“成功”意味着什么？开始的时候，说中国没有科学，其实她没有“科学”，却有“格致学”。由于“格致学”战败了,所以被丢掉了。后来,人们又觉得中国没有工业、没有科学、没有民主、也没有政治思想,一无所有。清朝甲午战争之后,很多中国人开始悲观叹息,觉得清朝穷途末路了,他们开始关心未来的事情。很多外国人也感到中国没有前途了,她势必会成为欧洲或日本的殖民地。因此我认为,要多了解文化的、政治的、社会的和经济的因素才能看出,其实所谓的“科学”并未对事态发展起到决定性的作用。我们要了解很多莫名其妙的东西,比如日本人用快枪,中国人用重型武器;开战时,日本人没有宣战,而中国人依据《万国公法》,了解开战之前应该宣战,因此对战事毫无防备。结果,日本人没有宣战,利用这个机会打败了对手。法国人在1884年也是一样的,它们靠近马尾,没有宣战就进攻,借口要帮助中国人在福州船厂做事情。后来,美国也受到了同样的教训,1941年日本偷袭夏威夷珍珠港,使美国人蒙受了重大损失。还有一个更根本的问题,就是中国海军没有联合起来抵抗日军。在我看来,如果福州水师和北洋水师联合起来的话,日军的胜算是很小的,因为他们的船少。横须贺(Yokosuka)中的很多人都曾经在上海制造局接受训练,后来到横须贺工作,可见中国一开始并不落后。落后是后来的事,也可以说清末的甲午海战是一个转折点。中国赔了好多钱,据我估算,赔款金额高

LONDOS:
PUBLISHED AT THE OFFICE, S5, FLEET STREET,
AND SOLD DY ALL [illegible]
1894.

图四　1894—1895年中日战争的英国卡通画

达2000万两白银，用以前的美金价值来算，超过了日本政府每年收入的二、三倍。要知道，日本那时并不富裕。但有了赔款，日本一下子便有了资本去投资武器、战舰。十年后，它们凭此打败了俄国，又有能力发动太平洋战争。从这个角度看，甲午海战对20世纪东亚地区战局的形成有非常大的影响。清政府除了向日本赔款，还要为了义和团的事向西方国家赔款，政府财政山穷水尽了。张之洞想在武汉做一番事业，没钱了，李鸿章也没钱了，其他的北方军港也被占领了。于是，大家头脑中的印象是中国彻底失败了。中国落后，日本领先。美国报纸上也刊登了很多版画。一份旧金山的日报刊登了一副版画(图四)，表现日本人怎样打败了中国人，英国人在一旁观望，对两方都嗤之以鼻。画中的中国人是巨人的样子，日本人是小小的武士，很有意思。

最后，我想强调中国没有“科学”的看法是对的，因为所谓的“科学”来自日本。要是中国在甲午战争中获胜的话，科学就是“格致学”了，“格致学”也会沿用至今。之所以不用“格致学”，而翻译成“科学”，这同甲午战争有着密切的联系。好，谢谢大家！（掌声）

提问与回答

章清：

好，谢谢艾尔曼教授为我们表述的他自己关于“格致”和“科学”的一些新的思考。我想，如果看艾尔曼教授的研究的话，可以注意到，比如说关于从“格致”到“科学”，他曾经也写过一些专门的文章。但就今天的这个演讲，我想我们也应该注意到他的一些新的考虑。比如说，我注意到他在演讲里面提到“后见之明”这样一个问题，其实这也是历史学家最近这些年不断在反省的一个问题。因为我们历史学家对问题的看法，在时间上，始终是处在一个优势的地位。如果由我们现在的立场看过去，会把很多问题简化，所以很多学者也自觉地来主张要避免“后见之明”，而努力地像鲁迅所表述的“返诸旧心”那样，要在特定的历史语境里面、特定的历史环境里面，去思考这样一些问题。我想，艾尔曼教授所做的这个关于“科学”的演讲，基于他这方面的考虑，是值得我们注意的。

由此，我们进一步地又可以注意到，他是以什么方式来讲述这个故事的，就是怎么来讲这个问题的？因为，我在得知艾尔曼教授这个报告的时候，我也在考虑，怎么来讲这个问题？因为事实上从这个问题本身来说，似乎看起来是一个语言的问题，就是一个翻译的问题，因为关于中国的很多新词，不单是“科学”，其他和政治、和学科有关的，我们也都清楚是从日文过来的。举一个最简单的例子，我们知道严复在中国翻译了很多东西，也创出了很多新名词，但是普遍地我们都没有接受，接受的都是从日本来的这样一些词汇。那么，艾尔曼教授今天为我们展开这个问题的时候，我觉得特别重要的就是，一方面，他为我们勾画出了中国和西方接触之前，中国在“格致”、“格物致知”这样一些层面已有的状况；进一步，他又展现了中西接触以后所发生的一些情形。他把中日之间的这场战争纳入到对这样一个问题的考虑中，我觉得非常有意思。因为如果这场战争的结果不一样，这的确可能会发生，就不会有那么多的留学生到日本去学习，也不会有那么多的学生去接受从日本来的那样一些新词。当然，也许我们也就会继续保留如“格致学”等这样一些字眼，或许，可能更重要的是，我们也许不会再去追问艾尔曼教授一开始就讲到的，20 世纪初年类似于冯友兰先生所提出的“中国为什么没有科学”这样一些问题。如果真的是把 science 表述为“格致学”的话，也许这个问题就会以一种新的方式提出来，因为你很难说中国没有“格致学”。当然，这些问题也许都有一定的复杂性，我想我们可以还有比较充裕的时间来展开讨论，下面各位有问题就可以向艾尔曼教授请教。

学生：

艾尔曼教授，我感觉，您谈到的“科学”跟“格致学”，还是有一定的区别。西方人眼里的“科学”跟中国的“格致学”有什么区别呢？我认为，“格致学”

最多就是涉及到技术方面，西方的“科学”可能更多地包含着数学方法，所以，它会演绎出一套一套的科学理论。但是，我们的这种“格致学”只能解决一些实际的问题，一些技术上的东西。所以说，如果完全把“格致学”等同于“科学”，我觉得含义上是不一致的，我们只能说我们有技术，但还没有西方意义上的“科学”，这是我的一个考虑。

艾尔曼：

谢谢。其实这个问题是把“科学”当作一个东西，而技艺（指工艺或手工业）、技术则是另一个东西。现在我们都觉得“科学”跟“技术”是一个东西，所以说，technical science 现在都不用“科学”，而用“科技”。我觉得，“科学革命”是一个思想史，但是，“革命”如果没有技术上的影响，就没有什么实质意义了，所以把两者放到一起。甚至，西方的科学也不是一个知识与理论的问题，它没有武器出来，没有权力出来，西方的科学不是没有影响力吗？它还有作用吗？

“格致学”也许没那么复杂，他们是在鸦片战争，太平天国之后开始把工程学的微、积分数学翻成中文，因为他们知道积分、微分是实际的、实实在在的数学，可以解决很多工程学的问题。所以，比方说上海的江南制造局上课时，一方面是理论知识，另一方面是实际的知识。而且，他们的目标是很实际的。而 pure science，纯粹的科学这种观念呢，是非常抽象的。而抽象的科学，有很多国家支持。可抽象的科学没有什么可以“用”的，就没有人要跟他们学。他们不知道将来会有什么成果。比方说微、积分是 17 世纪牛顿等人想出来的一个数学方法，他们还不知道有什么实际用处，要等到工业革命之后才发现有用。所以，你提的问题很好，但是，我们不要把理论和技术分得太远了，其实它们是有分不开的关系的。

学生：

艾尔曼教授，我想问一下，您有没有考证过，中国人是否在 1895 年甲午战争以后才接受了“科学”这个词？“科学”这个名词最早出现在什么文献中？

艾尔曼：

这很难说。汪晖先生写过一篇文章探讨这个问题。我希望下星期可以开始讨论这些资料。关于“开始”的问题总是比较复杂。还有一篇文章是梁启超写于1904年的，是关于格致学的一些问题，格致学是下等科学。所以，这些转变是甲午战争之后才开始的，但是一直到20世纪初年，还是有很多人在用“格致学”。到了陈独秀、胡适的新文化运动、五四运动的时候，开始有“科学与人生观”的这些问题，他们好像都忽略了以前有“格致学”这个词。梁启超知道得多一点儿，可是胡适、冯友兰那个时候还很年轻，所以甲午战争之后，他们好像觉得以前的“格致学”没有什么意义，是程朱思想的一个副产品，与科学无关。但是，这个问题很值得注意，是从何时开始用“科学”的？还有，大家有没有注意过，日本为什么用“科学”？为什么发明“科学”这个词？他们以前和中国人一样，认同“穷理学”、自然学，他们先是用“穷理学”来称自然学，来说格物穷理这些问题。后来明治时期为什么要用“科学”呢？“科学”从哪里来？“科”是学科的“科”，还是文科、理科的“科”？为什么要用这个“科学”呢？有意思的是，哥伦比亚大学的刘禾教授（Lydia Liu）发现，宋朝时一些士大夫开始把“科举之学”简称为“科学”。但他们宋朝的那个“科举之学”不是明清的八股文的科举，宋朝的时候还有其他道家、自然学、算法的内容。所以，她觉得，日本人在明治时代很羡慕宋朝，觉得明清没有什么长处。因此，他们借用宋朝的说法用“科学”。所以，这个词是宋朝时发明，日本后来启用的，又从日本传回到中国。中国人开始用日本的“科学”，而不知道以前的科举制度的一些东西。这非常有意思。

学生：

谢谢艾尔曼教授。我听到您在谈到西学东渐的过程中，传教士在其中起了非常大的作用。但是，其实传教士在传播基督教知识的过程中，他们是有一个神职的体系在背后，也就是说他们需要证实他们基督教的上帝是全能的，但是，很有趣的是，到最后东方真正接受的知识只是从基督教体系中剥离出来的一个知识层面。就像我们今天讨论的这个“科学”，就是已经从原有的一个大体系中剥离出来的。这中间是不是有一些比较有意思的过程呢？传教士在传教的时候，“科学”只是神学下面的一个小分支，不过我们真正接受的只是一个科学的理念，他们背后的主旨、他们真正想要传播的东西反而没有实现。

艾尔曼：

耶稣传教士也是一样的。他们之所以要传播科学，目的是要给中国人介绍天主教，因为他们知道中国人对科学感兴趣。后来，他们就开始把宗教神学和自然学放到一起，觉得天文学、数学，跟他们的宗教是有关系的。他们觉得，中国人要学会科学，学会自然学，也应该学会宗教。但是，中国人不那么“笨”，他们把这些东西分开了，他们对神学没有兴趣，但看到自然学是有用的。这点方以智在明末清初说得很清楚：耶稣传教士的神学莫名其妙，但自然学很有用。到了18、19世纪，那些基督教的传教士，如傅兰雅，他们的终极目标仍是传教。他们不是科学家，他们所掌握的科学也不是最前沿的科学。有很多事情他们无法传达，比如耶稣传教士就无法传播哥白尼的学说。到了后来，大家都已经承认了日心说，天主教便也无从反对了。但是，轰动19世纪的是达尔文的“道德的来源”这些问题。所以，在60年代到80年代，达尔文的新学说出来了，中国、日本、西方的那些传教士不愿意提达尔文的学说。还有，他们篡改了物理学教科书的中文翻译，说万物是上帝的杰作。所以，对于基督教跟耶稣会的传教士而言，神学是最重要的，这影响了他们的科学传播，这一点十分重要。但中国人把它们分得很清楚，其中一些人改变了信仰，但还有很多人把宗教和科学的内容分开对待。

学生：

艾尔曼教授，我提个问题，不知道我有没有理解错您的意思，但是，我希望提出一点自己的看法。就是说，您认为甲午战争中，中国代表的是“格致学”，日本代表的是“科学”。通过战争的结果来判定“格致学”的失败，然后，我注意到您说，这不但是战争的失败，“格致学”的失败，而且还是文化的失败。其实您在前面也谈到过，18 世纪之前中国和欧洲也基本上是在同一个发展水准上面，而且主要谈为什么在 18 世纪的中国没有出现西方那样的一些问题。这个问题背后，可能就会有一些“西方中心论”的一些前提在里面。但是，我不知道，您在后面又谈到“格致学”的失败，或者说甲午战争的失败，然后就导致了文化的失败，这怎么理解？

艾尔曼：

其实我这个“失败”不是我的“失败”，是那个时代中国人所认为的“失败”。还有日本人的那种错觉，就是日本人觉得他们赢就是因为他们文化好，他们社会好，而中国人之所以输，就是因为文化不行、政治不行、儒家思想不行。这是他们自己的一个观念。我自己觉得，在战场上，日本人是赢了，它打败了中国。但是，中国失败的原因很复杂。我觉得，跟文化、科学的问题没有什么关系。所以我说，文化的失败，是中国人自己觉得他们“失败”是文化上的失败。我去年在华东师范大学讨论这个问题时，有很多学生就提出：中国人之所以失败，是文化不行、儒家思想不行，都不行。我说钱也是个问题。看赔偿的钱多少，看得具体一些的话，战争的事情是一件事，文化的事情是另外一件事。但是，谁赢谁输，是后来政治家、革命家构造出来的，利用这个来为自己服务。其实，不是这样一种关系。我自己就认为除了战争谁赢谁败之外，没有什么文化的失败。不知道有没有回答你的问题。

艾尔曼：

其实有兴趣的话，我可以给你们看战争当中的一些细节。你可以看得出来，这是甲午战争中中国和日本使用的船和炮。而第二次世界大战日本用的战舰和枪炮很多都是用中国赔偿的钱买来的。这是非常有意思的现象。

章清：

这个片子是在日本找到的？

艾尔曼：

是日本的东西。就留下来甲午战争的一个，日本和俄国的战争也留下来一个。

（播放一段甲午战争的影片，艾尔曼教授边看边讲。）

艾尔曼：

看那个船，日本的船要打清朝的船。这是日本的，这是清朝的。你看，这是世界上第一次用蒸汽机引擎的船进行战争。你看这艘船，比较简单。好，再看那个俄国的视频。

（播放一段日俄战争的影片，艾尔曼教授边看边讲。）

艾尔曼：

这是10年之后。这些船都是第二次世界大战的船。再看一次。

（重播日俄战争的影片）

艾尔曼：

这个时候，强调武器是越快越好。后来美国和日本的太平洋海战就是这样的。如果没有中国的战争赔偿，日本就没办法10年之内发展得这么快。

学生：

艾尔曼先生，您好。如果您认为在甲午战争前后存在着一个从“格致学”到“科学”的转变的话。那么，我想问的是，对于这个过程中那些从事格致学研究的工作者来说，这个名称的变化对于他们的工作方法、观念有一些什么样的影响？

艾尔曼：

这是一个非常好的问题。我没有研究过这个问题，不太清楚。我们研究这个“科学”的问题，是以梁启超、康有为、谭嗣同这些人的资料为主，他们不是科学家。比方说，江南制造局的这些人，他们受什么影响，我们都不知道。还有，对在美国、日本留学过的那些人的影响是怎么样的？他们去日本之前受到过格致学的影响吗？鲁迅是一个很好的例子，他是江南水师学堂毕业以后去日本学医学的。现在有一些人看他的文学作品，就看出他是受自然学的影响的，而有没有受到清朝末年洋务运动的影响呢？他在日本的时候，正是日本跟俄国打仗的时候，他开始对文学产生兴趣。所以，这方面很值得注意。但是，我们很少能找到甲午战争之前国内科学家的资料。他们是马上丢开“格致学”这个词而用那个新词吗？这一转换大概经历了20多年。但是，一般来说，日本的物理学以及其他的与科学相关的问题，都影响到全部的学术界。只有“化学”这个词是中国人自己发明出来的，是洋务运动中的词。这个词留下来了，不知道是为什么。日本人写“化学”是用荷兰人的Chemie（舍密），后来受到中国人“化学”的影响，他们就觉得用“化学”比较好，一直沿用至今。还有，日本人用“物理学”（Physics），但中国人早就有“物理学”，但它那时不是Physics的意思。所以，这是很复杂的问题。但是，到目前为止，我们没有注意清朝末年到民国初年的“格致学”及其他那些传统的词有什么改变。可能章清先生说得对，有很多人跑到日本去，有三万多个学生一下子跑到日本去了，所以他们回到中国后对中国的影响很大。

学生：

艾尔曼教授，您好。您的报告讲到中医学和格致学这方面的内容，所以，我想问问您，现在的科学对中医学发展的影响，您是怎么看的？

艾尔曼：

格致学与中医开始有关系是从明朝开始的。明末清初，很多搞本草工作的人把这个工作也归入格致学之内。李时珍在《本草纲目》的《凡例》中说，我们做中医的事情，搞本草的，是“格物”的工作。清朝的中医著作里面，也多用“格物之学”。所以，中医“格物”与天文学的角度不一样，士大夫不做中医，中医是那些考不上科举，又会文言的，会看《黄帝内经》的人来做的。所以，他们开始学“四书五经”，后来没考上科举，但是做中医，他们还是受这个影响。李时珍是这样，几次落榜，后来继承了他父亲的工作。他在自己的《本草纲目》中说，这是“格物之学”。

章清：

我简单说两句。可能中医是另外一个更极端的例证。这里有专门研究医学的，有了西医以后，中医被定位的状况，我想我们现在都清楚。但是，专门做医学史的这些人，他们现在也是回过头来看中医。他们现在试图说明，包括西医里面的解剖、麻醉这样一些东西在中医里面都有很具体的例证。他们可能也有和您的研究比较类似的一些考虑。当然，也有一些词比较有意思，比如说“解剖”。“解剖”这个词在中文里面有的，在翻译合信那本书的时候就是用了“解剖学”这个字眼，但是，我们今天还是认为它不是从中文里面来的。因为“解剖”这个词在中文里面是两个词，不是一个词，是两个动作，从语言的角度来讲，它不构成一个词组。所以，我们还是认为它是从日本过来的一个词，可能更有说服力。所以说，这些问题可能太复杂。也许不同的学科处理不同个案的时候会不一样。

艾尔曼：

我觉得最重要的是要研究科学家的意见如何。我们已经知道康有为、梁启超、谭嗣同的意见如何，但是，科学家以及和科学杂志有关系的那些人怎么说，他们的意见如何，我们好像还没有关注过。

章清：

好的，因为时间的关系，我想我们就不能再持续下去了。我想今天艾尔曼教授的报告，的确能引发我们思考很多的问题。他一开始就提到，对很多问题，我们不要一开始就基于“为什么没有?”这样一种方式来讨论，这可能会让我们看不到很多东西。而是基于“去看看中国本身有什么?”的问题，因为从艾尔曼先生对这个问题的阐述思路来讲，我想我们也多多少少地注意到，所谓的“从中国出发”也好，“中国中心观”的这样一种思路也好，他是从明代或者说更早，来进入对这个问题的考虑的。不像我们很多人对这个问题的追问，是从西方进来以后，然后再回过头来考虑一些问题。我想，这是值得我们重视的一种讨论问题的方式。同时，我们也可以注意到，看起来只是一个简单的语言的问题，一个翻译的问题，但的确由这样一个词本身引发了一系列的问题。比如说，如果我们接受了一个“科学”，就很容易假设，它就是一个外来的东西，而外来的这个东西和中国是没有关系的。相应的呢，我们对于自己的文化，可能也会采取一种负面的或者说批判的立场。我想艾尔曼教授在他的演讲里面正是由这样一个看起来很小的问题出发，来把这样一些问题都展现出来。当然，这里面的问题还有很多。我想，在接下来的一个多月的时间里面，艾尔曼教授还会在复旦为我们继续做一些工作。那么，我把这个信息也在这里告诉大家一下，如果你们有兴趣，起码可以去看看他为我们准备的一些材料。因为艾尔曼教授这次来，要专门为我们讲几次课。从下周的星期四开始，每星期四的下午两点到四点，就在文史研究院的小会议室里面，开始他的一个研讨班，主要讨论的问题就是格致学在明清发展的一些情况。既然是讨论班，艾尔曼先生也预先准备了一些阅读材料，这个材料已经放在文史研究院的网页上了，你们可以去下载阅读。我想我们也利用这样一个机会，请艾尔曼教授把他在美国普林斯顿的一套教学的方式，在我们这里也开展一下。好吧，今天我们就进行到这里，再一次谢谢艾尔曼教授。（掌声）

程朱理学与妇女守节之再讨论

主讲人:柏文莉(Beverly Bossler)
主持人:司佳

柏文莉(Beverly Bossler)

美国加州大学伯克利分校博士(1991),现为加州大学历史系教授,从事宋史研究。著有 *Powerful Relations*: *Kinship*, *Status*, *and the State in Sung China* (*960—1279*),论文《帝政中国におけるジエンダー史研究の方法論一朱熹の唐仲友告発事件を例として》(Methods for the Study of Gender in Imperial China—Zhu Xi's Indictment of Tang Zhongyou as a case study,2007),《宋元墓誌中的"妾"在家庭中的意義及其歷史变化 》('Concubines' in Song and Yuan Funerary Inscriptions,2004),"Shifting Identities: Courtesans and Literati in Song China" (*Harvard Journal of Asiatic Studies*,2002)等。

司佳 | 复旦大学历史系副教授,研究领域为近代中西文化交流。

司佳：

今天来了这么多听众，欢迎你们的到来。我们非常高兴请到了柏文莉教授，也许你们中有人原来就认识她，她的代表作是《权力关系：宋朝宗族、地位与国家》。今天她给我们带来了她新的研究成果——对程朱理学与妇女守节之再探讨。柏文莉教授是美国加州大学伯克利分校的博士，现任加州大学戴维斯校区历史系教授，从事唐、宋史研究。她现在的研究集中在宋代社会史、宋元间性别变革史等问题。她今天的演讲正是关于她新著作中的主要章节。现在有请柏文莉教授。（掌声）

柏文莉：

谢谢，我非常荣幸能够来这里，对于我来说，这是一次能与复旦的学生交流的好机会，并且介绍一下我目前正在从事的研究。请原谅我用英语演讲。前几天我刚到这里，我想我的汉语水平还没有恢复到先前应有的阶段。我对使用汉语来演讲还不是很自信。但我非常乐意用汉语来回答问题。我在演讲中也会时不时地说些中文，正如我以前一样。我特别要感谢葛兆光教授邀请我来做这次演讲。同时也要感谢司佳教授非常耐心负责地帮我校稿，其实稿子昨天才交到她手上，非常感谢她为我所做的一切。正如司佳教授所说，我正着手写一本关于宋、元性别关系的书。我们都知道宋元时代是中国历史上社会性别变革的临界点，妇女的地位在唐以前和元以后的状况是大相径庭的。所以我对此种变化为什么会发生非常感兴趣。昨天艾尔曼教授提到怎样看待五四运动对前现代中国历史进程的影响，我想这也正是我们如何理解前现代性别关系的事件。五四时期的学者认为中国历史上妇女地位低下的原因，至少是与程朱理学密切相关的。在英语中我们把程朱理学翻译为“Cheng-Zhu Neo-Confucianism”，但我坚持使用“Cheng-Zhu Learning”这种表达方式。我认为妇女地位低下的原因远非如此简单，并不是说程朱理学对此没有任何影响，而是说这种影响并没有那么直接，而造成妇女守节观念的原因其实是非常非常复杂的。所以我想说的是，宋、元时期，“节妇”观念的增强是当时复杂的政治和社会因素共同作用的结果，甚至可以说是宋、元各种复杂政治、社会背景影响下的一种意想不到的结果。

这里我并不是在为程朱理学辩护，这并不是我的目的所在。我只是想指出问题中的复杂性。关于“节妇”的观念论述，到元代的确十分盛行。如果这不是程朱理学推动的结果，我们就必须探询究竟是哪些因素造成的呢？这样，我们首先得分析一下程朱学派，程颐与朱熹关于“节妇”到底说了些什么，这是很有用处的。就我们所知程颐对“节妇”的言论实际上是来源于朱熹的记载。程颐关于“节妇”唯一的言论是朱熹告诉我们的。朱熹把程颐的言论描述成为程颐与门徒的一次对话。门徒问：“或有孤孀贫穷无托者可再嫁否？”程颐对此的回答成为了他的千古名句：“饿死事极小，失节事极大。”对此，我想指明几点。很清楚，程颐的确是说妇女不应当再婚，她们不应当丧失她们的忠贞。但他所提“失节”二字，绝非只针对妇女。他认为对于任何人，包括男人和女人，不光是女人的“失节”事大，而是任何人“失节”都是大事，很严重的事情。另外，程颐也认为但凡男女都应该忠诚于对方，因此无论是寡妇还是鳏夫都不应该再婚。他又被问：“再娶皆不合理否？”曰：“大夫以上无再娶礼。凡人为夫妇时，岂有一人先死，一人再娶，一人再嫁之约？只约终身夫妇也。但自大夫以下，有不得已再娶者，盖缘奉公姑，或主内事尔。如大夫以上，至诸侯天子，自有嫔妃可以供祀礼，所以不许再娶也。”所以，可以看出他事实上是不希望男人再娶的。程颐从来没有鼓吹过“节妇”思想，他从没有试图说服妇女不应当改嫁。我们可以很快地检索一下电子版《四库全书》，在他的文集中，他从来没有用过“节妇”二字，而他的确用了“守节”二字。但他每次用“守节”二字，都是对男人而言，而不是对女人，他说对于士大夫而言，“守节”是非常重要的。所以他所说的“守节”根本不是针对女人而言的。

同样，让我们来看一下朱熹。朱熹也希望妇女对自己的丈夫保持忠诚，正如他希望人们对自己的父母尽孝，每个人都言行得当一样。但他很少鼓吹“守节”思想。虽然朱熹呼吁大众对“五伦”的典范，包括孝子、顺孙、节妇、义夫等进行礼赞，但他并没有为任何节妇作记，也没有写任何文章为“节妇”歌功颂德。他根本没有同许多人那样，去写文章赞誉贞节的妇女。事实上，朱熹对于“节妇”观念的最清晰的表达留存于他写给陈守的一封信中。陈守是丞相陈俊卿之子，朱熹的朋友。陈守的妹妹嫁给了朱熹的弟子郑自明，而自明不幸早逝。所以朱熹写信给陈守，希望他妹妹不要改嫁。朱熹在信中说：

> 朋友传说令女弟甚贤，必能抚孤以全柏舟之节。此事更在丞相夫人奖劝扶植，以成就之。使自明没为忠臣，而其室家生为节妇，斯亦人伦之美事。计老兄昆仲不惮赞成之也。昔伊川先生尝论此事，以为饿死事小，失节事大。自世俗观之，诚为迂阔；然自知经识理之君子观之，当有以知其不可易也。伏况丞相一代元老名教所宗，举措之间不可不审。熹既辱知之厚，于义不可不言。未敢直前原因，老兄而审白之。不自知其为僭率也。

朱熹在写此信后不久，又写信给丞相，说：

> 熹前日致书师中兄，有所开白，不审尊意以为何如？闻自明不幸旬

月之前，尝手书《列女传》数条，以遗其家人，此殆有先识者。然其所以拳拳于此，亦岂有他？正以人伦风教为重，而欲全之闺门耳。伏惟相公深留意焉。

从这两封信中我们能够看到什么？我们认识到朱熹确实希望丞相之女可以“守节”，也希望他们（丞相和其子）能劝说她这样做。但从信中我们也看到朱熹也觉得程颐的主张是不切实际的，朱熹也没有寄希望于所有的女人都能“守节”。同时，从信中所言分析，朱熹似乎知道自己的主意并不太受欢迎，朱熹是一个非常自信的人，他不会为了尝试而去尝试。而事实上，就我们所知，他的努力最终功亏一篑，丞相墓碑上的碑文显示，他的女儿最终还是改嫁了。

所以这是我们所知道的程颐和朱熹对于“节妇”、“守节”所持的观点。如果宋元时期“节妇”观念的盛行不是程朱理学推动的结果，那究竟是哪些因素促成的呢？我们可以看到对“守节”的些许关心开始于北宋，它与政府给予奖励、旌表的制度有关。在座各位应当能够理解，从汉代起，封建王朝就认为道德典范的存在是王朝政权正统性的表征。如果一个王朝有很多的道德典范，就证明王朝的统治昌明，皇帝的美德恩惠泽被子民。同样，也证明皇帝教化子民，让子民拥有良好的道德准绳。因此，在统治时期，一个王朝拥有越多的模范榜样，也就意味着他们承认统治有道。从汉朝开始，政府就开始颁发奖赏，纵观历史，被表彰的对象正如朱熹所说，是“孝子、顺孙、节妇、义夫”。但实际上，政府也为其他一些行为颁发奖赏，从历史看，比如在职的有功臣子和优秀的教书先生。奖赏通常有实物与荣誉两种，一方面你得到的奖赏常常是朝廷颁发的钱、米；另一方面，你也可以得到旌表或牌楼，就是在其住地竖立贞节牌坊来表彰这些孝子或节妇的美名。

这里重点要指明这种奖赏具有浓重的封建官僚性。从地方开始，记载忠孝节义者的传记被递呈到知县手中，在甄别文书的真实性后，知县将材料递交给知州，由知州呈递于礼部，再由礼部呈递于尚书房，如果最终被批准赐予奖赏，再按级下放到知县手中。理论上，对忠孝节义者的嘉奖可以随时颁发，但有时，在政府特别需要颁发此类奖赏时，特别是在国难或病兆时期，朝廷会觉得寻找那些忠贞贤德之士并赐予他们特殊奖赏是非常有用的举动。

宋朝建立后，沿袭了前世王朝奖励“忠节”的传统。但在王朝统治前期，朝廷很少犒赏守节之人，反而对“义门”大肆奖赏，以保证这些地方豪族对王朝的忠诚。所以说，宋朝早期，朝廷并没有给“守节”之人很多赏赐。宋真宗时期进行了重大变革，宋朝开始将免除赋役作为嘉奖的方式，获得奖赏的人不再需要为朝廷服役。但如果从政府奖励的记载来看，此时宋朝的奖赏比此前一百多年间减少了很多，很少有家族获此殊荣。到宋哲宗时期，这种局面开始改变了。如果我们仔细分析一下这种变化产生的原因，就会发现这种改变源于朝廷内部的党派之争。我们都知道“王安石新法”和他所提倡的新政策，这引起了北宋朝廷内部的党派之争。哲宗登基时，朝政掌握在他的祖母宣仁皇太后手中。她反对王安石变法，最终王安石及他的党羽被降职，权利掌握在保守派手中。此时，我们可以看到两派系间爆发了一系列为执掌“正义”而发生的冲突。很清楚，在哲宗和保守派之间进行了争夺——为了证明在谁统治下“忠贞”之士的数量更多，谁才是真正秉承天命。然而，哲宗祖母去世后，哲宗亲政，他重新采用了变法主张。他继续推广对有德之士的奖励政策。在派系斗争当中，双方官员并不满足于说对方采用了糟糕的政策，而是说对方的人是罪恶的，他们毫无道德可言。因此，这场党派之争是围绕谁执掌正义道德而战。

这种情况在宋徽宗统治时期继续着，徽宗即位后，情况有过之而无不及。根据近人研究，徽宗将自己视为贤能的明君，他非常想成为圣人皇帝，把自己视为古代圣贤的一员。所以他特别重视对有德行之人的嘉奖，通过鼓励人们向朝廷呈报贞节之事迹，甚至从官方角度制定奖励的政策——“八行”，地方官员以此来举荐有德行之人。

从上我们可以看出，人们写文章来赞誉贞节之人，不仅是为了得到奖赏，我们同时也看出这种对“贞节”行为的关注引发了对节妇问题新的重视。这里我不想多举例子来说明了。但大量撰写关于“节妇”美德的文章，尤其我们从墓志铭中所见到的，从 11 世纪 90 年代到北宋灭亡为止，对女人来说她们可以做的最重要的事情就是做一个贞节的女性，这与以往墓志铭中只强调妇女“守节”的观念有稍许差别。“守节”仍是次要的，仍是人们书写妇女贞节的一部分。这是值得注意的变化。

到 12 世纪初，北宋末期，对“节妇”有了新的关注，这种关注到南宋时期有了巨大的变化。1127 年北宋灭亡后，我们看到这一时期，中国文化中对忠诚的召唤变得日趋重要。南宋及其首都建立后，许许多多的人往来于宋朝和金朝。区别到底谁是朋友，谁又是敌人，谁才是对宋朝忠贞不渝的是非常困难的事情。这种对忠贞的关心主要有以下几种表现方式：南宋朝廷非常重视对忠贞官员的表彰，这种重视以前所未有的程度表现出来。特别是政府为这些以身殉国的官兵修葺墓碑，这是中国历史上前所未有的。同时，与政府的奖赏部分有关，各种文章都开始致力于讨论忠贞之士，不仅仅是忠贞的妇女，她们只是被包括在其中。这些烈妇和英雄们的事迹被文人墨客写成传、序、集、跋，等等，流传后世。这一时期被颂扬的男英雄大多是拒绝投城降金而英勇殉国的官员。而相反，文章中记载的女人则大多是不堪被敌人玷污而自杀以保清白的烈妇。我想在这里举两个例子：

大概在宋朝南逃后的第十年，陈长方写了一篇《二烈妇》的传记，这两位烈妇为了不被金兵强暴而自杀身亡。陈以非常生动的文字描写了当时的情况。他写道：金兵向中国沿海辖区的乡村大举进犯，当时苏州的知县、官员们承诺将死守城池，抵御金兵的侵犯，所以苏州城的百姓对此都很安心。但实际情况是，到最后一刻，苏州的县令和官员们都逃跑了，没有人再来守卫城市，五十万地方百姓惨遭杀害。在这个事件中，吴永年的妻子和寡姐被金兵抓住。吴永年的妻子为了不背叛丈夫，乘机从金兵手中逃跑并投河自尽，她的大姑子也和她一起自溺而死。陈长方对两位烈妇的举动和官员弃城逃亡的所作所为做了类比。他说：

> 呜呼！将臣相臣守封疆保天下；牧守县令保一方；妇人女子保一身，职也。自世教不明，上下苟且，几职之所当然……而一妇人能死其职，使居士大夫之列，据连城保一郡，则烈如秋霜，招之不来，麾之不去矣。凡世之居其地而失其职者，视此宜如何哉！

我们看到在南宋早期，书中描写的这样的事例不胜枚举。大量的文章赞美妇女不屈不降的事迹。而为这些烈妇歌功立传的主要目的是为了强调男人所应当履行的职责，在国破家亡之时应尽保家卫国的职责。因此，所有的记载并不是为歌颂妇女而写烈妇的故事，而是反衬女人所做到的，男人应当做到反而却没有做到。

此后不久，陈亮写了关于在南宋时期妇女不甘受辱拒绝投降的故事，并为这些烈妇立传。同样非常有意思的是，他描述了三个妇女，两个妇女拒绝投降，而另一个投降后遭玷污。事后，人们问这个投降的女人为什么不拒绝投降，为什么不保持自己的清白，她只是说："难，难！"这太困难了。即使对这个投降的女人，陈亮也将她视为范例。陈亮说：

> 世人喜斥人者，必曰儿女态。陈杜之态，亦儿女乎！人之落患难而儿女者，事已纵辞自解，昂然有得色，视陈氏次女已愧，他又何说！

换句话讲，陈亮的意思是，至少这个投降的妇女还有庄重的态度承认她投降，也因此感到窘困不安，而那些投降的男人却不因为自己的投降行为感到羞愧，甚至还寻找借口来为自己搪塞、推托。

这就是将妇女婚姻上的忠诚与男人政治上的忠诚所做的类比，这当然不是新出现的做法，中国古已有之。但这种类比有助于在政治危机时将妇女塑造成为非常有力的形象。这成为非常特殊的例子，因为以保留身体的清白为形式来定义妇女的忠贞留给我们一个开放式的问题——妇女到底是在为谁保留她的忠诚:是在为她的丈夫吗?如果她是为了保护她的婆婆而死,那么她是为了她婆婆而保留忠诚吗?先前我们已经列举过这样的例子了。那么为了保护她父亲而死呢?作为女儿那她就是为自己的父亲保留忠诚吗?那这样的妇女能说她是对自己的国家忠诚吗?这种含糊的答案给予了妇女非常有力的形象,因为她们的忠诚可以表现在不同的场合、情况中。她可以对她的丈夫忠贞不渝,那么她同样可以对自己的国家忠诚不二。在元代,妇女的这种形象亦可以说明她对中国文化本身的忠诚。

这些忠诚的妇女的事迹被载入史册。事实上,她们被写入传、序、集、跋,这些文章在士大夫间流传。人们将这些传记互相传诵并为这些妇女歌功颂德。所以,通过这种方式,妇女的忠诚形象被传递开来。部分源于妇女的忠诚形象是通过上述途径发展而来,也部分源于妇女的这种形象具有灵活性和模糊性,这使南宋末期将"节妇"塑造成为同样的形象成为可能。所以到南宋末期,一些墓志铭的作者利用节妇的例子,不仅仅是因为妇女守节的事实而去赞誉这些节妇,而且进一步指出这些贞节的妇女是男人应该学习的榜样。刘克庄说过:

> 昔欧公书断臂妇人,以愧五代之为臣者,余录李氏之事,抑扬反复,非止可为内则,学士大夫览之,亦足以自儆。彼其闺房婉娈所立之卓如此,使为男子逢世变故必能抗夷齐之志,受人托付必能任婴白之事。呜呼!可敬也夫!可敬也夫!

可见,不仅那些英勇就义的妇女被赞誉有加,节妇们亦被列入此类。那这与程朱理学有什么关系呢?的确如此,上述一些作者——但并不是全部——是程朱理学道德准则的拥护者。例如陈亮,他并不十分认同朱熹,但他的确属于程朱理学的一个派系。所以你可以争辩说程朱理学对于上述道德观念的形成有一定的影响。拥护者们的确十分关心妇女的忠诚问题,但程朱理学确实只起了一种间接的影响。那些书写忠节妇女事迹的人并没有直接指出希望妇女能够多么忠贞不渝，反而他们惊叹着：看啊，这些妇女是多么的贞节，但是男人们却怎么了！所以你可以说程朱理学对此有影响，但这种影响并不是如我们从前想象的那样。

此外，到南宋末期，颂扬节妇的文章不止出自上述我们提到的这些人，有证据表明，各式各样的文章形式开始颂扬节妇的功绩。这些文章不仅带有社会、政治的色彩，也有出自文学娱乐的目的。我想给你们举几个这样的例子。1196 年有篇文章，相传是汪藻所撰，但汪藻死于 1154 年，所以他当然不可能写这篇文章。但这篇文章讲述了一个关于姓施的寡妇的故事，非常有意思。有趣的是这位妇女并不出自书香门第，她的丈夫是个商人。在一次与他父亲去日本的旅途中，她的丈夫过世了。她虽然依然年轻，但却拒绝再婚并担负起抚养遗腹子的责任。虽然她周围没有读书求学的传统，但她开始教授儿子知识，坚持告诫儿子只有读好书才能过上好日子。在她的努力下，她儿子成功地考取功名当上了朝廷官员。就我们所知，到 1113 年，换而言之是在宋徽宗时期，正是徽宗热衷于奖励模范的时候，她的孙子将她的德行上奏朝廷，得到了朝廷赐予的“节妇”的美名与赏赐。这篇文章写于 1196 年，在施氏受封“节妇”八十年后，文章本身并没有告诉我们为什么，除了文章的标题告诉我们文章被刻在一块施氏节行碑上，出自她的曾孙之手来缅怀他们的祖母，并且刻着她十五个做了官的子孙后代的名字。很明显，这个例子表明，某些人为了利用这个妇女的节行来为现世的家族获取社会资本，赢得社会声望。无疑这块碑不仅是为世系家族的成功而庆贺，更让整个家族为此而扬名天下。

另外还有一个例子，是周必大所撰关于一个人试图为自己的寡母正名的故事。非常有趣的是，这个人搜集了所有材料递呈朝廷历陈自己的母亲是个寡妇，她理应受到朝廷的嘉奖。事实上，她母亲不是个寡妇，她为了保护自己的婆婆同强盗斗争而死。但朝廷并没有给予奖赏。所以周必大先是对朝廷的做法大肆抱怨，他认为朝廷应当重新制定制度来对这样的妇女给以奖励。但他接着说，即使朝廷没有给予赏赐，这个妇女的儿子依然是为自己的母亲立碑颂德了。所以，政府虽然没有奖励他的母亲，那并没有关系，你可以自己立碑为自己的母亲和这样的“烈妇”歌功颂德。

诸如此类的文章在南宋并不多见，但此时这样的文章确实已经开始出现了。我们还可以见到，到了南宋末期，赞誉“节妇”和“烈女”的文章也以诗歌和其他文学形式来表现。特别是周紫芝所撰的诗歌，他描述了王焦淯的妻子之死，她为了避免被强盗玷污，同自己的两个女仆一同投河自尽。这个故事通过诗歌的形式予以展现。诗歌中接着描述了女仆的“玉颜”和她们的红袖子在水中漂舞，所以我们可以通过诗歌了解这些妇女的生动形象。同样，我们也可以从苏籀的《节妇吟》中了解到以诗歌形式抒写忠节妇女的故事。他在诗中以妇女的口吻感叹着：

君不见迥妙殊怜世绝尘，脱足褰帷韫玉人。
藕丝帖体沉香熨，清瘦纤柔伤九春。
勒芳戢翠妍无偶，啧啧拳拳徐叩叩。

诗歌就以此种情调抒写着、抱怨着，并不是为了记载一个“节妇”的故事，而是以此种形式来进行文学娱乐。所以，我们看到以诗歌的形式来感怀“节妇”、“烈女”的故事在南宋末期已经开始出现。换而言之，到了南宋时期越来越多的文章开始抒写忠贞妇女的故事，原因不仅仅是为了将妇女作为英勇、忠诚的象征，其流派开始变得多样化。

到了元朝，我们看到歌颂妇女的文章大量增加。就我们所见，元代保留到今天的歌颂妇女的文章总数是宋朝的十倍左右，这是一个巨大的增长。此外，文章的形式也在不断更新。很大的原因在于蒙古人的征服。首先，诚如我们所知，元朝不信任，也不再愿意吸纳南宋朝的士大夫为官，因此汉人没有办法进入朝廷当差。其次，曾是宋代走上仕途最主要的途径之一的科举制度在元朝最初的五十年中被废除了。因此，这也是士大夫再也不能以此为生的重要原因。元代更改了许多原来朝廷修订的规章制度。虽然儒家的士大夫努力劝说忽必烈重建王朝的道德秩序，颁发对忠诚楷模的奖赏就是其中一项措施，而统治者听取了这项建议。但在元代早期，赞颂忠臣的文章的数量却急剧下降，歌颂男人英勇事迹的文章几乎消失了，只有极少数的文章会去赞美孝子的德行。相反，“节妇吟”却大量出现，并有了新的文学表达形式——以诗卷和诗序的形式来歌颂忠贞的妇女。我仅找到一篇诗卷形式的文章，却看到许多诗序类型的赞美贞洁妇女的文章。诗序以前言介绍性的方式告诉我们所集诗歌写些什么内容，怎样收集起来以及关于所集节妇的相关情况。

诗歌描述了两类忠贞的妇女，一是如宋代一样，关于妇女在起义和军事征服中不甘被辱的举动，这是烈妇的故事。但这类故事与宋代所记载的事情有稍许不同，例如郝经的《陵川集》中记载了一个来自巴陵的叫韩希孟的烈妇，在他的诗序中介绍了这个女子在1259年为元兵所掠，知不免，遂赋《练裙诗》投水而死的故事。郝经收录了以这个妇女口吻所写的诗歌，并以简练的语言、有序的形式，即可以歌唱的诗词形式记录了这个故事。从中表现出可用于表演的意味。同时郝经也记录了另外三个妇女的故事，她们在元朝大举进犯时死去，他亦为她们写了精炼、易唱的诗词。所以我们可以看到烈妇的事迹以诗词颂唱的方式表现出来。

不仅郝经写了此类诗词，郝经后的文人们也开始效仿，并写诗赋词来抒发自己的感怀。这里有另一则例子，有一个姓王的贞妇，被元兵抓住，在途经一座山时，她乘机弄破自己的手指，用血在绝壁上写下一首诗，然后投崖自杀。据后人所说，下雨天时，这首用血写成的诗会出现在石头上。因此，至少有六位元代的诗人写了诗歌来纪念这位王贞妇，有的还写了不止一首诗歌。最终，人们在山峰上建造了一座神祠，在那里，王贞妇写的血诗的遗迹依然依稀可见。从这些诗歌中我们看到，部分是由于诗人们被王贞妇的行为所感动，部分是对以诗歌抒写烈妇节妇的方式感到兴趣并对此做出回应。所以元代诗人钱惟善说自己为王贞妇写诗，是在第一个赋诗感怀王贞妇并邀请“好事者”共同为此赋诗写词的文人张翥的引导下而做的。因此，这些诗歌与宋代的诗歌不同，不同于宋代为歌颂妇女忠贞的事迹而激励男人的目的，而是从同一个烈妇那里得到启发而进行的文学创作，与此同时，创作诗歌以回应诗友。所以，钱惟善同样在自己的诗中提到了郝经作品中的主人公韩希孟，并提到韩希孟的诗中有很多名句，他还引用了两句，并声称这些诗句在文人学者那里"脍炙之"。因此，此时文人学者撰诗赞美忠贞的女性不再具有道德警示的目的，而是出于文学创作和娱乐的目的。

此外，元代大量颂扬贞节妇女的文章出现了另外一个重要的变化。在元代最早的一批文章中，有一篇十分典型，是一个叫刘敏中的朝廷官员在1298年为一个姓邹的寡妇写的诗序。他的诗序以传记形式介绍了这个贞节寡妇的故事。她守寡时很年轻，在丈夫死后，她承担起了照顾公婆的责任，并抚养自己的子女，给女儿找了个好婆家，儿子被教育成为著名的学者，并为儿子挑选了一位贤妻，诸如此类。但是刘敏中写道，这就是布告中所称的"节妇"！刘接着解释说，之所以他写了诗和诗序，是为了庆祝这个妇女得到了朝廷的嘉奖，这个妇女的儿子和朋友们都写了诗歌赞颂邹氏，并拿着诗集让他作序。因此，我们看到，与其说写"节妇吟"是为了忠告男人们的作为，还不如说是为了提高社会影响并为得到政府的赏赐而庆贺。

元代对贞节妇女颁发的赏赐的数量我们不得而知，但可以肯定的是从上述提及的诗序看来，元代所颁发的此类赏赐的数量远胜于前朝。这里值得我们重点注意的是，这种大量增加的赏赐并不是出于中央王朝的本意，相反，朝廷官员对于大肆泛滥的此类要求赏赐的申请十分抱怨。一个官员就曾以抱怨的口吻写道：

> 自余贰礼部中，外妇以节闻，子以孝上，夫以义荐者，充溢案牍，目烦于披而腕脱于署。然访者人有势取者，有贿得者。

换句话说，这个官员的话告诉我们，当时朝廷所颁发的此类奖励是悦人心意的，以至于人们不惜以行贿、敲诈的手段去获取。同样的，《元典章》中记载了1304年时的一段抱怨的言辞，这段话源于为一个妇女所颁发的旌表：今各处所见指称夫亡守志，不见卓然异行，多系富强之家规避门役。这是怎么一回事呢？在宋代，士大夫阶层和通过科举的士绅拥有免除朝廷赋役的特权，但到了元朝这已经不可能了，因为科举制度被废除，汉族士大夫们失去了晋身仕途的途径。所以元代的汉族士大夫们通过怎样的方式才能免除朝廷的赋役呢？这就是通过使自己的母亲成为忠贞的节妇义妇，并得到朝廷的承认给予她奖赏，那么就可以免除赋役了。

起先，这种方式非常有效，于是元代书写忠节妇女的文章数不胜数，其数目比宋代歌颂烈妇或是节妇的文章要多得多。这种状况不断扩张，人们甚至开始收集那些根本没有得到朝廷承认赏赐的妇女的事迹。所以到元代末期，我们可以见到这样的例子，有些文人甚至希望通过收集"节妇吟"来获取朝廷的奖赏。因此，以诗来庆贺妇女受此表彰的形式变成了用诗来咏赞每一个守寡的妇女。如果你是一个孝子，那就意味着你必须请朋友写诗，收集诗卷来赞美自己守了寡的母亲，否则就是个不孝子。

人们这种通过诗集赞美妇女德行的方式还可以从其他方面来增加社会影响。我前面提到邹氏的儿子和朋友找到做官的刘敏中，让他为他们所写的邹氏节妇诗集写序。通过和官员"扯关系"，让他给自己写的节妇的故事写序是多么明智的举动，只要对官员说：大人，这是我母亲的故事，她是一个贞节的寡妇，请你为写给她的"节妇吟"写个序吧。与此同时，作为一个年轻的作者，为这类"节妇吟"写序不仅可以提高节妇的名声，也可以使自己的名气大增。而且，在元代，文人的营生并不容易，能够为别人写诗作序还可以从中获得收入。所以，这些都说明当时为节妇义妇写诗撰文已经有了非常重要的社会功能。我想这就是诗集之所以能够成为歌颂妇女贞节的最理想的方式的部分原因。你可以为自己的母亲写一篇墓志铭，但写完这篇墓志铭后，又可以为此再写几篇墓志铭呢？但你可以为此写很多诗，你朋友也可以为此写很多诗，每个人都可以为此赋诗作词。

现在我们可以清楚地看到诗歌有许多重要的社会功能。但你也不能因此否定在元代还有少数咏叹义妇楷模的诗歌具有道德教化、表彰的作用。在这里，非常有意思的是，我们见到了另外一种变化，妇女的德行不仅如以前那样对男人来讲具有树立道德典范的作用，在元代前期我们看到出现了这样的观念：妇女已经成为恪守道德规范的中心，诚如程朱理学所笃信的那样。妇女不仅应当遵守道德准则，妇女更应当遵从夫妇之间的关系秩序。所以有人这样说：

> 易象论家人独首曰利女贞，爻义取于正家，有嘻嘻失节之戒，盖谓梱内者一家兴衰所系而必修身以为之本焉耳。故世有宁蹈水火而不肯践二姓之庭者。

所以这里我们看到上述话是针对妇女而言的。另一个学者接着说道：今天见到高的操守，使我再一次相信天意和人伦是真的不会泯灭的。因此，我们看到即使在元代，只要还有节妇义妇，中国的道德文化就依然存在。

最后，我想提出的是，之所以撰写"节妇吟"会在元朝士人中蔚然成风，部分是由于这种方式能让男人们参与到宣扬道德规范的活动中去。还记得吗，元代的汉族士绅已不能通过科举考试获得功名；他们没有能够成为保家卫国的英雄打退元兵的进攻掠夺；他们在自己生活的时代被剥夺了公民权；他们不能够使自己的家庭免于赋役。而妇女则通过成为节妇义妇的典范承担起了重责。所以，男人们不能再做什么了，但能通过撰写妇女的事迹参与到论述中。因此，诚如一位作者指出的，如果妇女的这种行为能够证明天理人伦不灭的话，那么"子士君子有感于彝伦之重者诗以咏之"。所以男人承担起撰文赋诗以赞美妇女德行的角色。

综上所述，我们看到颂扬"节妇"的观念在不同的时期起到了不同的作用，从北宋开始证明王朝政权的合法性和党派斗争的工具；到南宋时期激励男人的忠诚；元朝，开始成为社会文学创作、娱乐的手段，养家糊口的手段，提升社会地位的途径，并以此宣称自己的道德与社会角色。很明显，这些现象不能被视作特定理学或道德教化下的结果。我想指出的是,所有这些情况并不是真正源于对妇女这种美德的感召,不是要教化女人更为贞节,也不是禁止寡妇再嫁。虽然如此,这种"节妇话语"(faithful wife discourse)渐渐开始影响了对妇女行为的要求。元朝灭亡后,"节妇"观进一步演化,到明清时期,"守节"已成为一个有道德女性的表征。谢谢!

提问与回答

司佳:

非常感谢!柏文莉教授刚给我们介绍了从北宋、南宋再到元朝关于"节妇"观念以及社会探讨的清晰主线。她指出这不仅有来自诸如程朱理学等哲人宣扬的道德理念的影响,而且有来自当时文人与他们所处社会地位、状况的原因。我想在座的各位一定已有准备好的问题了。请自由提问。

学生:

请问从起源来讲,为什么宋朝会对"节妇"进行奖励?我的意思是宋朝对"节妇"奖励政策的缘起是怎样的?

柏文莉:

这是出于历史的背景,从汉代以后,一直给予这种旌表,可这是偶尔的事,不是经常的事。

学生:

两年前我在武汉大学学习,有幸听了杨果教授的讲座,也是关于宋、元妇女"守节"问题的,我想她提出了同您相类似的观点。所以我的问题是,您是否对中国学者关于妇女"守节"问题的研究有所了解?

柏文莉：

我尽可能地了解了我能知道的关于这个问题的研究成果，我对你提到的那位学者的研究很感兴趣。

学生：

她的研究领域也涉及古代社会，比如周朝时期，那时妇女的贞洁问题并不敏感，妇女可以改嫁而不必担心有道德问题。另外，我很想了解一下，您能不能再多谈一下所参考的史料，因为我注意到您引用了相关的墓志铭、诗歌等，那是否关注过地方志材料？

柏文莉：

首先，关于宋元地方志材料本身并不是很多，我看了所有的地方志，宋元地方志中偶尔有材料谈及妇女守节问题，但并不是很多。我注意到明清时期的地方志中有更多关于宋元时代节妇、烈女的记载，但你必须注意这些材料，很多是明清人对宋代史料的再引用，对这种二手材料得格外谨慎。所以，到目前为止我坚持利用我所能看到的宋元时期的史料。基本上，我是在四库中搜索一切有关节妇、烈女的记载。开始的时候我甚至找人翻找四库中关于节妇、烈女的记载，并给予报酬，我翻阅了大量的古典文献，查找了四库中我能找到的任何关于节妇的记载。一些文献表明从宋到元，节妇吟的兴起是有一个过程的，并不是一开始就有孝子为寡母歌功颂德的传统。但这种过程的确是新出现的现象。在这里我没有机会具体地讨论这个过程是怎样的，这确实与一些主题有关，例如究竟用何种方式歌颂节妇，当时也存在关于是否应该写诗来歌颂这些妇女的争论，但最后，所有人都说，即使有其他的原因，但为了教化还是应当这样做。

学生：

您提到程朱理学并没有说妇女不可以改嫁的问题。我的问题是，您对程朱理学与节妇观到底有怎样的联系、起了怎样的作用有研究吗?

柏文莉:

我当然试图找到程朱理学的影响,但我没有找到。我的意思是,一些写节妇吟的作者,特别是在南宋时期,是属于程朱理学派或与此相关。但我查找了一下程颐的言论,他并没有讨论过节妇问题。朱熹也没有谈及过。杨时和张栻或多或少提及节妇问题。真德秀在南宋晚期曾有关于节妇的只言片语。程朱理学确实关注道德典范问题,他们写文章礼赞道德典范,但并非只针对妇女,他们更多地是关注男人的道德问题。

司佳:

大家希望您对讲到的第一部分内容再多谈一些。我也有一些问题想说,我不是研究宋史的,但我对您提到的那些有着社会功能的文学作品,例如诗、词等非常感兴趣,这些您都提到了,但只是略微说了一点。您认为这些文学作品所起的社会功能是否有区别,哪怕是细微的区别?

柏文莉:

是的,我也认为存在这种区别。这的确也是一个论题,我在文章中没有提及。在南宋时,有迹象表明程朱理学派有志于创作词曲供人们吟唱,以此来提升社会道德风气,用这些词曲来替代通常的表达。程朱理学派致力于创作类似于流行歌曲似的词曲,用这些词曲来激励人们的道德规范。很多诗看起来很简单,例如:“啊,她的心灵,啊,她的玉颜!”

司佳:

有戏曲形式吗?

柏文莉：

绝对的，有涉及到元代戏曲的。当某个贞洁典范变得广为人知时，就有好几个剧目涉及这个典范的故事。其中一个就是《窦娥冤》，韩希孟的故事到元代就成了《窦娥冤》的故事。在形成窦娥故事前有各种传记写这个妇女的故事，人们谈论起来都感慨这样的妇女是多么圣洁！所以人们很清楚地意识到这种形象的存在。

学生：

我还有一个问题。您谈到在宋朝，朝廷以节妇的形象作为典范来激励官员们对朝廷的忠诚，由此您谈到妇女忠诚形象的模糊性。那么在不同的场合下，有什么具体的证据、迹象来说明这种模糊性吗？

柏文莉：

忠贞妇女的形象出现在各种不同的情况下。我得指出我并没有说是朝廷利用妇女的形象，以文学作品的形式来激励官员的忠诚。朝廷对节妇烈女进行旌表，但在南宋，人们撰写节妇吟并不一定是冲着获得朝廷表彰，很多文章是为了缅怀死去的那些烈女节妇，这些贞洁的女人死了，可男人们却干了些什么！并不是朝廷出面来写这些文章的。这些文章也强调了男人在这个时期该做些什么，这些妇女无论是为丈夫而死还是为父亲而死，抑或是为了婆婆而死，再或这些妇女可能是为国家而死，这些都对男人们应该保家卫国形成反衬和激励。这是我试图想证明的这些“节妇吟”文章的意义所在。

学生：

我的问题是，您的论点是宋明理学并不是节妇观念形成的关键因素，而是许多政治、经济因素在起主导作用。我是学经济学的，所以我想，在宋朝，如果人们首选去为了某种经济利益而牺牲他们的母亲或者女儿的终生幸福，这一定是以最小的代价去换取经济上的利益，否则他们将无法获得这些经济上的好处。所以当时的实际情况是怎样的？为什么他们不选择其他的方式去获取这种利益呢？

柏文莉：

这是一个很好的问题。我在想为什么母亲守寡，作为一个孝子不为母亲的幸福着想。但试想你的母亲是个寡妇，她也许根本不想改嫁，这就算不上什么牺牲。寡妇在宋朝有财产自主权，你可以拥有属于自己的财产，管理家庭财产，如果改嫁还得受制于人。也许你更愿意独身一人来管理自己的家庭。再嫁还得听从丈夫的话。宋朝寡妇是可以管理家产的，甚至整个家族的财产，那做一个寡妇看似也没有那么糟糕。加上宋代没有专门的法规规定妇女不能改嫁，因此刚开始也很少对节妇有所奖励，加之对忠孝者的奖励也很少，除非做出很夸张的行为，例如在冰下摸鱼，徒手挖墓葬母，诸如此类。所以要证明你是一个孝子比证明你是一个节妇要困难得多。这就是为什么元朝官员抱怨说许多上书要求对节妇的节行进行表彰赏赐，可实际上这些妇女并没有做什么，所以官员们接着说道，既然你是个节妇，那就必须在二十五岁前守寡直到五十岁都不能改嫁。因此，此后这些文章中都特别注明她是个节妇，因为她在二十五岁前就守寡了。这让我对这种结果进行思考。这种结果无疑是朝廷的奖励政策所造成的，特别是在元代。打个比方，加州大学出台政策说，如果你是克服了困难来上大学，你申请的时候可以受到优待。所以在申请书中你肯定会大肆描述你的生活有多么悲惨，我现在准备申请来这所学校读书、读研，我是在克服了所有这些不幸后来到这里的。人们以前从来没有这样做过。但现在是你给予这种做法以奖励，所以人们才会这样做。同样，如果做一个寡妇会得到奖励，那么妇女就会去做寡妇。所以我的意思就是，如果妇女不再改嫁能获得奖赏，那妇女当然一般会选择不再改嫁。

学生：

非常感谢您的演讲，使我了解了更多“节妇吟”的社会功能和作用。我想知道这之中出自妇女自己的声音有多少。正如您提到诗中所描述的一位烈女在临死前写了一封血书言志，一位烈妇投河自尽。但这些到底表现出妇女内心真正是怎样的感受？在诗中这些作者以节妇烈妇本人的口吻叙述，哪些是出于她本人的真实感受呢？我想知道，是不是诚如我们所见到的所谓为丈夫死，或为了某某而死，到底她们为什么要做此牺牲？

柏文莉：

在这个时期是非常难以确定的，很多诗并不是这些妇女本人写的。我想到后来中国出现了很多妇女自己写的文章。所以想要确定哪些诗词是出于妇女本人之手，即使其中有一些是妇女本人所写，也是非常困难的事情。比如郝经说这是韩希孟写的诗，诗写得很美，也用了歌行体。那这首诗难道不可能是郝经自己写的吗？假托这是韩希孟自己写的，这是男人以此来说这是妇女的所感所想的一种方法，也是男人借此来体验妇女的忠诚性，而事实上妇女也许并没有这样做，这样他就可以借此来写一首以妇女自己的口吻叙述的诗。所以要判断一首以妇女口吻叙述的诗歌是不是出自她本人是十分困难的，因此也不能判定诗中所反映的感情是否是出于这个妇女本人真实的感受。近来的研究成果中，一位圣地亚哥大学的教授写了一本关于清代“贞女”的研究。她认为很多妇女之所以不愿意改嫁而选择做贞女，住在夫家，很多是因为她们对自己丈夫的罗曼蒂克的情怀。很多这样的妇女是违背了父母双亲希望她改嫁的意愿，情愿做一个不孝儿女。父母希望她改嫁，可她坚决说不。这位教授指出，从这种情况看出有一部分是出于妇女的浪漫情怀，这位教授可能就有一些这类妇女本人写的文章。因此，就上述提及的一些诗很难看出妇女的内在本质和她们所要表达的对世界的真实看法。实际上，关于“贞女”的研究也是出于对这个问题的探讨，只是以一种不同的方式来加以表达。

学生：

元代法律材料中所保留的相关记载，您是否有过研究？

柏文莉：

对于盛行赏赐节妇义妇的元代来说，要求表彰节妇义妇的上书肯定会形成大量的官方法律文书记载。对于法律方面的文书，我倾向于利用这类史料研究本课题的另外一些方面，因为这些文书可以反映官员以怎样的法律准则来处理事情，但对于"贞节"问题，这类文书不一定能很好地适用，这对官员利用法律文书来处理事件也许有用，但这类史料我认为不如其他一些史料来得有意思。

学生：

我有一个关于她们实际生活的问题。这些节妇烈女有时情愿自杀也不愿意改嫁的原因，是否出于现实生活的不如意，她们本身的生活情况就十分艰难呢？所以她们情愿去死。

柏文莉：

事实上，我所引述的元代一篇文章中写道，这是由于妇女对风俗教化的看重，所以她们情愿死也不愿意改嫁。我们知道，这样做来表示自己的道德贞操是非常有用的。在元代，至少在元朝的一段时期内，当一个女人的丈夫死后，她可以选择嫁给丈夫的弟弟或侄子。而有的妇女宁可死也不愿意这样做。我觉得视人们的不同关系而有不同的选择。对一个女人来讲，也许做一个寡妇也有不同的情况。如果你是富有的，有钱，有土地，可以自己掌管土地，那么做一个寡妇也没什么不好；如果你要寻找寄所，还得看别人的脸色生活，也许更可能选择死亡。所以就很难知晓真实的情况了。

学生：

我想问的是，宋代理学的代表人物是否可能通过科举施加他们的影响？

柏文莉：

同样这也是个难题，很可能在朱熹所处的时代，程朱理学并非如今天我们所想象的那样具有影响力。因为宋代的历史现在有许多可供重新书写的史料记载。另一方面，我的研究表明，道德成为了一种社会资本。当程朱理学成为科举考试的一部分时，人们理所当然会去买这些理学的书籍，知晓这种道德准则，这是在元代前。因此当理学成为科举考试进阶的一部分时，这是非常复杂的，人们当然会接受这种学术道德宣扬，因为接受它能获得社会利益。

学生：

这是在宋朝吗？

柏文莉：

很可能不是在宋代，至少不在 13 世纪以前。我们目前所能看到的材料绝大部分出自认同程朱理学的人之手，反过来说，如果人们不认同，也就不会有历史记录留存下来。

学生：

我对这个问题很感兴趣，同样，在西方世界是否有人引经据典来限制妇女的行为？据我所知，有些古老的遗嘱中有遗愿说，一位好的妻子在丈夫死后很多年不能改嫁。我想知道在西方是不是有这样的情况？

柏文莉：

没有专门强调妇女在丈夫死后不能改嫁的规定，各个家庭的结构不同，情况也有多样性。当然今天人们仍然利用基督教义来约束妇女，这种情况充斥着整个历史，与烈女相似的情况是基督教中的原罪，使妇女接受死亡来表示对教会的忠诚，这会被教会视为典范，这是贞妇所做的，她不愿意改变信仰，如果那样她情愿去死。所以这是西方的事例，来证明对信仰的忠诚。

学生：

您认为这是由一种族长制的社会直接导致的吗？

柏文莉：

没有人直接指出这是族长、家长制所造成的。当然，这是妇女在社会中相对低下的地位所造成的现象，这在世界历史的不同文化中是相似的。

学生：

所以这样说来程朱理学与此是不相关的？

柏文莉：

我没有说程朱理学与此不相关，只是认为它并不起决定性的作用。也许在座的各位已经知道这一点了，但据我所知很多旧观点还认为程朱理学与妇女地位低下有直接的关系，这就是我在这里进行讨论和阐述的初衷。

司佳：

谢谢柏文莉教授的精彩讲演，也谢谢在座各位的热烈讨论。（掌声）

柏文莉：

非常感谢！

正风俗与反禁奢：明清崇奢论的社会史与思想史

主讲人：林丽月

主持人：邹振环

林丽月

台湾师范大学历史系教授，研究领域为明代史、明清社会文化史。著有《明代的国子监生》、《明末东林运动新探》等。

邹振环　　复旦大学历史系教授，研究领域为明清文化史、西学东渐史。

邹振环：

诸位，首先我很荣幸来主持林教授的演讲，林教授是知名的明清史专家，台湾师范大学历史研究所博士，现任台湾师范大学历史系教授，2004年至07年曾任台湾师范大学历史系主任。林教授从七十年代就开始发表著作，著名的代表作有《明代的国子监生》、《明末东林运动新探》等，近年来林教授多从事社会史方面的研究，对消费问题有非常独特的看法。我读了林教授很多的论文，对这些论文非常佩服，她把西方的理论融化在整个研究过程之中，不像大陆有些学者特别注明自己使用了什么样的理论，而是通过论述的过程把西方的理论表述出来。而且林教授的论文有一个特点，对学术史的综述特别的出色，把过去的研究成果阐述的非常清楚，在这个基础上才提出自己的问题。下面我们请林教授来做报告。

林丽月：

葛院长、邹教授，在座的各位老师、同学，大家好。非常荣幸能够应葛院长之邀来文史讲堂跟大家报告我过去的一些研究心得，也谈谈我对相关问题的一些想法，更高兴的是跟年轻同学有交流的机会。葛教授是蜚声海内外的思想史专家，邀我来演讲的时候我有些惶恐，因为新的作品还不成熟，旧的又怕炒冷饭，不知道要讲什么。今天，我以过去十年花较多时间关注的问题为核心，给大家做个报告，主要是谈明清崇奢论的社会史和思想史这两个方面，其实这两个方面也反映在演讲题目的前半段上：正风俗与反禁奢。首先，我想简单介绍一下台湾史学界的社会史研究，过去几年又是怎样看待思想史的一些大概，然后再进入演讲的主题。

我在1970年代进的研究所，当时选定《明代的国子监生》作为硕士论文多少反映了台湾史学界当时比较关注社会史研究的背景。各位都知道，美国柯保安(Paul A. Cohen)教授在1980年代写的《在中国发现历史——中国中心观在美国的兴起》中指出，从1960年代开始，美国的中国近代史研究的问题意识，主要集中在面对西方的挑战中国做出了什么样的回应。我在读硕士班的时候，在那样的史学风潮下，当时很多同学都做鸦片战争以后的历史研究，主要是探讨在西方的冲击下清帝国做出什么样的回应，有什么样的改革，包括有什么样的新式企业等。我后来决定做明史研究是因为有一点点困惑，总觉得历史真是这样突然地开始有这些反应的吗？也就是说，是因为西方人给中国这样大的冲击，才产生后来我们看到的这些变化吗？经过一段寻寻觅觅的过程，我没有去做19世纪的中国历史研究，而是选择做比较前面的明代史。1970年代，美国实证主义史学还很盛行，强调历史的科学性，所以在我念硕士班的时候，援引社会科学的理论和方法来作历史研究帮手的风气很盛，我的硕士论文《明代的国子监生》用的是社会史的取径，更具体地说，是一个社会阶层及其社会流通的研究，试着透过监生这样一个title去看这个阶层的人和社会的互动，也因为这样的背景，我一直期许自己在社会史的领域里持续努力。不过我们知道，1980年代以后，美国的史学潮流发生了很大的变化，对从前结合社会科学理论与方法的历史研究进行了很多反省，就社会史来讲就是转向不做“大叙述”，同时注意“由下而上的历史”(history from the bottom up)，就是不再只注意上层阶级的社会活动，而注重下层社会的历史，包括研究地方史，通过地方史的研究来了解中国传统内部的变化。根据我求学和工作的体验，这个研究取向对台湾史学界的影响目前还在持续中。

今天讲题中的"思想史和社会史",是指使用有关奢侈的史料或者奢侈论的研究,从社会史的角度和思想史的角度去提出什么样的方法的反思。也可以说,同样的一批史料,是不是可以给我们不一样的切入点,这也是我做了几篇关于奢侈的讨论之后,希望提出来跟各位交流的地方。接下来我就从这里开始谈谈关于奢侈史或奢侈的史料能够给我们什么样的历史层面。奢侈,从社会史来看其实是一个社会现象,刚刚葛教授说大陆现在非常奢侈,饮宴的奢侈尤其浪费,那天我们到南浔镇考察,参观了刘梯青的宅第,宅里的玻璃都是法国进口的,据说当年还养了一头牛每天早上挤新鲜的牛奶来配烤面包吃,我们笑说那才是奢侈,我们现在的生活哪叫奢侈。我们从古代文献上看到有人写某些地方奢侈成风,或者说某些人过得很奢华,其实这些记载对奢俭的界限并没有明确的标准,但是它反映了这个社会正在变化,是社会变迁(social change)的问题。在这个社会变迁里,经济力的提升会带来生活的改变,这是非常明白的道理。所以我们都很容易从有关奢侈的文献里想到它必然是一个社会史的问题,如台湾学者巫仁恕先生所做的奢华、品味与明代士大夫文化的研究。

从另外一方面看,我认为奢侈史有属于思想的层面,也就是说关于人的观念的改变。因为奢侈的定义是非常模糊的,会随着社会的改变而改变,我在前言里引用了古典经济学者维尔纳·桑巴特(Werner Sombart)在他的名著《奢侈与资本主义》中的观点:"研究奢侈史必然要考察一些有形的遗存,诸如建筑、衣物、用具、有关开支的帐簿和票据、游记、时人对当代形势的描述等,其中关于道德说教的当代人著作尤为探讨奢侈发展史重要的素材,欧洲16世纪至18世纪众多回忆性的文献即提供了很多奢侈史的重要史料"。这对于研究中国史的人来说也很有启发性。桑巴特认为奢侈史的材料不是只有建筑、衣物、用具等有形的东西,那些充满道德说教的回忆性文献也都是研究奢侈史很重要的素材。这与我过去十年在阅读地方志及明清笔记小说等资料的观察是不谋而合的,比如说这些笔记在谈到奢侈的现象时,通常都是不赞同的，在述说某个城市、某个富豪如何奢侈的时候，也都充满道德批判的字眼。不过，几百年后的我们可以通过这些充满道德说教的文献来找到他们对于奢侈、消费，特别是炫耀性消费的看法。这也是为什么我们可以从风俗论、方志风俗志的材料中看到这些现象的原因。比如说晚明的地方志会说，国初的时候风俗淳厚俭朴，近年风俗变得比较奢侈，比较浇薄，我们既可以由此发掘出具有思想史层面的文献，也可以看到当时不知名的文人对奢侈的看法，这也是对思想史、观念史有兴趣的朋友可以细心考掘的地方。

传统社会"奢"和"俭"的区分，归纳起来主要有两种：一种是可以根据社会等级来区分，超过自己社会等级所规范的标准的消费叫做"奢"，或更明确地说是"奢僭"；符合或低于社会等级规范标准的花费，叫做"俭"。这个"僭"非常重要，因为它表示逾越，也就是超过社会等级的界限。我们应该注意在中国的文献里，"奢"字有非常复杂的意涵，它不只是我们今天说的花钱很多，或大量花费的"奢"。第二种，是根据消费是否为基本需要来区分，现在很多人提倡俭约，会说这样就够了，如果超过了基本需要就是奢侈了，这个也是奢侈划分的方法。包括西方社会在内，"奢"和"俭"之间的区分界限其实是很模糊的，会随着社会的改变而改变，随着社会环境的变化，奢俭的标准也在变化。人们对奢侈的看法可以成为我们研究社会史很重要的材料，关键就在这里。

所以，我们可以从研究类似问题的西方学者那里得到一些新的启发，例如英国学者 Christopher Berry 有一本探讨西方奢侈观念史的名著 *The Idea of Luxury: A Conceptual and Historical Investigation*，有些概念拿来观察中国史和中国近代史上的奢侈是非常有意义的。Berry 在书中说："一个社会的政治秩序观念，来自它对'欲望'(desire)的评价和对'需要'(need)的定义。我们通过一个社会对'欲望'评价的变化，可以了解实质问题的'奢侈'的变化。换言之，定义'奢侈'等于定义'社会'"。这里所谓的"秩序"就是包括消费方式都要符合社会身份等级的规范，如果超越这些身份等级界限的话,对传统社会来讲是会破坏这个井然有序的社会秩序的,所以在传统中国,消费或者奢俭从来都是带着非常浓厚的政治意义的,而不仅仅是道德意义上的概念。西方也是如此,因为那是基于一个社会秩序的要求,所以Berry会说"一个社会的政治秩序观念,来自它对'欲望'的评价和对'需要'的定义。""欲望",一个人不可能没有欲望,问题是我们可以容许到什么程度,它是一个很俭朴的欲望、基本的欲望,还是有更多的追求。相对的是"需要",有多少才符合你的需要,这是跟欲望相辅相成的。因此,Berry认为我们可以通过一个社会对欲望定义的变化去了解奢侈的变化。我非常赞同"定义奢侈等于定义社会"的观点。也就是说,我们认定什么样的行为或者什么样的花费是奢侈的,其实反映了我们这个社会是一个什么样的社会。就让我们从这里进入明代社会的讨论。

关于明代的研究,二十多年来,大陆与台湾的学者,对明代中期以后的社会风气问题有很多的关注,我发表过一篇相关成果的研究讨论。这里介绍台湾开风气之先的徐泓教授的一篇文章,他在《明代社会风气的变迁——以江浙地区为例》一文中,把明代社会风气的变迁分为前期、中期、后期三个阶段,在台湾有很多学者引用他的分期来观察明代社会风气的变化。前期是洪武至宣德(1368—1434),中期是正统至正德(1435—1521),后期是嘉靖至崇祯(1522—1644)。正统到正德是一个转变期,根据方志风俗志的记载,提到"浑厚之风少衰",所谓的"浑厚之风"大概就是俭朴的风气,"浑厚之风少衰"是对社会"由俭入奢"的描述。后期嘉靖至崇祯这个阶段,一般认为是奢侈的风气更为明显,奢侈更为热化的一个阶段。在各个阶段的地方志或明代士人笔记中,他们在提到社会风尚的变化时,都是带着无奈且忧心忡忡的口气。感叹社会越来越奢侈,人心不古,"伦教荡然",有些文献说"成何体统",体统就是原来的政治社会秩序。在当时的人看来,晚明是一个秩序被挑战、被破坏的时代,这就是充满"世变"的感觉。从风俗论里面可以看到对"世变"的危机感,用我们今天的话来讲就是社会在改变,比方说:这个社会变得跟我年轻的时候不一样了,或者跟小时候所感受到的人际关系、生活方式不一样了。这类记载在风俗志里很多，特别是文人士大夫的记述，他们谈风俗的时候都用一种回忆性的口吻来批评“近世”的变化，因此我们在风俗记述里可以看到他们对奢侈的看法。他们通常对于日趋奢侈的这种“世变”认为是不好的、不对的。例如嘉靖年间海宁一个名不见经传的士人许敦俅记录道：“今之奢华，皆始于富贵之人。贫贱不能自揣，效而成俗，非此则为鄙陋。……大都世俗前质朴而殷实，今华丽而空虚，所谓俗富而民贫非欤”（许敦俅《纪世变》）。类似这样的感叹也经常见于地方志，例如明天启年间刊刻的《杭州府志》批评明末杭州人“贫作富态”。这是说：明初本来是一个贵贱有等的社会，从服饰来说，一看穿着就知道你是什么身份、什么社会等级的人。普通老百姓住的房子，不会有燕尾式的屋脊，都是一望而知贵贱的。可是这样贵贱有别的秩序在明代中期都被破坏了，所以他们有批评、有感叹，说这是“贫作富态”。我认为还有一个层次，就是“富作贵态”，有钱人利用拥有的财富来装扮自己，让自己看起来有身份有地位，这牵涉到很多层面，特别是所谓身份竞争的问题。以上我们谈到奢侈的社会层面，是比较外显的部分。

从另外一方面看，人们对于奢侈的现象又都很无奈，因为没有办法使社会风气回归淳朴，多数人不是批评有钱人太奢华，就是感叹世风浇薄，今不如古。但同时代也有一些人提出肯定奢侈的论述，虽然这些人跟其他的知识分子比起来绝对是少数。少数士人对政府的禁奢政策提出质疑，不仅赞成消费，而且鼓励某些人奢侈。其中最值得注意的是我在参考资料里提到的陆楫（1515—1552），他是上海人，他的父亲是弘治年间有名的大臣陆深（1477—1544），但是他自己没有什么名声，考过三次乡试，都没有中举，三十八岁就因病过世了，终其一生只得到国子监生的资格，也没有任何仕宦经历。我在1994年的论文中曾考索陆楫一篇论奢的文章，傅衣凌先生在1957年出版的《明代江南市民经济试探》中首先提到这篇文章，过去一般都是引自沈节甫《纪录汇编》所收的《蒹葭堂杂著摘抄》，傅先生认为这代表资本主义萌芽时代很多观念的改变，特别需要注意的是他提到曼德维尔（Bernand

Mandeville)在《蜜蜂寓言》一书中强调的奢侈有助于全面就业的思想。1960年代,旅居美国的杨联陞院士,在一篇英文的论文中讨论管子的《侈靡篇》,并在篇末附录了陆楫这段谈论奢侈的文献。1994年,我从台湾图书馆所藏的《蒹葭堂稿》发现,陆楫的那段文字的原始出处是陆楫的《蒹葭堂稿》,而不是《蒹葭堂杂著摘抄》。《蒹葭堂杂著摘抄》也不是一个书名,考证细节就不多说了。在赵靖先生编纂的《中国古代经济思想著名著选》中,选辑了陆楫的这篇文章,书中说陆楫著有《蒹葭堂杂著》,这是错误的,它的原始出处其实是《蒹葭堂稿》卷六《杂著》。过去研究思想史大都研究大儒,我们是不是可以透过陆楫这些名不见经传的"小儒",去看他比较全面的思想或价值体系呢?

陆楫的这篇文章,我还是沿用了赵靖先生选文时所加的篇名《禁奢辨》。这篇文章大约六百多字,归纳文章的要旨主要有四个方面:第一,基于孟子"通功易事,羡补不足"的观点,节俭不能使整个社会富有,奢侈则可以"均天下而富之"。换句话说,个人或个别家庭崇尚节俭,虽然有助于财产的累积,但就整个社会而言,奢侈却是有利的。第二,风俗奢侈可以带来较多的消费,大量消费有助于人民生计,强调"其地奢,则其民必易为生"。肯定富人的奢侈与贫者的生计是一种"彼有所损,此有所益"的互动关系。第三,习尚越奢侈,从事工商等"末业"的人就越多,对促进地方经济发展有利。第四,风俗的俭奢,是由各地贫富的不同所造成的,因此为政者要"因俗而治",不宜一律强制禁止奢侈行为。

陆楫为什么反对国家盲目的禁奢?他有两个很重要的逻辑基础,一个是来自古代思想传统的,即孟子说的"通功易事,羡补不足",认为资源是流动的,所以可以拿比较富有的人的财富来补穷人的不足。他基本上用这个逻辑来说节俭不能让整个社会变得富有,而奢侈能够让一些贫穷的人分到一些利益。所以他反对政府全面禁奢。另一个是,他认为"奢易为生",我们细读他这篇六百多字的文章,可以发现他非常强调一个地方富有了才会奢侈,而风气奢侈的地方,人民很容易讨生活。他举了很多例子,尤其是苏州和杭州。关于杭州的奢侈,他举西湖为例,说从南宋以来,西湖奢侈成风,西湖的奢华可以养活很多人,诸如替人划船的船夫、在画舫上唱歌的歌女等等,这就是他说的“彼有所损,此有所益”,富人有花费,穷人可以讨生活有收益,把富人的奢侈和穷人的生计连结在一起。第三,他对工商业的看法很正面,认为工商业比较发达的地区的人,生活比较好过,所以也比较奢侈。最后一点,也是《禁奢辨》这篇文章最有力的主张,就是全国不一定要一律禁奢,因为有些地方的奢侈是一定的历史地理因素造成的,当然更重要的是经济的背景和条件,所以应该因地制宜,在不同的地方,国家的禁奢政策应该有所不同。

陆楫从“通功易事,羡补不足”出发,总结说:“富而后奢,先贫而后俭,奢俭之风起于俗之贫富”。我们可以发现,文献中说一个地方风气很俭朴,这个地方其实很穷,要不就是山多田少,土地非常贫瘠。而如果说这个地方风气很奢华,进一步就会发现这个地方富裕,通常是工商业比较发达。社会风气的不同,是因为这些地方的经济条件不同。16 世纪的陆楫对这个现象看得很清楚。可以说,陆楫不是经济学家,也不是社会理论学家,只是一个社会观察家,观察并写下了反映事实的社会现象。

陆楫把小民的生计和富者的奢侈连在一起,认为富者的奢侈对于贫者是有好处的。晚明有这样想法的,陆楫并不是惟一的一位,还有一些当时活跃于南方的士大夫也有类似的观点。比如杭州的叶权(1522—1578),他说:“(杭州)城中人不事耕种,小民仰给经纪,一春之计全赖西湖。大家坟墓俱在两山。西方宾旅渴想湖景,若禁其游玩,则小民生意绝矣。且其风俗华丽,已入骨髓,虽无西湖,不能遽变。往遭兵饥,春来湖中寂寞,便非太平气象。余少时则见其逾游逾盛,小民逾安乐耳。何烦禁之?”(叶权《贤博篇》)。嘉靖年间的田汝成(嘉靖五年进士,浙江钱塘人)也批评地方官每遇荒年即禁游西湖“非通达治体之策”,因为“游湖必殷富之家,衣食饶裕者,未闻有揭债典衣而往者也。游湖者多,则经纪小家得以买卖趁逐,博易糊口,亦损有余补不足之意耳”。这些崇奢论的记载,对于研究观念史的人有很重要的意义,比如说关于游观览胜的活动,中国传统士大夫认为这是不值得鼓励的,甚至认为玩物丧志,巫仁恕先生研究旅游文化时对这个问题有深入地讨论。但在肯定奢侈的文献中,我们可以看到他们不约而同地肯定游观。这些赞成游观的论述中,有两个非常有意思的脉络,一个是范仲淹(989—1052),他在杭州做过官,有一年杭州闹饥荒,他找了很多老百姓来大兴土木,另一方面,他也不禁止西湖的游览,当时很多人认为这个不对,批评他为什么不禁止富人豪奢。我们知道,荒年时大兴土木(兴造),一直到明清都还是救荒的措施之一,这就是传统的"工赈"(以工代赈),官府找老百姓干活,有工钱可领,有饭可吃,这种"以工代赈"的荒政思想在传统中国并不陌生。但上述崇奢的论述里有一个部分是被压抑的,就是肯定"游观"的部分,多数人对于游其实并不公开觉得它对国家社会是有利的,因为在官方救荒过程中放任百姓去嬉游的做法,跟中国传统道德层面的"尚俭"观念是冲突的,所以范仲淹荒政措施中鼓励游观的这一块被舍弃了,这是宋元之后见于记载的"工赈"只剩下鼓励"兴造"的根本原因。一直到清代民国,在一些荒政措施里都可以看到以工代赈的做法。荒年或兵灾过后大兴土木,确实是有刺激消费、提振经济的作用,就好像现在兴建公共工程,会有刺激就业的效果。至于游观,有能力负担奢侈消费的人,游西湖要带一大批人去,乘的是很华丽的画舫,吃的也非常讲究等等,这样一套消费机制其实也是可以养活很多人的。但这个部分的论说,相对于"工赈"就少得多。

接着,我想谈谈晚明这些小小的社会观察家的"声音"在后来明清的观念史里面有没有一些位置。可以确定的是,其中陆楫六百多字的《禁奢辨》是有一定影响的。陆楫的影响比起同时代的大儒或门徒众多的思想家,虽然好像微不足道,但他所主张的政府应该因地制宜,而不是盲目禁奢,在明朝以后确曾受到清代士人的重视。虽然在人数的比例上很少,但从观念史来看,确实是一种传播。我们可以从文献传抄的过程来考察这个问题。清人有好几个笔记把陆楫的文章几乎全部抄录下来。如法式善(1753—1822)《陶庐杂录》中有一段录自《推篷寤语》的文字:

> 今之论治者，率欲禁奢崇俭，以为富民之术。殊不知天地生财，止有此数，彼亏则此盈，彼益则此损。富商大贾，豪家巨室，自侈其宫室车马饮食衣服之奉，正使以力食人者得以分其利，得以均其不平，孟子所谓通功易事是也。上之人从而禁之，则富者益富，贫者愈贫也。吴俗尚奢，而苏杭细民多易为生；越俗尚俭，而宁绍金衢诸郡小民恒不能自给，半游食于四方，此可见矣。则知崇俭长久，此特一身一家之计，非长民者因俗为治之道也。予闻诸长者云。

其实这是陆楫《禁奢辨》一文的内容，只有最后的几个字“予闻诸长者云”是陆楫原文没有的，显示这不是他自己的创见。关于这个部分，余英时先生在一篇谈论明清儒学转向的文章中曾提到，他认为《陶庐杂录》是陆楫原文的提要，文中也提及《推篷寤语》。比对《四库全书存目丛书》子部所收北京首都图书馆藏隆庆五年刊本的《推篷寤语》和笔记小说本的《推篷寤语》的文字，我发现两者内容不同。隆庆五年刊本的《推篷寤语》中的这段文献与陆楫的文字是一样的，笔记小说本则没有。我的推论是，《陶庐杂录》应该不是直接从陆楫的《蒹葭堂稿》抄录，而是从《推篷寤语》中转抄的。因为陆氏家刻本的《蒹葭堂稿》，后来知道的人似乎不多。我推测李豫亨应该是看过《蒹葭堂稿》的，陆楫《禁奢辨》的影响到最后通过李豫亨的《推篷寤语》被后人传抄，包括法式善和后来的魏源。

陈国栋先生在《新史学》5卷2期曾经发表一篇论文，从西方经济理论的角度回应我讨论陆楫崇奢论思想的文章，陈先生认为“崇奢”二字容易让人误解为全面地赞成奢侈消费，主张称之为“反禁奢”，也就是反对无条件的禁奢、反对盲目的禁奢。不论是“反禁奢论”或“崇奢论”，就观念史来看，有一个值得我们注意的问题，那就是中国古代的思想有没有一种“保富”的观念，也就是肯定富人的财富对国家和社会整体是有益处的。随着中国近世商品经济的发展，这样的观念逐渐滋长，虽然它跟主流的思想比起来还是相对较小的声音,但我觉得这个声音很值得我们注意,并进一步探讨其相关观念的发展。我发现清人抄录李豫亨《推篷寤语》论奢的文字后面都紧跟着一段申论"保富民"的文句,所谓富民,可以说是拥有很多土地的富农,但是以当时的经济情况,更大程度上是经商致富的富人。余英时先生曾指出,宋代已有少数人提出"保富"可以"安贫",苏辙的文集里有这样一段文字:

"州县之间,随其大小,皆有富民,此理势之所必至。所谓物之不齐,物之有情也。然州县赖之以为强,国家恃之以为固,非所当忧,亦非所当去也。能使富民安其富而不横,贫民安其贫而不匮,贫富相恃以为长久,而天下定矣。"(宋·苏辙《栾城集》)

我们看《推篷寤语》在抄录陆楫的禁奢文字之后,也有这样的一段文字:

善役民者,譬如植柳,薪其枝叶,培其本根。不善役民者,譬如剪韭,日剪一畦,明日复剪,不尽其根不止也。每见江南差役,率先富民,今年如此,明年复然。富民不支,折为贫窭,复遣中户,中户复然,遂致村落成墟,廛市寥寂。语曰:富民,国之元气,为人上者,当时时培养。如公家有大征发、大差遣,亦有所赖。大兵燹、大饥荒,亦有所藉。不然,富民尽亡,奸顽独存,亦何利之有焉?(明·李豫亨《推篷寤语》)

其中最值得注意的是他强调"富民,国之元气,为人上者,当时时培养",就是说,富民是一国的元气,因此统治者应该爱护他们,有如培养国家的元气一样。

魏源(1794—1857)的《默觚》中也有类似的说法,他说:

俭,美德也;崇奢黜俭,美政也。然可以励上,不可以律下;可以训贫,不可以规富。《周礼》保富,保之使任恤其乡,非保之使吝啬于一己

> 也。车马之驰驱,衣裳之曳娄,酒食鼓瑟之愉乐,皆巨室与贫民所以通功易事,泽及三族。王者藏富于民,譬同室博弈而金帛不出户庭,适足损有余以易不足,如上并禁之,则富者益富,贫者益贫。……则知以俭守财,乃白圭、程郑致富起家之计,非长民者训俗博施之道也。(清·魏源《默觚》下)

魏源把奢与俭、贫与富放在一起论述,他说俭是美德,崇奢黜俭也是美政,国家站在维护经济秩序或社会礼制秩序的立场,有必要崇奢黜俭,也包括道德上的训诲,因为节俭在道德上被认为是修身的一部分,所以崇奢黜俭是美政。可是魏源也说黜俭"可以训贫,不可以规富",认为对富人不需要用崇奢黜俭来规范。文中提到"损有余以易不足"和"通功易事"很值得注意。他说富有的人讲求酒食声色,逸乐奢华,其实是"巨室与贫民所以通功易事,泽及三族"。也就是说,有钱人与穷人可以"通功易事",前面提到陆楫《禁奢辨》文中说:"富有所损,贫有所益",大体都在论述这样的道理。这个道理我们仔细分析之后,其实具有传统思维的延续性,也并不是什么深奥的理论。我不太同意1960、1970年代大陆的前辈学者所说的这些思想都是反传统的启蒙思想,反映着资本主义的萌芽。我觉得在观念史探索的过程中,这些论述有一个比较长的中国传统思想的渊源,也就是用古圣先贤的话来赞成有限度奢侈的理论基础。这个观念的重心其实是在强调崇奢与保富是相辅相成的,用现在的话说,就是让富人可以安定做生意赚大钱,这样对于贫民的生计是很有帮助的。

在我后续的研究中,通过禁奢政策的落实来比较明清的变化,我发现盛清时期对禁奢政策的执行相对较有弹性。在明朝的文献中,我们看不到任何一个皇帝或官方命令公开容许富人的奢侈。但到盛清的雍正、乾隆则不然,特别是乾隆皇帝。最有名的例子是乾隆三十三年皇帝对两淮盐政尤拔世(1726—1770)禁奢的态度。此事起于尤拔世到扬州一上任,马上贴了一个严禁商人奢侈的告示,同时还郑重的上了奏折给皇帝,结果被乾隆浇了一头冷水,说扬州商人的奢侈养活了很多人,官府既禁不了,也不需要禁,骂他迂阔不知变通,批示:"商人奢用,亦养无数游手好闲之人。皆令其敦俭,彼徒自封耳。""好名之事,切不可为。"谕令撤回这个禁奢告示。这样的例子,既反映了盛清江南的繁富,也显示了清帝执行禁奢政策的空间。当然,我们也不能说这是对奢侈的全面肯定,只能说是对特定阶层及特定地区的奢侈消费给予一定的空间。所谓"特定的阶层"是指那些特别有钱的富豪,当然也包括富商。"特定的地区"是指经济比较发达的地区,譬如江南。这种相对肯定奢侈而不赞成全面禁奢的思想,虽然还没有到主张每一家每一人奢侈的地步,但从传统思想和社会变迁的交光互影来看,应是很值得注意的重要面向。

提问与回答

邹振环:

我们刚才听了林教授非常精彩的演讲,这几乎是一个教人如何做研究的示范。林教授首先从回应中外学者如何探讨奢侈提出自己的问题,然后分析材料、解读材料,对比文本之间的关系,最后再提出自己的见解。我觉得她把社会学的方法运用得炉火纯青。听了之后很是佩服,整个报告浑然一体,逻辑、材料是完全一致的。接下来我们进入提问的阶段。大家可以围绕林教授的报告,或者读过林教授著作的也可以就这些提问题。

学生:

您没有提到卜正民(Timothy Brook),他有一本书《纵乐的困惑》,副标题是"明代的商业与文化",他对明代消费观念做了一个明初到明末的研究,分为四个阶段,以春夏秋冬来命名。您引用了徐泓的研究,没有提到 Brook 的书,是不是您对他这本书的架构有不同的意见?

林丽月：

我没有提到 Brook 的大作，不是我对这本书有什么意见，而是因为我的讨论先从明代的社会变迁切入。过去二十年有关明代社会变迁的研究，最多的是社会风尚（或风气）的讨论，其中包括刘志琴先生的晚明城市社会风尚的研究。我特别引用徐泓先生的大作而省略其余不提，因为据我的观察，这也是台湾明代社会经济史学者引用率最高的一篇文章，所以特别凸显这篇文章对我的意义。

Brook 的研究视角很重要，他的这本书主要是讨论商业对晚明文化的影响，基本上是文化史的研究。我们通过他的论述可以了解，他非常肯定明代商业的发展对于明代文化的冲击，其中有些影响是很正面的。Brook 在书里很清楚地指出，虽然许多批评社会风气的人偏重道德说教，但现实上士大夫是非常矛盾的，他们一方面批评这个变化，一方面又从商业化得到很多好处。这本书是研究晚明文化的一部大作，组织剪裁又别有新意，非常值得参考。

学生：

我们撇开思想史，谈消费史。在消费观念方面，我们听到的都是士大夫的声音，既然是消费史，除了士大夫之外，有没有政府、地方精英、商人、普通百姓的声音？可能有史料限制的问题，但是我想消费史是不是对我们研究中国帝国晚期社会流动有所帮助？就是商人富裕起来以后还是希望能够回到士人的身份上去，造成向上或者向下流动的现象。

林丽月：

你提到的消费史史料，我承认是有一些限制的。当然我们也可以透过有限的史料了解一些，这是今天这个讲题后半部分的意涵，就是说如果从社会史切入，跟从思想史观念史切入，我们应该有不一样的处理史料的空间。历史研究本来就有一定的局限性，所以我们能看到多少材料就说多少话，我们之所以说肯定奢侈的观念，或者说反禁奢的观念只限于一些小儒，强调是少数读书人，也不说它到底造成了多么惊天动地的影响，主要是因为我们的确没有看到更多的资料。至于百姓到底怎么想，我们更不容易知道，所以也许从社会史的角度可以用其他的材料来辅助，比如从士大夫批评庶民奢僭，可以说，这些老百姓已经用行动来表达他们对"必需品"的观念。我们从台湾近几年来做得很好的物质文化史的研究也可以看到，老百姓呈现出什么样的时代心态，就是人们表现一种对某些新事物或新思想接受或拒绝的态度。

学生：

提倡奢侈，从经济学上讲是一个财富再分配的问题，富人取得财富，垄断了财富，通过奢侈的行为再返还给普通老百姓和贫困的人，实现一个社会财富的再分配，这是不是也会造成社会流动？因为我们在研究西欧的过程中，学者提到奢侈行为有两个模式，一个就是贵族通过奢侈享受的行为（如对香料等奢侈品的消费）把财富转移到新兴阶级的手中；还有一个就是西班牙和葡萄牙，体制比较保守，他们从美洲运来的黄金、白银，也是通过奢侈消费的方式，又转移给新兴的英法民族国家。他们认为这对欧洲社会向近现代的转移有帮助，当然，这些可能有些马克思主义经济学的模式在里面。欧洲的经验是否对我们有参照作用？

林丽月：

关于中国是否也造成了社会财富的再分配以及社会流动的效果，我认为如果回到中国社会文化的情境来考察，其实不太可能通过衣着的模仿来达到社会流动。我做过一些服饰风尚的研究，平民模仿士人的衣着，颜色、形制的规定被破坏，衣食住行的限制被挑战，从统治者的立场来说，的确是身份礼制乱了。不过，是不是你穿了那样的衣服或者住了那样的房子就造成社会流动了呢？一般来讲，社会流动有水平流动和垂直流动，平民当了官，这是上升的社会流动，有钱的商人如何附庸风雅，如何跟文人、士大夫交往，这是 Brook 书中多次提到的“地位竞争”，可以看到有财富的人和有权力的人存在着密切的社交网络。但是就明朝或清朝的政治社会体制来讲，这种地位竞争是否造成社会的上升流动？我认为没有。因为商人还是商人，除非他弃贾就儒，取得科举功名做了官。所以就当时帝国的体制来说，这种现象应该只是消费文化的一部分，也许比用社会流动来衡量奢侈现象更为合适。

有些学者研究中国的消费文化，也试图去做一些中西的对比，如巫仁恕先生提出在晚明中国已经出现了“消费社会”的看法，这也是回应西方经验的比较，学者认为消费社会跟后来工业革命的启动有很大的关系，虽然欧洲什么时候开始出现消费社会在西方学者的研究中还有一些争论。从明清以后的社会来看，奢侈消费确实影响社会财富再分配，帝国主义和资本主义促使比较落后地区的劳动力和资本更加集中在资本家的手里等等，这在近现代的变迁中确实可以看到。但是在明清，我认为还没有达到这个程度，也还没有看到 20 世纪类似的情况。

学生：

刚才您提到，明代初期的风气比较淳朴，到晚期风气就比较奢华。关于奢靡风气的成因，除了经济因素之外，有没有制度性的因素也促进了这种风气的形成？制度的变化是不是也对社会风气有影响？因为我在笔记里面看到一个材料，张居正改革之前，社会风气还比较淳朴，张居正改革之后，风气就比较奢华，因为之前过度的奢华会加重赋役。同时社会监控机制的松弛是不是也促进了奢靡风气的形成？

林丽月：

制度性因素如果包括用国家的力量去管制它、制止它，那么我想当然是有的。明代奢靡风气逐渐高涨，经济当然是最重要的因素，因为社会慢慢的繁荣了、富庶了，所以生活水平提高了，人的欲望也会跟着调整，这就是人们如何去定义“需要”的问题。不过的确还有一些是政治的因素，如国家法制的松懈，我在处理服饰的奢侈风尚问题的时候，这一点就非常清楚。服饰虽然看起来是小事情，但是在中国古代的文化里面，它是很外显的事物，人们穿的衣服，特别是官员，服饰逾制一眼就可以看到，这的确在明初尤其是洪武朝特别的严格。所以法制的松懈是很关键的因素。但如果你所说的制度面因素，是指通过经济政策或者商业法令来约束的话，则显然还不到那个程度。商业的发展会带来生活水平的提高，包括宋代也有类似的发展，只是力道没有明朝那么大、那么深。不过奢靡风气也有一些看不见的推力，那就是社会长期安定之后自然带来经济的繁荣和生活进一步提高的欲望。我对实施一条鞭法之后明代风气才转趋奢侈这样的因果论持比较保留的态度，因为我在很多方志里面看到嘉靖年间社会风气的描述，显示嘉靖初期还算淳朴，嘉靖中叶以后转趋奢华，万历以后社会奢靡的风气更厉害，但是都没有归因于赋役改革。有些地区可能是积重难返，例如倭寇对江浙地区的破坏不小，但在恢复之后经济还是不错的，所以还能继续维持奢侈消费。

学生：

政治史的研究风潮已过，可能是因为：第一，政治史在做法上可能比较困难，第二，因为它很难产生出一种新的规律来解释这样的运转。最近在国内，北大邓小南先生研究一个皇朝的政治时，她将理念和实际的政治运转的互动结合起来，有人称之为政治文化史，前段时间我看到台湾的黄宽重先生在北大的一个演讲上面也提到，对这种历史的取向还是赞扬。我想问林老师对于这种取向的看法，另外您做的是社会文化史的研究，它和政治文化史之间有没有关联，是怎样的一种关联？

林丽月：

我的博士论文做的是明末东林运动的研究，博士之后就不太做纯粹的政治史。就研究方法来说，无论是大陆还是台湾，都有不同时代的学术风尚，政治文化史的兴起其实是跟1980年代以来的史学风气有关，我认为没有怎样做才对的问题。以我自己经历过的学术氛围而言，台湾过去几十年比较受美国史学学风的影响，比如说1960年代美国量化史学盛行，很多领域如政治史、经济史、社会史等都用量化分析的方法做研究，我读硕士的时候，台湾"科际整合"的风气当道，要求除了史学的基本训练，对文献要非常熟悉，掌握丰富的材料做研究之外，还要懂得借用社会科学的理论和方法，多一只手、多一把刀处理这些材料。用社会科学和量化分析方法来研究政治史，的确一直到1970年代都还很盛行，因此那时候美国的政治史论文都有很多统计表和曲线图。我在硕士班的时候也是比较关注科际整合，做大叙述，因为你做量化总是要回答一个很大的问题，或两三百年的变化趋势。不同时代的研究者受不同的史学风尚影响，例如1980年代以来后现代史学思潮，对我们原来问问题的方法造成很大的挑战，我觉得这些挑战其实也有正面的启发，提醒我们不能只看历史的一个维度，任何问题都与整个文化有着千丝万缕的关系。所以我觉得各位如果有志于政治史的研究，政治文化史是个很好的方向，把政治史中的权力斗争和人事倾轧等问题跟当时的文化做一些连接，包括把当时人们的思想、意识、习惯结合起来思考，可以增加政治史探究的深化。我做东林运动研究的时候，也不满足于只关注东林党争，而希望结合制度和思想两个部分，比较注意制度对人的政治行为的影响，从这些角度来看，其实也有一些政治文化史的意涵在那里面。

学生：

明清的反禁奢论是不是只是针对一些富裕的阶层，他们对于平民阶层一些僭越礼制的行为，如大作法事等，有没有一些看法？

林丽月：

我刚刚在报告中曾一再强调，提出反禁奢主张的只是极小一部分的士大夫,而且是没有什么名气的士大夫,所以并不是当时的主流思想。一直到帝国末期,中国的主流思想还是崇尚节俭,包括国家的法令和皇帝的训诲。今天只是把谈论风俗的文献中充满思想史意义的东西提出来,讨论我们应该怎样去理解这种看似“反传统”的思想,给它一个更合适的位置。

有关小民百姓的奢侈行为,在明清消费风尚的相关研究中提到不少。明清士人对于平民的花费,批评非常多,像明代中期流行华丽的服饰,讲究料子,平民负担不起,有的就去当铺租赁,有的把旧衣改成“时样”来穿,叫做“薄华丽”。还有文人士大夫斥为“服妖”的众多批评,主要就是说他们太奢侈。平民的奢侈涉及地位竞争,从这方面来看,可以说是士大夫和平民的一种“冲突”。

学生:

就明清社会来说,政府、士大夫反对奢侈还是有一定合理性的,比如说天灾、战乱之后,就要与民休息,强调保养民力,不要过度消费,像汤斌对于扬州的奢侈行为的打击,这些反奢侈的举动与当时的奢侈行为有没有形成一种比较正面的冲突或者说直接的冲突呢?

林丽月:

几乎是没有。因为晚明以来这些人都是通过私人的著作留下自己的论点。地方志批评奢侈,目的就是正风俗,所以我们只有透过文献来理解他们的想法。人会对外在的事物、所处的环境有所感受,思想是人对其所处社会情境的有意识的回应,所以思想史并不是只探讨朱熹、王阳明的领域。从这个观念来讲,这些小儒的议论就是对社会有意识的回应。他们和大儒之间显然没有争吵,因为没有公共的论坛。乾隆三十三年的那个例子,皇帝和尤拔世之间是有对话的。另外一个著名的事例是乾隆四十六年十月回应监察御史刘天成奏请严禁靡费的上谕,乾隆皇帝说刘天成:“其意在于去奢崇俭,返朴还淳,言之亦觉动听,而行之实有所难。”结论是:“刘天成此奏,若以为佳奏疏则可,若以为目今治世之良法则未然。”但也还不至于主动鼓励奢华。所以我并不赞同说明清社会已经是一个崇奢黜俭观念大放光芒的时代,也因如此,明清的崇奢观念与政府的禁奢不致形成正面的冲突。

邹振环:

我们从提问环节欣赏到林教授充满敏锐、机智和活力的解答。由于时间关系,我们的讲座只能到此结束了。最后,我们对林教授精彩的演讲再次表示感谢。

两汉时期的思想与文学

主讲人:釜谷武志

主持人:杨明

釜谷武志

日本神户大学大学院人文学研究科教授，研究领域为中国古典文学，著有《陶渊明》、《诸子百家的文艺观》（译）等。

杨明

复旦大学中国语言文学研究所教授，研究领域为古代文学理论批评。

杨明：

大家好，我们现在就开始釜谷先生在复旦大学的第二场报告。釜谷先生昨天的报告可能在座的很多同学也听了，我还是再简单地介绍一下讲者。釜谷先生是日本神户大学文学部的教授，是日本研究中国古代文学特别是六朝文学的著名专家。釜谷先生出身于京都大学，京都大学我们知道是日本研究汉学的一个重镇，他们一代一代的学者，建立了优秀的学术传统。我也读过釜谷先生的多篇文章，这里我想用三句话来概括一下我读釜谷教授文章的印象，待会儿大家看我说的对不对。第一句话，我就觉得釜谷先生的文章都充满了探索的精神，也就是说他的文章差不多每篇都是有新意的，人家已经说过的话他不说，他都是发现了问题，然后为了解决这些问题而写文章。第二句话，我觉得釜谷先生的论文，都充满了求真的精神，他的创新、他的探索不是光凭想象的，也不是光凭逻辑推导的，他主要是实事求是，从存在的事实当中去总结与寻求结论。刚才讲第一点是创新，第二点是求真，这两者本身是统一在一起的，那么他的本质是什么？我觉得求真是更本质的东西，因为我们都讲创新很重要，但是什么是新？新就是人家还没有发现、没有说过的真，或者说人家说得还不充分，研究得不充分的真，我们做学术研究的目的最终是为了求真而不是为了新而新。第三个印象，我觉得釜谷先生总是把文学现象放在社会生活、社会思想，包括宗教的背景中去探讨和研究，他经常这样做。昨天的报告中我们也已经领略了这一点，我相信今天大家也可以领略。这是我的一个很粗浅的体会，下面还是请大家听釜谷先生的精彩报告，同时从中得到启发和教育。（掌声）

釜谷武志：

谢谢杨明先生。刚才杨明先生介绍了我所做的研究的一些特点，不过，杨明先生谈到的这个创新、求真，还有跟社会思想联系起来，这三个特点假如我有的话，也跟我对杨明先生的印象一样。我第一次读杨明先生和王运熙先生两位一起写的论文，我也感到具有创新、求真这些特点，我应该"还"给杨明先生了。（笑）杨明先生过奖了。今天我还是先向文史研究院的各位先生们表示感谢，特别是汪涌豪先生，他专门为我安排这样的机会，我非常感谢汪先生。文史研究院成立刚刚一年半，不到两年吧，一年半多，不过已经做出了不少成就，我非常佩服葛兆光先生和汪涌豪先生两位以及他们的同事。我记得文史研究院的特征就是文学、史学、哲学这三个不同的方面，不同的领域，合在一起，沟通起来进行研究，我觉得应该是这样的。过去中国有一个很好的传统，文学、哲学、历史学都在一起，不过现在好像也跟我国一样，研究文学的人都专门钻研文学，研究历史的人不去管文学特别是诗歌方面，这我觉得是不应该的。所以，我相信在以后十年或者二十年当中，复旦大学文史研究院可以成为世界上文科方面特别是研究中国文化方面的重要研究院。

今天我的题目是两汉时期的思想和文学，为什么我做个题目呢，这跟刚才我谈到的文史研究院的特性有关系，因为研究院的文学、思想还有历史的研究结合在一起，在我的题目里虽然没有历史，不过我不是研究当代文学的，所以不免里面都有历史性。题目是思想和文学，不过也包括历史学方面。

那么，请看材料。在整个汉代的诗歌当中，我们能够看出一个特征性的观念，我觉得这个观念就是人生，人的一生是有限的，并不是无限的，也可以说总归要死。有这样一种比较强的人生意识。如果要在西汉时期的作品当中举个例子的话，首先想到的是汉武帝的《秋风辞》，下面请看一下选自《文选》第四十五卷的《秋风辞》："秋风起兮白云飞，草木黄落兮雁南归。兰有秀兮菊有芳，怀佳人兮不能忘。泛楼船兮济汾河，横中流兮扬素波。箫鼓鸣兮发棹歌，欢乐极兮哀情多。少壮几时兮奈老何。"这一首歌，也可以说是诗歌，前面有一个序文这样写到："上行幸河东，祀后土"，就是皇上到黄河的东面去，在那里祭祀后土，后土就是大地的神，然后"顾视帝京"，回头看一看长安，"欣然中流与群臣饮宴，上欢甚乃自作《秋风辞》。"不过，有关序文里面的记载，中国的民国时期到当代的一个有名的研究中古文学的学者，逯钦立先生，他在《先秦汉魏晋南北朝诗》中这样写，武帝时，为了祭祀大地之神，还去了六次河东。不过，哪一次都不是在秋天。这个诗歌，《秋风辞》里面有"秋风起兮白云飞"，描写的是秋天的景色。不过按照历史的记载来看好像有六次，都不在秋天，所以，逯钦立先生这样推测：元鼎四年，就是公元前 113 年，六月份，就是夏天的最后一个月，武帝听说在汾阴发现了一尊鼎，他为了在甘泉（甘泉就在长安的西面）正式迎接那尊鼎，到河东去的时候写下这篇作品。发现是在六月份，所以他去河东的时候可能已是秋天吧，我估计逯先生是这样想的。

不过《秋风辞》这篇作品是否真的是汉武帝写的，还是有一些问题，我自己也没什么把握。如果把这篇作品当作是汉武帝自己写的，公元前 113 年，也就是元鼎四年，正是他强烈追求长生不老，而且祭祀大地、地神的时候，这种所谓的郊祀仪式，跟皇帝专门做的封禅仪式，有着很密切的关系。比如在唐朝，郊祀和封禅这两种仪式都是国家性的，皇帝参加的仪式。我估计郊祀仪式三国时有，西晋以后，在首都的南面设有一个南郊的祭坛，北面设有一个北郊的祭坛，在南面祭祀阳神——太阳，北面祭祀阴神即大地的神。比较容易了解这些情况的是在北京，现在北京有一个天坛公园，天坛公园是圆形的，为什么是圆的呢？它是为了祭祀天，天是圆的，所以建筑也都是圆的。

可能明清的时候皇上到那里去祭祀天神，将自己的政绩向天神报告。另外，北京北面也有地坛公园，这个地坛公园的样子是方形的，因为大地的象征是方的，所以样子整整齐齐，是方块的。皇上可能夏季到那里去祭祀地神，这样比较容易理解。还有，皇帝专门有一个仪式即封禅仪式，现在山东省有一个名山——泰山，皇上经常到泰山去封禅，泰山的旁边有梁甫山，他们到那里去，也向天神、向上天报告自己的政绩。这样的情况，比较明显的是唐朝以后。在台湾的故宫博物院有一个唐朝的皇帝去泰山封禅时用过的东西，像竹简那样，从地里挖出来的，不过材料是玉的，除了皇帝以外其他人都看不到，我在台湾杂志上看到过照片，非常清晰，估计唐朝以后是这样做的。不过应该注意的是，汉武帝的时候并不是这样。虽然他到泰山去举行封禅仪式，不过在他以前做过封禅仪式的只有一个人——秦始皇。秦始皇虽然据说做过封禅仪式，不过详细的内容谁也不知道。因为他身边有很多所谓的方士，比较不可靠的人，（笑）他们劝秦始皇，应该亲自到那里去做封禅仪式。到了西汉，武帝也到那里去做封禅仪式。但是封禅的内容差不多所有的人都不知道，只有跟后来的道教有关系的人才知道。汉武帝到泰山去做封禅仪式是他的最后一个愿望。不过人们都不知道该怎样办好。所以，他先做一个郊祀仪式，郊祀仪式也可以说是一种为封禅预备的、排练性的仪式。郊祀、封禅都是向天神和地神报告自己的成绩，但实际上汉武帝的目的却是另外一点——长生不老。所以，他写这篇《秋风辞》的目的就是追求长生不老。刚才我说祭祀大地的郊祀仪式和封禅仪式有非常密切的关系，所以对汉武帝来说，这些都和不老不死的追求是分不开的。而且《秋风辞》诗歌的最后一句是这样的："少壮几时兮奈老何"，这肯定表明了他对于日渐临近的死亡的痛切的感觉。

另外，在这里出现了比喻成"兰花"、"菊花"等的"佳人"。"佳人"一般都是美丽的女子，也可以理解为宴席上陪侍的漂亮的女人。不过，在《楚辞》那些作品当中，虽然"佳人"这个词语被比喻成"兰花"而作为一个美人出现，但是，《楚辞》当中还有《九歌・湘夫人》里出现了"佳人"，我觉得，除了漂亮的女子以外，还有另外一个意思，可能是从天而降，临至湘水中的“神”的意思。那么，武帝的这篇作品中的“佳人”也许有更古老的原始的“神”的意思，也可以说，这里包含的是能够让武帝实现他愿望的，长生不老的“神”的意思。我们差不多都不相信神的存在。当然，这里也有些女士和先生，他们信仰基督教或者道教，也有信仰佛教的。他们有可能相信神的存在，不过，我是唯物主义者，(笑)我不相信神的存在，我知道大部分人都是这样。不过当时的人怎样考虑，怎样理解，这是另外一个问题，我们不应该从现在的看法来判断他们也不相信神的存在。刚才我谈到的郊祀这个仪式，可能采用过《郊祀歌》。《郊祀歌》一共有十九首，第九首叫做《日出入》，太阳出入，在这里也可以看到对于死亡的恐惧。我先念一下：“日出入安穷，时世不与人同。故春非我春，夏非我夏，秋非我秋，冬非我冬。泊如四海之池，遍观是邪谓何。”这些《郊祀歌》都收在《汉书·礼乐志》里面。对于《日出入》，晋灼做过这样的解释：“日月无穷，而人命有终，世长而寿短。”还有“言人寿不能安固如四海。遍观是，乃知命甚促。谓何，当如之何也。”意思可能是这样：和太阳或月亮，也就是说和自然规律的无限运行相比，人的一生就显得非常有限，非常短暂。

还有，武帝的第五个儿子刘胥，在他的诗歌当中，也可以看到类似的表现，内容是这样的：“欲久生兮无终，长不乐兮安穷。奉天期兮不得须臾，千里马兮驻待路。黄泉下兮幽深，人生要死，何为苦心。何用为乐心所喜，出入无惊为乐亟。”大概意思是这样：即使盼望长生也不能够走到最后的曲终奏雅。人生，必定会走到死亡的那一刻，那为什么还要自寻痛苦呢？

还有杨恽，杨恽也是西汉的。杨恽给他的朋友孙会宗写了一封信，里面有一首诗歌，我举的是《汉书·杨恽传》，他的信都收在《文选》里面。内容是这样的：“田彼南山，芜秽不治。种一顷豆，落而为萁。人生行乐耳，须富贵何时。”

这里我所举的例子，是西汉中期到西汉后半段。人生短暂、人生转瞬即逝这样感慨的语言也可以在更早的文献里面看到，比如说在《左传》、《庄子》、《史记》当中已经出现。我举一两个例子，一个是在《左传》里面，孟孝伯（就是仲孙羯）这样说：“人生几何，谁能无偷，朝不及夕，将安用树善。”这是《左传·襄公三十一年》，在这里，孟孝伯认为，在早上都不会知道那一天傍晚的事情，所以，更不会知道将来的事情。因此他认为，在与外国交涉的时候都没有考虑将来的必要。但是，在这里所引用的开头的部分，他阐述了人的一生是很短暂的思想。

还有大家都比较熟悉的《庄子》，《庄子》的《知北游》篇里面有这样的一段：“人生天地之间，若白驹之过隙，忽然而已。注然勃然，油然漻然，莫不入焉。已化而生，又化而死，生物哀之，人类悲之。”这里，庄子写的是人的一生是突然开始的，转瞬间结束了，人要死了。因此，人都为此感到悲伤。

这样的一种思想，从先秦开始已经存在，不过，这样的意识变强，悲伤的程度也变强，还是在两汉时期。下面，我从《古诗十九首》里举两三个例子，在这里也可以发现这种特征的思想。《古诗十九首》中第三首是这样的：“人生天地间，忽如远行客。”还有第十一首：“所遇无故物，焉得不速老。盛衰各有时，立身苦不早。人生非金石，岂能长寿考。奄忽随物化，荣名以为宝。”第十三首：“浩浩阴阳移，年命如朝露。人生忽若寄，寿无金石固。万岁更相送，圣贤莫能度。”

下面我们从另外一个角度来对这些问题进行考察。上面我所引用的《郊祀歌》的《日出入》中，把自然规律的运行和人生比较起来，更强调了人类的死亡这一个问题。我在这里想举个例子，就是关于时间的观念。著名的神话学者 Eliade（依利亚德），一位罗马尼亚的学者，后来到西欧去，可能用法语写过好几篇文章，后来又到美国去，在芝加哥大学工作。从他开始，西方的学者，有很多关于时间的论著，发表了不少学术研究。根据西方学者的研究内容，日本的几位学者也写过这方面的书。我所举的例子，一个是日本的真木悠介，他是过去在东京大学工作的社会学者，真木悠介好像是他的笔名，他的那本《时间の比较社会学》出版于 1981 年。还有去年出版的加藤周一先生写的《在日本文化当中能看到的时间和空间的观念》。我想借这两书对时间观的特性来作一个比较。

我想，人的时间观也可以分为四类，一个是在原始共同体里面，他们的时间观的特点是反复型的时间。第二个，在古代希腊，可以作为一种圆环型的时间。第一个和第二个的区别以后我再说。第三个是犹太教、基督教、《圣经》里能看到的线段型的时间，虽然是直线的，不过有开始，还有结束。最后一个是近代社会，也包括我们的社会在内，是直线型的时间。在这四种类型当中，最容易了解的是最后一个，和我们相同的近代社会的直线型的时间观。我们都知道，连接时间，从过去开始，通过现在，走向未来，这样过去，这是一条线。这也可以用钟表来计一下。（作看表状）现在是三点四十分，我还可以有一个小时二十分钟（笑）。这是一条线的，直线型的时间观。跟现在的时间观比较起来，《旧约全书》等犹太教、基督教，能看到比较有特征性的时间观，虽然那是直线型的，但是，有开始，还有最后，也可以说是一个线段型的时间观。按照基督教来说，天地创造为开始，完结是终点，所以这样也可以叫做一个线段型时间观。还有，在原始共同体里面，时间观是这样的，每年相同的事情反复地重复。比如我们比较容易了解的是，现在是秋天，秋天过了到冬天，然后变为春天，然后再有夏天。这样，每年春天来了又变成夏天，然后再变为秋天这样的一种季节的运行，这都是周而复始的例子。在农耕社会中，基本上是一到春天就播种，然后经过春天、夏天，成长了，到秋天就可以收获。这样的春天、夏天、秋天，这样的一种固定的周期循环，是以反复型的时间观为基础而成立的。最后一个，古希腊的圆环型时间观也跟这个比较相似，当时，古希腊的人都认为不仅是时间，包含宇宙的构造在内也是圆环形的。再有，在原始共同体中，人们对时间的长度好像没有太多的认识，也可以说把重点放在时间的质量上，而不放在数量上，和原始共同体的时间观比较起来，古希腊的时间观的重点放在数量上。不过，我刚才介绍的四种类型，都是比较勉强地区分为这四种，并不是在古希腊都是圆环型的时间观。我们也是这样，基本上是从过去，经过现在到未来，不过，按照季节的变迁来看，还是有点像圆形的。所以，季节的推移也是以一年为尺度进行循环，但是从秋天到冬天这样的变迁的角度来看，是回不到过去的，从秋天可到冬天去，但不能从冬天直接回到秋天来，它是经过春天、夏天，这样过来才能到秋天的。这是一种直线性的推移。所以，我所举过的四种类型，还是有点勉强的分类。但是，也可以用这四种分类，从另外一个方面来进行探索。

在这里我想利用循环型的时间观和直线型的时间观。可以说，循环型的是作为一个“圣”的时间观，直线型的是作为“俗”的时间观，我将以这样两个标准来进行思考。在古代中国，《诗经》里描写的差不多都是循环型时间观，而且比较多。这个大家都比较了解，我不必举例子。另外，中国古代的神话也是被循环型的时间观所支配的。或者从祭祀来看，神和人之间的关系比较稳定，时间也被认为是循环流逝的。我国研究中国的学者中有一位叫小南一郎，他从这样的角度来分析《楚辞》，《楚辞》的《九歌》里面有《东皇太一》这一篇，还有最后一篇《礼魂》，这两篇作品是比较早期的，也可以说是《楚辞》当中最早的作品。不过，《九歌》当中也有《湘君》、《湘夫人》这样的作品，还有《离骚》等都是已经开始在循环型时间观中混入了少许的直线型的时间观。小南先生从这样的角度论述了这些作品的成立时期是稍微晚一点，《东皇太一》、《礼魂》是最早的，其他作品更晚一些。

神和人之间的关系如果稳定的话，就可以根据循环型的时间观来进行祭祀，因为秩序基本上都已经决定了，不需要改变，不用考虑其他方面。所以在这一点上，基本上没有怀疑的余地。不过，一旦比较稳定的共同体社会瓦解的话，那原来的构成人员就会对未来感到不安。回到比较安定的过去已经不可能了，像以前那样安定的未来也不知道能否再来。这样的不安感，就以直线型的时间表现出来。这个问题大家都比较容易了解。比如说，中华人民共和国成立以后，有一段时间国家公务员的生活非常稳定。不过一到改革开放就乱了，所以有的官僚、公务员，他们非常怀念过去的社会，不过回不去了。在那时候，可能也是这样的情况。那么，如果这样考虑的话，神和人之间的关系已变得不安定。战国时期或者秦汉时期，有“人生过得非常快”、“人生仅有一次”这样的表现增加的现象，就比较容易理解了。

那么，到了汉代，这些表现变得更加强烈的原因是什么呢？很遗憾，我自己也没有明确的答案，（笑）不过下面我还是通过几个例子来试着进行探索。我要举的例子是，用法律的专用词来说，一种案情证据。在这里，我所关注的是《太平经》这一本书。《太平经》是什么时候出现的，对这个问题有很多看法。但是，《太平经》主要被认为源出于西汉成帝时齐国人甘忠可所作的《天官历包元太平经》。以这本书里面的主张为基础，经过一些加工，充实了内容而成书的可能性比较大。所以这本书反映了从西汉到东汉这个时期的思想内容。这样认为并不会有大的错误。我先读《太平经》里面的一段：“今人居天地之间，从天地开辟以来，人人各一生，不得再生也。自有名字为人，人者，乃中和凡物之长也，而尊且贵，与天地相似。今一死，乃终古穷天毕地，不得复见自名为人也，不复起行也。故悲之大冤之也。”我所用的是王明先生的《太平经合校》本，可能是1960年出版的。我所引用的第二行，有一句“今一死，乃终古穷天毕地，”那就是天和地的最后的一个结束吧。《太平经》说的可能是一般的人，因为普通的人只有一次人生，不能活第二次。只要一死，到天地完结的那天都不能再生，因为不能第二次再生为人，所以感到非常悲伤。这是在一种直线型的时间里活着的，这样的想法是有开始有结束，有两端的一种有限的直线。

和这个相比，天和人不一样，天是永远存在的，不会消失。四季的变迁，最终都要回归本来，是相同的，这正好表现了循环的时间观。所以，人和天是两样的。具体的例子就像：“天道常在，不得丧亡，状如四时周反乡，终老反始，故长生也。”这里，人的时间和天地的时间并不一样，实际上被很鲜明地进行了对比。人的一生，是在直线的流动推移上，不能返回。这是一般人都可以意识到的，差不多都可以了解的，但是，这样的意识变得更加强烈，是要知道有两种类型的时间后才可能。是哪两种类型呢？一种是直线型，直线式的推移；另外一种是循环型的时间观。把这两种时间观进行比较以后，才会更强烈地意识到两者的区别。所以，根据两种时间观的对比，悲哀的感情就加强了。在这里我举一个很浅近的例子，我这个人没有钱，很穷的，当然我知道我自己没有钱，我很贫困。但是，如果你也没有钱，大家都没有钱，那就无所谓了，这样的反差也没有那么厉害。但是如果其中有一个富裕的、有钱的，那我和他比较起来，一下子就觉得我没有钱，这样的反差非常厉害。所以，一般可以说，跟性质不同的东西比较起来，能够认识自己所在的位置。在这里，人的时间和天地的时间非常明显地被加以对比。

《太平经》这一本书，和后来出现的太平道当然有关联，所以这一本书被列为道教方面的书籍。但是，下面我谈到的这样的认识，不能仅限定为老庄思想或者道教思想，也可以说是当时社会的比较普遍的想法。而且，在《太平经》这本书里可以看到的思想，和所谓的制作丹药，服了丹药以后，可以登上仙界的神仙思想也不一样。汉代的人生观是什么样的，思索这个问题的时候，我觉得这本书，给了我们很大的启示。

下面我想谈谈我特别感兴趣的一段记叙，内容是这样的："承者为前，负者为后，承者，乃谓先人本承天心而行，小小失之，不自知，用日积久，相聚为多，今后生人反无辜蒙其过谪，连传被其灾，故前为承，后为负也。"我觉得这样几句话很值得注意。这里说的内容是这样的：前世的人——就是在自己的前面活着的人，在佛教之中也有这样的人——所犯过的罪，必须要后世的人来承受灾祸。还有，人从出生的那一刻起，就背负着罪，我出生就有罪，你也有罪，人人都有罪。这样的看法，在中国比较类似的是《周易》的《文言》里面的一段："积善之家，必有余庆。积不善之家，必有余殃。"这意思是，不积德行善的家庭，一定会殃及子孙，给子孙带来灾难。因为有这样的思想，在佛教从印度传来的时候，印度的因果报应的思想，便顺理成章地融入了中国的社会。但是，在《太平经》这一本书当中，强调的与其说是"积善"，不如说是"积不善"。那为什么是"积不善"呢？我觉得在两汉时期，说服民众现在你们的不幸是由于"积不善"，比推荐"积善"这样的说法，更有说服力，比较容易让人接受一些。可能有这样的原因。还有一段请看一下，"愚生不开达，初生未尝闻，人不犯非法而有罪也"。这里，我所引用的开头有"愚生"，

“愚生”这是一个人的自称吧，他从老师那里得到一个奥妙的真传，把自己叫做“愚生”，即不开达。“初生未尝闻，人不犯非法而有罪也”，人连不犯法也有罪，有这样的几句，即使不做触犯法律的事情，也有罪。人存在本身就是有罪的，这样的自知意识，也可以看成比较接近基督教所谓的原罪思想。这不是非常令人惊讶的事情，西汉、东汉时期的诗歌当中，有那样一种可以看出的悲哀感，也可能在当时的社会背景下，被这样的一种“不安”的感觉所支配。

还有，汉代的官僚，经常有一个人可以安静地自我沉思反省的专门的场所。比如说，大司农田延年，他得罪了富人，在以前牵涉的一个贪污案件被告发的时候，首先得知，上级就对他说：“你如果牵连入狱，那就会比较宽大地处理”。后来他拒绝了。他紧闭阁门，独自一人，闭门不出“斋舍”，使者来了以后才知道他自杀了。《汉书》的《酷吏传》这样记载：“延年曰：‘幸县官宽我耳，何面目入牢狱，使众人指笑我，卒徒唾吾背乎。’即闭阁独居斋舍，偏袒持刀东西步。数日，使者召延年诣廷尉。闻鼓声，自刎死，国除。”

日本的一位学者，吉川忠夫先生，昨天好像也谈到了他。吉川忠夫先生说跟这类似的情况也可以在《汉书》里面找到，有的汉代人在斋舍或者斋室里面进行忏悔、坦白，内容不一，有发生了诉讼事件，作为长官自己做了不道德的事情，从而反省、思过、自责的韩延寿这样的，也有吴祐这样的。他们那里也可以找到一些。吉川先生在《六朝隋唐时代的宗教与风景的一个侧面》这篇论文中说，专门为了进行忏悔、坦白而建的斋舍或斋室表示：这样的长官，碰巧他们是很好的人，诚实的人，或者他们受不了良心的苛责。其实都不对，这样的时代，人们都有着这样的一种共同的观念。我觉得这一点非常值得关注。虽然两汉时期的诗歌当中，自我反省的场面差不多没有，但是，那时候的文人，也跟他们有比较类似的情况。所以，对文人来说，并不是和这样的斋室或斋舍无缘。如果这样看的话，那么在两汉时期的文学作品中非常显著的，和时间的推移有关的这种比较悲哀的感情，并不是和这种罪的意识，或者忏悔、坦白绝对无关！

另外，如果想到基督教里面的典型的原罪或者忏悔，就有一个非常有趣的问题出现了，这就是犹太教、基督教的时间观。在基督教中，有从天地的创造开始到完结的到来，最初和最后有明确的、明显的线段型的时间观。虽然是直线型的，但是有开始，还有结束。在这里，再次看上面已经引用的《庄子》的时间观："人生天地之间，若白驹之过隙，忽然而已。注然勃然，油然漻然，莫不入焉。已化而生，又化而死……。"人的出生，是突然地开始，转瞬间就完结死去，这种思想同样拥有一个共同的特点，东方国家和西方国家间隔这样的遥远，不过想法却有一些相通。

最后，我补充一下，在两汉时期，非常流行的是神仙思想。那神仙思想的时间观是怎么样的？神仙思想是追求不老长生的，乍一看来，也许像循环时间那样，但是，实际上是按照直线型的时间，我觉得可以理解为那一条直线特别长，不是一般人所能理解的。好像李白诗歌里面的，"白发三千丈"，根本不可能的。不过也可以说，异乎寻常的长。如果更容易理解地说，一边按照直线型的时间意识，一边不是时间而是重新设定一个空间，在现实的空间以外。在另外一个空间里，有一个神仙世界，不是时间的问题，而是空间的问题。那就移动到了另外一个不老长生的空间了。我觉得应该这样考虑。

今天我讲得不太好，有一些地方讲得不太清楚，所以请大家提出一些意见，我想回答一下。我讲的肯定有很多地方不对，所以也请大家指教一下。谢谢！（掌声）

提问与回答

杨明：

釜谷先生给我们做了很精彩的报告，很多内容是很新鲜的，这个我想同学们会感觉到，下面请大家向釜谷先生提问。像昨天陈老师一样，我想把釜谷先生所讲的内容给大家再提一下。釜谷先生首先讲到，在中国古代的文学作品里面，个人的生命很有限、很悲哀这样一个表现，釜谷先生认为从先秦的时候就有了，但是在西汉和东汉的时候更加强烈，这是一个主题。然后，釜谷先生推究为什么会这样，并举出了一个对我们来说，至少是对我来说非常新鲜的一个题目，就是时间观的问题。他认为按照社会的发展，人们的时间观从循环形向直线形发展。那么到了两汉这个时候，人们认识到自己的生命是直线型，而且是线段型，有起点和终点的。而相反，天地的时间却是循环型的。这样一个强烈的对比，就使自己更加悲观，这一点，釜谷先生主要是从我们研究文学的人都不太注意的一部道教典籍《太平经》里面找到资料作为证据的。釜谷先生又从《太平经》里面看到一些资料，再结合汉代的一些官僚的情况，指出了一点，就是类似于基督教所谓原罪的观点。这样就更增加了人的这样一种对于生命的不安的感觉，那也是两汉文学作品里面出现了那么强烈的哀叹生命短促的背景和原因。我想可能是这样一个情况。这方面我觉得釜谷先生提出了一些很新的观点。因为，比方说，我看同学们的作业和文章，就经常看见这一个说法，就是中国古代感叹生命短促的现象好像是从《古诗十九首》开始有比较集中的反映，而且把这个归结为是一个所谓"人的觉醒"，好像是人的一个进步。这个说法好像我们的同学当中很多都有。为什么会这样呢，因为把《古诗十九首》看作是东汉末期的作品。因此说是当时社会的动乱造成了知识分子那样一种不安的感觉。但是釜谷先生就没有从这样一个角度来说，他完全是提出了自己一种新的看法。关于这点，我想同学们肯定会有很多思考。那欢迎大家提问。

学生：

釜谷先生这个演讲，实际上是关于时间观念和世界观在文学里面的表现这样一个非常细致的研究。我比较吃惊的就是您通过对中国的《太平经》这个有关两汉时期的文学的材料的研究，与西方基督教和犹太教的原罪和忏悔的观念相连接，就是说，除了《太平经》，有没有其他的证据？或者是说

《太平经》的实际影响是怎么样的？我的第二个问题，您也是六朝文学的专家，我想在两汉之后，是佛教的传进，然后，佛教的时间观和宇宙观对中国的社会，特别是对宇宙观有一个冲击。还有“六道轮回”，它对时间观念的变化，以及对文学创作是否有一定的影响？

釜谷武志：

谢谢您。第一个问题，除了《太平经》以外，我还没有找到更好的例子。所以我在讲话当中，说到“案情证据”，按照情况可以推测，它是犯罪的一种证据。假如有更好例子的话，今天我所讲的就会更有说服力。如果您找到更好例子的话，请偷偷告诉我。（听众笑）第二个问题，这个我根本没有什么研究，很遗憾。以前我对中国文学批评史非常感兴趣。昨天我好像已经谈到了，我 81 年到 82 年在这里进修过，那时候我为什么选择留学复旦大学呢？因为我在国内写毕业论文的时候，论文是关于陆云给他的哥哥陆机的一系列书信，非常难读，因为里面有很多当时的俗语。那时我参考的书只有一本，就是朱东润先生的《中国文学批评史大纲》。其他著作如郭绍虞先生的，还有中山大学黄海章先生也没有提到陆云，只有朱东润先生提到。后来，我考上研究生以后，把中国文学批评史，特别是六朝文论作为一个题目来探讨。中国和日本的邦交恢复正常以后，开始交换留学生，贵国的教育部和我国的文部省，交换了留学生，然后我报了名，运气好（笑），就考上了。我读过的朱东润先生的《中国文学批评史大纲》，我觉得非常好。还有王运熙先生写的那个三卷本，不过以前出版的只有一本，我觉得内容非常可靠。所以我选了复旦大学。我的导师是兴膳宏先生，也是六朝文学的专家，他对我说：你选的学校非常好。不过，你读过这一本书没有？他从家里拿了一本比较旧的书，就是王运熙先生的《六朝乐府与民歌》。我从来没读过，那时因为我的兴趣只在于文学批评史，对乐府一点也没有兴趣。所以，我虽然研究过、学习过一些六朝的作品，不过，除了文学批评史以外，其他没有学过。还有《真诰》，我详细地读过《真诰》全篇，因为它是我所参加的一个共同研究的题目。其他根本没有详细地学习过，所以跟佛教有关系的什么时间观、空间观，我不能回答，非常抱歉。正好今天晚上，葛兆光先生从苏州回来，应该向他问一下。他是这个方面研究得最好的。

杨明：

这个我来插一句，就我的见闻而言，釜谷先生那篇《论陆云给陆机的书信中的文学观》，王运熙先生给我读过，那里面提出了陆云的一个“清省”的文学观，这一点我觉得是，就我所看到的，是最早提出来的。因为复旦编的三卷本里面没有谈到陆云，陆机当然会谈，陆云没有谈到。好，请大家继续提问。

学生：

釜谷教授，因为您在演讲里提到中国传统的报应思想，可能给佛教因果报应思想的传入提供了一个理想的环境。但是，据我所知，杨联陞和胡适先生对这个问题的研究发现，中国传统报应思想和佛教因果报应在刚刚相遇的时候，实际上是有冲突的，因为中国传统的报应思想偏重于认为报应是在后世子孙身上，而佛教因果报应则认为报应是报应于本人的来世身上。所以在佛教的因果报应传入之后，支持这种佛教因果报应之说的人对于中国传统报应说曾经有很严厉的批评。那么，我不知道您对于这个问题是怎么看的？

釜谷武志：

对这个问题，我没有详细地想过。当然有批评，不过，如果过去中国没有这样的跟报应思想比较类似的看法的话，那么一传来，中国有什么样的反应，肯定不会这么快就吸收佛教。在中国，从客观上说，还是有一些类似的看法，或者类似的思想。

杨明：

好，继续。

学生：

我是本科生，我问的问题可能比较幼稚，请原谅。我的问题和刚刚那位学长问的有些关系，我在想，您引的这两段《太平经》中的材料，是在讲中国人的报应思想，就像那位学长说的，中国人的报应思想是前一代的人报应给后一代的人，关系比较密切。比如他说到家庭之中，如果这个家的前一代是积善的，那对他后一代会有好处，是这个意思。但是如果您把这个联系到基督教原罪的话，按我的理解，基督教的原罪好像是个人的，我这里想拓宽一点，就是说，一个群体和个人是不是要分开来看，因为中国的这种罪，是一代人给另一代人的罪，但是基督教的原罪是个人的罪。虽然亚当和夏娃可以说是人类的先祖，但是他给人类留下的罪不是直接留下来的，而中国的这个一代人给后一代人留下的罪是直接的。就比如说，一家人，如果上一辈的人不勤恳努力，他们家的子女由此受穷，这是直接的关系。然后，我在想个人是不是要区分开来看，包括后面讲到的庄子，庄子说人生天地间，若白驹过隙，这个人生，他是指个人的人生。但是在基督教中，从开始到完结是指整个人类的命运，基督教是从一个群体的角度来说人类的命运是有开始和完结的。但是庄子的这个观点是说一个人的一生，这是个人。所以我想问一下釜谷先生，关于个人和群体是不是要分开来看？

釜谷武志：

谢谢。我可能讲得不够，所以您觉得怀疑（笑）。基督教的时间观并不跟中国两汉时期的时间观完全一样，我觉得还是有一些不同的地方。个人，当然你说基督教的时间观并不是对于一个人来说，是所有的人都有这样的所谓原罪吧。不过我觉得还是有一些类似的情况。就是《庄子》里面，虽然是对一个人来讲的，不过他把重点放在一个人的出生，也放在一个人的结尾,从这点来看,我觉得还是有类似的情况。还有,《周易》里面引用的是两种,"积善"和"积不善"。《太平经》里面没谈到"积善",只提到这个"积不善",我觉得关键还是在这里。所以,《周易》主要是儒家思想,当然也有老庄思想的因素,但主要是属于儒家思想的。儒家还是比较嘉奖你做好的事情,肯定你的后一代,会有好处,是这样的说法。不过,在《太平经》里面,也许我没有找到其他例子,但是,从我们看过的部分来说,好像没有什么劝人做好事的内容。所以,我还是觉得,一到秦汉,特别是到东汉的时候,强调"积不善"这样的观念,变得比较强烈,我有这样的感觉。

学生:

我不是对釜谷老师进行提问,因为进入一个互动的状态里面,所以我想替釜谷老师提供一点补充。就是刚刚有同学讲的这个内容,当然是非常正确的。就是中国所谓的报应观是世代性的,而佛教的是自身性的,就是现世报应,它们是不一样的。但是,其实到了六朝的时候,如果我们看何承天、宗炳、沈约,他们那些关于佛教的辩论文字,其实非常明显的一点就是,比如说,汉代的庾公,他做官做得非常好,有很多的德政,然后他回去以后就说,我的子孙必有"余庆";又比如说,白起坑杀了很多人,他的子孙后来就不得好死。但是这在六朝,在他们的文字里面,恰恰是用来证明佛教的因果报应的合理性的。就是在一个真正的历史发展过程里面,不是像我们做学术一样,这两个里面有什么不一样,然后我们仔细地去分析这两个不一样以后,说这个和那个不能比附。在当时的人接受这样一种观念的时候,其实,我觉得有他的一个现实考虑,然后很自然的去,不用非常仔细地说这是现在在报或是隔世再报,他们就是愿意这样接受的时候,就这样子接受了。一开始是有冲突,但是如果说中国这个因果报应观确实在汉代,后来到六朝的时候,它真的就成为一个便于接受佛教因果报应思想的背景,我觉得这其实也是成立的,我认为是这样的。

学生：

我略微来替釜谷老师辩解一下，就是两汉时期，还没有佛教，所以这个其实跟佛教无关。佛教其实是要往下，等到三国、魏晋时期才有，所以这个题目与佛教无关，与佛教的报应无关。我之所以问到佛教，其实是我想多了解一下，釜谷老师再往晚期一点，同样这种时间段，这种时间的观念的变化有什么影响?。

学生：

我这不算提问，只想表达一下我自己的看法。是关于《太平经》的，跟他们说的有关系吧。我虽然没读许多，但是我的感觉，就是《太平经》从官方记述，从史书上面叙述，它强调的是受命，更多强调的是政治作用。从《天官历包元太平经》的传授过程来看，它实际上是有一个政治背景的。当然我读的《太平经》，就是王明先生那个合校本，因为它都是问答体的，就是一个老师跟一个学生在问答。然后关于您举的这个陈述观念的例子，我的感觉，它经常问的是，为什么我们普通人，比方说做好事，但是还是有各种各样的灾难，或者我们什么也没做，但还是有各种各样的灾难。就是说，我觉得您举的这个例子，实际上它前面有一个话语环境，我认为他不是直接说要表达一个“承负”或“因果报应”的观念，它实际上是存在一个话语环境的，就是当时可能有一些人表达反应出他的道德很好，或他的行为很好，但他们有一些很糟糕的境遇。他们修仙（因为我把这个《太平经》当作道教经典来看），成仙要求有功果。但是他的学生的问题就是，我在做这些功果，但为什么没有成仙，这是一个很实际的问题。这个“承负”观念我认为是在一个比较实际的话语环境里面才产生。然后您说它主要强调的是“存不善”，其实他虽然没有说“存善”，但他的问题是“为什么我‘存善’，但没达到我想要求的那个程度，我‘存善’为什么没有成仙，或者我‘存善’，我想福佑我的后人，但我的家庭破败了”，我认为他还是有“存善”的，他回答的就是“不存善”。我觉得他跟后面说到的这个因果关系，其实关系不是很大。

釜谷武志：

谢谢！

学生：

釜谷先生，您在这篇文章中，基本的意思好像就是说西汉和东汉的整个诗作中能看到一种实质性的观念，就是对人生短暂的一种悲剧意识。东汉末期，通过《古诗十九首》，士人所表达的非常强烈的生命悲感，是不是和这个性质完全相同？我认为是有变化的。比如，您提到的汉武帝，还有以前的秦始皇。秦始皇和汉武帝他们都有过求仙的行为，而且有具体的非常明显的行为，像秦始皇的东海之行，汉武帝也有这样的行为，史书记载非常明确。就是说，他们的求仙和一般士人的求仙，我认为有很大的区别，比如像您这里引用的《秋风辞》，它里面提到"欢乐极兮哀情多"，"欢乐极兮哀情多"是因为汉武帝他享尽了人生的富贵和荣华，正因为他拥有这一切，所以他才会有很强烈的悲感。但是对于一般的平民而言，这种悲感，我们在看《汉书》也好，看《史记》也好，这个在平民的身上是体现得很不明显的，那么把一两个帝王的思想作为悲感，是不是具有代表意义，是不是能够体现出整个两汉确实都有这样的生命悲感？但是我们明明看到只有到东汉《古诗十九首》的时候，这种悲感才体现出来，因为《古诗十九首》是平民、士人创作的，只有那样一种在仕途遇到很严重的挫折，而且随着经学的衰败，儒家思想对他们的束缚在逐渐减弱，他们的精神非常的自由的时候，在这种情况下，才会产生这种悲感，那么釜谷先生说从西汉到东汉，在整个两汉都有这样的悲感，我认为至少它有一个变化的过程，不知您是如何区分这个过程的？

釜谷武志：

好，谢谢。我也觉得肯定会有变化。我觉得并不是从西汉一直到东汉末都是一样的。不过，一个问题是，《古诗十九首》是什么时候创作的，这也有很多争论。有人说是东汉末，有人说是到三国以后才有，有人说在西汉后期就有。所以,《古诗十九首》当中的这个非常具有代表性的思想属于两汉当中的哪一段时期,这个很难回答,很不好说。所以我对这个问题没能够做详细的探讨。

杨明:

关于这个,我也想说几句。对于《古诗十九首》,我们有个习惯的说法,但是我也跟大家讨论一下,就是《古诗十九首》哪些地方、哪些诗篇是表现儒家思想衰微以后的结果,能够举出来吧;哪些句子是能够表现下层的,比方说是感受到社会的动荡不安,从东汉以后所产生的,好像从诗的本身看不出来。但是因为我们受了某种思想,传统的,或者说是一种习惯说法的影响,说《古诗十九首》是由于东汉末年儒家思想束缚的衰颓,社会动乱,下层知识分子产生的这样一些思想,并且作为"人的觉醒"的一种表现。就这样一个结论,到底是不是就是定论了,我们是不是可以再思考。这是我的一个想法。

学生:

那为什么就是偏偏在那个时候产生呢?它以前就不会产生?

杨明:

现在就是说,按照釜谷先生说,在以前早就产生了。先秦就有,《庄子》里面讲得很明白。《庄子》里面对于生死问题给予了那么大的关心。

学生:

但是问题就在他是个别的,是个案。但像这个成批的大量的出现,它为什么不会大量出现呢?

杨明:

《古诗十九首》里面也只有几首是表现这种思想的,不是说《古诗十九首》都表现这种思想。

学生：

而且在后来像三国时候的曹植、曹丕的诗中，这样的思想比比皆是。我认为，它这种大量的出现才表现为一种特定的思潮。那在前面，偶尔的一两个帝王的行为或思想，我认为它不具有代表意义，形成这种思潮变化只是在汉末时候。

杨明：

所以这就是我说的大家还可以进一步讨论、研究的问题，就是我们不要把刚才我讲的作为一种定论。还有大量出现是不是还要，这个因素很多，我觉得，因为这个五言诗本身就是到了汉末建安才大量涌现的。在西汉以前，或者是先秦的时候，本身这个五言诗的作品都不多，不多的话，那我们也无从比较，是不是？那或者是不是在五言诗里面，生死的主题比较多地出现，是和五言诗的大量的产生是同步的，如果这样的话，我们好像也不能下结论，就是说这种思想一定是到这个时候才多起来，只能说在五言诗里面表现的多了。而这个五言诗的产生本身是这个时候才多起来的，因此就没有办法跟前代进行比较。我这个话不知道说清楚了没有。

学生：

但是前代即使不是在五言诗，就是在其他题材的作品中也是很少的。跟它是不是五言诗我觉得关系不大。

学生：

杨老师，不好意思，我还可以参加讨论吗？因为在余英时先生《东汉生死观》里面，他其实提出两个，就是说一个是大量的，一个是比较底层的。其实一个两汉的瓦当里面有大量的这种延年、长寿、长生的这种铭文，一个是比如说《汉书·田延年传》，比如说像长生，或者是延寿，像这样的名字，在那个书里面也有过统计，就是两汉的人有大量叫这种人名的。另外是不是还可以再提出，在印章里，也是有这种讨吉利的，一方面是求仙，一方面是祈求长生的铭文，也可以发现有一定的数量，所以我想这些倒其实可以作为一个大量的，同时也是比较高层的材料，这些材料说明两汉的人其实是有这个"人生短促，希求长生"的这样一种思想的。

杨明：

对，这个请大家继续提问。

学生：

关于这个《古诗十九首》，有人根据它里面的年历，说它是西汉作品。

学生：

请釜谷先生给我们介绍一下日本现在有关中古的或者早期的文学研究的趋势吧。

釜谷武志：

（笑）

杨明：

请你再说一下，什么趋势？

学生：

就是日本学界现在流行的题目，做论文的趋势等等，大致上，给我们提供一些信息。

釜谷武志：

好的，这个很难说的(笑)。一般来说，在日本，研究中国文学的人越来越少。我国有个最大规模的学会，日本中国学会，是由在日本研究中国思想、文学、语言的人组织的学会，会员最多的时候有两千多，不过现在已经没有两千了，一千九百多吧。虽然没有显著的减少，不过至少减少是第一次，从创办以后，一直上升，三四年以前，第一次开始下降。特别是古典文学，对中国的古典文学有兴趣的，愿意学习、愿意研究中国古典文学的人越来越少。有人说以前的首相到某某神社去参拜后(笑)，引起了中国方面的强烈抗议，这个影响后，日本对中国文化的印象没以前那么好了。不过，我觉得还是高中的教育方面有一些原因。像我这样的人在高中念书的时候，国语，相当于中国的语文课，语文课里面有现代语文、古典语文，还有古典汉文，日本叫做汉文，就是古代中国的思想、历史、文学，还包括诗歌在内，除了白话文以外，中国古典基本上都有。我每个礼拜上一两次汉文课。现在日本高中的学生，好像高中三年当中，有的高中只学一年，而且一个礼拜只有一次课。所以对中国古典文学的兴趣越来越少，我觉得这个影响大一些。还有，在日本的中国文学研究当中，比较热闹的题目是宋朝以后的，特别是关于《三国演义》、《水浒》，至于《金瓶梅》研究还是较少的，但是研究《红楼梦》和《西游记》的相当多。还有研究戏剧的人还比较多。研究唐朝还是比较热闹的，专门有一个学会，中唐文学会，不过唐以前，六朝以前还是越来越少了(笑)。我个人来说，今天我已经谈到了，我刚开始学中国文学的时候，对文学批评史，汉魏六朝的文学批评史，非常有兴趣。后来，有机会写了《陶渊明》，我写了以后就对文学批评不太感兴趣了，却对陶渊明的乐府，还有一般乐府渐渐感兴趣，写了一篇论文《汉武帝创办乐府的目的》，这篇论文很早以前由杨明先生翻译成汉语，在中国的杂志上发表过。所以最近十几年，我对两汉南北朝的乐府民歌，较有兴趣。王运熙先生年轻的时候主要研究乐府，后来转到文学批评史上。我的程度根本比不上王先生，不过，方向跟王先生相反(笑)。最近我对文学批评史好像都不太感兴趣了。我的方向主要在两汉，或者六朝时期的乐府，包括雅乐转移，像这样的郊祀歌。对不起，我没有介绍日本的中国文学研究的情况。总的来说还是唐朝以后比较热闹，最近，特别是现代文学、当代文学。跟复旦大学中文系的同学也一样，对古典文学感兴趣的人越来越少，能阅读古文的人也越来越少。

杨明：

我希望通过釜谷先生的来访，能够改变我们中文系这样的情况。（会场笑）好，大家提的问题都很好，同时我们希望以后有机会再和釜谷先生再多多地交流，欢迎他以后再来复旦给我们演讲。今天我们再次感谢釜谷先生给我们做这样一个启发神智的报告。再次表示感谢！（鼓掌）

釜谷武志：

谢谢大家。最后我想讲一句话。在这里，基本上都是比较年轻的同学。我希望你们在复旦大学中文系学古典文学，以后，到日本神户大学来讲一讲，我非常欢迎你们来演讲，谢谢大家！（鼓掌）

杨明：

好，那么今天的报告会就到此结束。

朱熹研究在美国:以陈荣捷、余英时与田浩的研究为中心

主讲人:田浩(Hoyt Tillman)

主持人:吴震

田浩(Hoyt Tillman)

哈佛大学博士,美国亚利桑那州立大学历史系教授。著有《功利主义的儒家:陈亮对朱熹的挑战》、《朱熹的思维世界》、*Confucian Discourse and Chu Hsi's Ascendancy* 等,编有《宋代思想史论》。

吴震 | 复旦大学哲学学院教授,研究领域为中国哲学史、宋明理学、东亚儒学。

吴震:

今天下午的学术讲演现在正式开始。我们非常荣幸和高兴地邀请到美国亚利桑那州立大学田浩教授。在他为我们做报告之前,我想简单地讲几句话,将田浩先生的情况向同学们做一个介绍。田浩先生在美国是一位非常著名的中国历史学家、思想史家,他是余英时先生的高足。早在1976年就获得了哈佛大学历史系和东亚语言文明系的博士,现在在美国亚利桑那州立大学任教。他所兼任的职务实在很多,我想挑一些重要的来和大家说。比如说,他曾经担任过北京大学中国古代史研究中心的兼职研究员,担任过北京大学历史系、中国社会科学院哲学所、台湾中研院历史语言研究所、哈佛大学东亚研究中心、普林斯顿大学东亚系、德国慕尼黑大学等等兼职研究员或是访问教授。所以事实上他是一位国际著名学者。

田浩教授在我们中国大陆开始享有盛名,应该说是他的《功利主义儒家:陈亮对朱熹的挑战》这本书在大陆翻译出版之后。这本书的出版相当早,在1982年由哈佛大学出版社出版,1997年才介绍到中国,是由江苏人民出版社作为海外中国研究丛书之一出版的,第一版就印刷了6100多册。这个数字在学术著作中可以说是一个非常可观和庞大的数量。1996年,他的另一部名著《朱熹的思维世界》在台湾出版,2002年,由陕西师范大学出版社在大陆出版。但是我感到有一点遗憾，这本书由陕西师范大学出版社出版以后，读者群好像不是很多，而这本书在台湾的影响相当大，有好几次重印，2008年，台北的允晨出版公司有一个增订版出来。这几天在和田浩教授私下交流的时候，他告诉我这本书很快就会在大陆出版增订本，里面有好几篇增订的内容，应该说有相当大的价值。2003年，田浩先生又主编了一部论文集《宋代思想史论》，这本书在中国大陆学术界也有一定的影响，我看到有好几篇书评。在这部论文集当中，田浩先生有三篇论文，一篇是《儒学研究的新指向》，谈的是新儒学与道学之间的差异问题；另外一篇叫《行动中的知识分子与官员》，讲的是中国宋代的书院问题和社仓问题；第三篇是《陈亮论公与法》。我们从论文的题目就可看出，田浩先生的研究视野是非常开阔的。他今天报告的主题是："朱熹研究在美国：以陈荣捷、余英时与田浩先生自己的研究为中心"。那么下面，我想请田浩先生开始为我们做精彩的报告，大家欢迎。

田浩：

谢谢吴教授给我这个机会跟大家交换意见。我很清楚，你们不必听老外的乱侃。可是，这个题目可能对你们会有一点帮助，就是了解美国朱熹研究的整体情况。我发现有的朋友，无论是在哲学系和历史系，或是其他地方也好，有时候就会提这方面的意见，虽然现在年轻人的英语比教授们好多了，可是现在年轻人学习和看的英文著作比教授们自己年轻的时候少得多。所以，我希望借这样一个机会让同学们多了解美国人的著作写法。你们看美国的文章时会发现美国的方法论不同，而且写文章的方式也不太一样。我的意思不是美国的写作方式更好，只是传统不同而已。中国有自己的传统写法。每个文化的学术传统都不同。现在研究生看西方的杂志比较难进入那个语境，所以我希望在这方面，今天我的报告可以对你们有所帮助。

我开始说一点背景，然后再讨论三个人对朱熹的研究。

这个背景始于明朝末期天主教的耶稣会传教士来到中国。他们到了中国之后,当然希望可以把中国人变成信天主教的,可是开始的时候他们的方法不太合适。他们觉得在中国比较流行的宗教是佛教,为了便于传教,起初他们就穿佛教的衣服。可是他们不久就发现,中国人只是把他们看作佛教的另外一种而已。所以他们基本目的就失败了。后来他们发现,真正有地位的士大夫,他们不穿佛教的那套衣服,而是穿另外一套服装。于是他们就换了衣服,开始了解中国的传统情况。他们不但开始学习中文,而且开始找一些中国思想中跟他们自己的宗教比较接近的观点,特别是从我们所谓的先秦儒学思想中。他们得出的结论是:孔子、孟子、五经这一类的古代思想比较接近他们欧洲的天主教,而且他们觉得朱熹的《四书集注》以及对科举的态度,就是把儒家的传统理性化,从而改变了儒家的古代思想,而这个改变就是改到与天主教不太合适的一条路。从那个时候起,他们把自己也放在儒家的传统中,希望跟明代末期和清朝初期的那些士大夫对话,跟他们讨论为什么在五经里面,关于"天"观点比较适合用来理解天主教的"天主"。他们同时认为,"天,即理也"朱熹的解释,天等于道理这样的方式,即改变了五经中孔子原来的意思。这些传教士总结出了这种理论以后,必须汇报到罗马。其他天主教的传教士跟他们辩论,批评耶稣会的这些传教士,因为他们觉得耶稣会把天主教跟儒家思想混在了一起。所以这个观点在欧洲引起了辩论。无论如何一百多年以后,耶稣会的立场暂时失败了,可是再过了一百多年之后,19 世纪中期后的天主教改变了立场并恢复了一些耶稣会的观念。

这个背景有另一个重要性,那就是耶稣会传教士把孔子、孟子的地位提升,等同于西方天主教的那一套圣贤,把孔子、孟子的地位提升得比柏拉图和亚里士多德的地位更高,因为耶稣会传教士觉得孔孟更配合天主教的教导。所以他们就把孔子变成了 Confucius,把他的姓氏加以变化,这样当欧洲人看 Confucius 时,他们会觉得他们的宗教跟孔子的思想没有很大的距离;而且他们把儒学变成 Confucianism。Confucius、Mencius 这样的拉丁文说法也使得孔孟的文化看起来跟欧洲文化没有很大区别。除了古代思想家之外，耶稣会没有把这样的系统用于后人，比如他们没有把朱熹的姓氏变成类似的拉丁文叫法。因为按照他们的立场，宋代的道学，特别是朱熹已经把古代的儒家传统改变太多，而且理性化，这种变化对天主教不太有利，所以他们欧洲人看重古代的儒，也就是汉代之前的儒。这个思想对欧洲，再到后来的美国有很深刻的影响。从他们开始，后来翻译《论语》、《孟子》、《道德经》的有很多，所以这一些材料在西方比较容易看到，并且很多语言，像德文、法文、英文等等都有。可是宋代的这些材料比较少有人翻成英文或德文等语言。这成为一个普遍的现象，比方说，假如你们在美国的哲学系，你们会碰到有人对孔子、孟子或老子有兴趣，可是很少有人对宋代的思想家有兴趣。其中的一个原因是，英文的翻译，或是欧洲语言的翻译，关于宋代的少多了。

在介绍上面背景之后，我们转到陈荣捷先生。陈荣捷老先生已经去世了，他是一个华人，在夏威夷长大，在哈佛大学拿了博士学位。他做研究生的时候，专门从事中国哲学研究。那个时候，他的老师之一就是洪业先生。洪先生告诉我，陈荣捷大考口试的时候，洪业先生问他关于《道德经》的一个问题。陈先生很难回答，因为那时，他只对儒家思想感兴趣，对老子几乎没有兴趣。所以陈先生虽然那个时候通过了考试，可是他对中国哲学方面并不在行。隔了好几年以后，他们两个人再见了面。陈先生对洪业先生很有把握地说，现在自己了解老子，可能比洪业先生还要多。洪先生大笑地说，“一定”，洪先生说是因为他自己了解老子并不多。这个小故事可以给你们一个印象，即陈荣捷先生的研究方向和他的治学态度：他要做中国哲学研究，可以说他是以儒学为主。他希望改变欧洲人，尤其是美国人对儒家思想的看法。他觉得实现这一目标有两个很大的障碍，一个障碍是，欧洲语言特别是英文的翻译材料太少，所以你看，他用英文翻译了很多宋代跟其他朝代的材料，其中最有名的是《近思录》，这是一个很大的贡献。另外一个大的障碍，他觉得天主教、基督教传教士的立场在欧美文化界的影响太深了，所以一般欧美的知识分子，假如他们知道孔子或孟子，西方宗教的背景就会影响他们对孔孟的了解。

1982年我参加了在夏威夷召开的一个关于朱熹的国际会议。我在会上做了一个报告，是关于朱熹所提及的“天心”，并就此做了一些哲学上新的考察。做报告时，我便注意到陈先生很有意见，可是他没说什么话。会后，因论文集里前辈的文章已很多，我就把自己那篇文章改定寄给 *Harvard Journal of Asian Studies*（《哈佛亚洲研究学刊》）杂志。他们就转给了陈先生。陈先生看了很生气。让我先解释一下：在美国，假如你把文章转给一个杂志，他们就把这篇文章的作者姓名划掉，转给基本上是两个评论者，让他们做判断，接受或是不接受，然后杂志再把这个意见传给作者。所以他对我这篇文章的审查报告我有机会看到。我很清楚这个报告是谁写的，因为他的立场鲜明，尽管报告也没有列出名字。报告说大概是老外看中文太少了，把“天地之心”糊里糊涂看成了“天心”，不必考虑这篇。所以哈佛说我们不出版你的东西。那个时候，82年到84年我在北大做研究。大概83年的夏天，我路过长沙，要到岳麓书院去看一下。一到长沙的旅馆，就看到了陈先生。他一看到我，就打了一个招呼，然后拼命地大叫，骂我。他觉得我是要把朱熹改成一个基督教徒，要不然为什么我要讨论“天心”，强调“天”就是耶稣会传教士将基督教思想与儒家思想的混合。所以他一看到这个词，就非常气愤。于是我借这个机会跟他讨论，跟他解释为什么我要研究这个词，它的背后有什么价值意义。可是很有趣，他还不肯回到我的文章，或者看我脚注的材料。他说你回到北大，把那些《朱子语类》里有关“天心”的段落弄下来，寄到美国，寄给他，然后他会看。我说好。从那个时候起，我们就有机会交换意见。他收到我寄上的《朱子语类》中的这些段落后，他不得不承认朱熹其实是利用了“天心”这个词。可是他一直觉得“天心”这个词在朱熹思想里完全没有意义。所以你看他后来在《朱熹新探索》里面有一个章节，写“天心”，没有提到我的立场，就是说他认为这个没有什么重要的意义。

在我看来，如果要了解陈先生的话，就必须了解他的立场或目的。看起来他的立场就是要在美国代表中国儒家主流传统。因为他强调儒家思想中最主要的代表是朱熹，他之所以要1982年在夏威夷开那个国际会议的原因之一就是他觉得牟宗三、唐君毅等的影响太大，所以欧美的学者比较欣赏王阳明的著作，而对朱熹的著作有偏见，所以他要改变这种偏见。他佩服朱熹到了何等程度呢？大概在1987年左右，国内在厦门开了一个讨论朱熹的国际会议。很可惜那个时候我不能来。那个会议完了以后，他们就到武夷山附近转了转，看跟朱熹有关的古迹，也到朱熹的坟墓去了。很有趣的是，按照刘述先先生的报告和从别人那里听到的消息，陈荣捷先生那个时候已经年龄不小了，可是他在朱熹的坟墓前面磕头，而且磕头完了，他说他一辈子只向两个人磕头，一个是他的母亲，第二个就是朱熹。还有一些类似的故事，可是我觉得从这样的故事里，你可以看得很清楚，他的抱负，就是要把欧美的偏见改变，并在美国提倡朱熹的道统。而且可以说，他把自己放在那个道统里面，代表朱熹的思想。所以他不但翻译了很多朱熹的著作，也写了很多对朱熹研究来说很重要的文章，这些贡献不能否定。可是我就怀疑，他一辈子限于这个范围、这个立场，在我来看，有一点太窄了。比方说，假如你看他翻译的那个 *Source Book of Chinese Philosophy*（《中国哲学手册》）。那本书很早，好像差不多是1963年出版的，我们在美国用这本书做参考书用了很多年，因为它从五经开始，一直下来，翻译了很多原文，所以用来开课是很方便的教材。可是，比方说宋代的，就是北宋五个主要的人物，周敦颐、二程等等，南宋只有朱熹和陆九渊，仅此而已。金、元就没有了，从南宋的陆九渊马上转到明代的王阳明。而且后来他写了一篇文章，讨论女真控制之下的金朝的儒家思想，可是他的结论是，中国北方，金代没有新儒学，没有道学。金代哲学家不知南方有朱熹等等。

1982年到1984年，我在北大。但离开美国之前，一个老朋友（Stephen West）要我参加他的女真文化史的一个计划，他说我代表思想史学，我们应该对金朝了解什么？我简单地回答，我自己有一点怀疑，北宋主要的思想家都在北方，南宋都在南方，可是从现在来看，这个有问题，是不是？因为南宋时期，北方应该还有一些道学门第留下来，有一点影响。所以完全从抽象的逻辑来分析，应该看金朝的文集等资料，看有没有道学思想家在女真控制之下。他就说："好，你去做。"可是我不知道该怎么做。后来我就到了北京。在北京，我就跟人大的张立文教授联系。那个时候，我临时地住在人大对面，他和系主任有一天晚上来看我。他们就问我，我的研究题目是什么。当时有两个，这是其中一个。我提我这个看法的时候，那个哲学系的系主任大笑，他说你们老外完全不懂。你看，儒家思想就是士大夫、做官的那一套。北宋灭亡了，没有汉族的政府，他们没有办法留在北方，他们都跑了，跑到南方去，所以很清楚北方当时没有儒家思想，因为儒家思想是当官的一套。可是我还是有一点怀疑，所以我就查阅了金朝的文集等资料，做了一些统计。我觉得这些材料很清楚地证明，道学已经在金朝时进入了北方。所以我写了一篇文章给北大邓广铭老先生。他看了以后说了两句话。我觉得非常好，而且很感动我。第一句话是说，田浩你写这篇文章很重要，因为我们中国人没有注意到这件事情，所以你替我们打开了一扇窗户。第二句话，现在我们中国学者会注意，会把这个题目搞对，搞好。我非常高兴听到这两句话，特别是后面的那句话，因为我知道中国人看材料比老外快多了，而且很多东西，我们老外看古文不太清楚，假如能够引起大陆学者有兴趣研究这个，我就觉得成功了！因为这一篇中文文章发表以后，一些国内的学者写了文章，我后来在写英文稿子的时候，就用他们找到的材料补充我的英文文章，写出了一篇更好的文章。

从这些例子当中，你可以感觉到，我跟陈荣捷先生的研究方向有些不同。因为虽然我承认他有很多很大的贡献，可是我认为他的范围有一点太窄了。比方说，我的博士论文，就是关于陈亮和朱熹的辩论。因为我觉得陈亮有一些话非常清楚，而且陈亮那个人胆子特别大，所以他敢说一些话，而一般的儒家不敢说。比方说陈亮跟朱熹辩论的时候，他说五经给我们的印象就是，三代什么都好。可是我们有这个印象，因为孔子编五经的时候，把历史材料"一洗"干净，然后做成一个"正大本子"。一个"正大本子"的意思，这儿我们用英文说是 grand narrative 或者 grand model。陈亮提这句话不是批评孔子，其实是赞美孔子。因为陈亮说，那个时候老子等人对古代政治很有意见，有很多批评，一般的知识分子对三代很有怀疑，他们对当时的政治没抱什么希望，所以孔子就把历史材料“洗”干净，做成“正大本子”，是让大家对政治有一个大的希望。所以再进一步，陈亮就对朱熹说，你应该跟我合作，我们把汉唐的历史比较好的方面“洗”干净，做当代的一个“正大本子”。因为我们现在的一些政治问题是新的，我们必须找到一些新的办法来解决这个问题。所以，我看到这类的材料，就觉得中国的文化很复杂，有多元性。有用的观点不是都在朱熹那个正统里面，之外还有很多好的意见。而且晚年的陈亮等人，他们的一些看法有时候比较接近我们当代的一些问题，所以更应该研究一下。

后来我写了《朱熹的思维世界》。写英文版的时候，我同时开始翻译中文版。英文版 *Confucian Discourse and Chu Hsi's Ascendancy* (Hawaii, 1992) 经修改和补充以后，才有中文版本（台北：允晨文化，1996；西安：陕西师范，2002）。我一定要出中文版本是因为，大概从 1983 年开始，我在《历史研究》发表我第一篇中文文章，我就觉得中国国内的读者比欧美的读者重要得多。不但读者多得多，而且我的一些意见最好用中文提出来，这样可以得到中国学者的批评和指正。假如中国学者接受我的一些观点，这将来可能会影响到欧美的学者，所以我就想一定要用中文出版。当然写英文比较快，所以英文的书先出来。出来之后，美国的一些学者对这本书很有意见，所以我借出版中文版的机会稍微回应了他们的意见，而且特别补充了关于陈亮跟陆九渊的那些部分，补充英文版没有的材料。我本来以为老美的朋友会看我的中文本，看我如何回应他们的意见，可是美国学者并不看这些中文增订本。而我仍然觉得这个中文版本是我最主要的著作，所以后来我有增订本，再加了两篇文章收入到《朱熹的思维世界》，这样可以把我的论点收得比较全面。这就是 2008 年在允晨文化和 2009 年在江苏人民出版的增订版。

我写这本书另外还有一个目的，特别是它的英文版，是要跟哥伦比亚大学的陈荣捷先生和狄百瑞先生（William Theodore de Bary）对话，特别是跟狄百瑞辩论。我写英文稿子的时候,在出版之前,就把它全部寄给陈荣捷老先生。他对我非常好,虽然年龄很大了,他仍然仔细地看稿子,从头到尾,而且提了很多意见,从他的立场,提到很多地方他不能同意,以及为什么他不同意。所以这帮助我再思考一些问题。但基本上我还是觉得我的立场是对的。而且利用他的考证,把我的意见扩大,做得比较全面一点。写那本书的时候,我已经有机会跟陈先生对话,可是一直就比较难跟狄百瑞有这样的对话,所以我后来写了《宋代思想史论》里的那篇文章,原来发表在 1992 年 *Philosophy East and West*(《东西方哲学》)。我就把对我比较激烈的批评从《朱熹的思维世界》里拿出来,当作文章,向狄百瑞先生讨教。因为那之前,我两次到哥伦比亚要跟他讨论道学和新儒学的问题,可是他好像不想讨论,所以我没有其他的办法,只好写这篇文章。

写了这篇文章以后,当然狄百瑞先生的门徒很有意见。觉得我不懂礼貌,提到他们新儒学座谈会里三位前辈先生不同之处,所以得罪了一些美国的朋友。这件事有一点复杂,所以请让我解释一下三位同仁的密切关系,然后再谈他们之间好像没有讨论过的基本区别。虽然陈荣捷先生不是正式地在哥伦比亚开课,但他长期以来,每个月有一个星期五到哥伦比亚上课。开课之后,他留下来参加那里的新儒学座谈会,每个月一次,而且他们出版社有 *Series on Neo-Confucian Studies*(《新儒学研究论丛》),所以他跟狄百瑞的关系非常密切,他们合作开研究生的课。一方面我真佩服陈先生年龄这么大,还坐飞机到纽约参加这个会,参加这个课。可是另一方面,我发现一个问题,当然宋代儒学跟先秦儒学有一些重要的区别,所以很多学者称宋明儒学为"新儒学",但是问题不在这点。在我看来,问题在于很多学者的文章里,用到"道学"、"理学"、"新儒学",都是在乱用,而且他们没有说清楚他们个人对这些词不同含义和用法的理解。所以我自己仔细地看,就觉得,哥伦比亚大学的新儒学座谈会上最重要的三位前辈同仁,他们在利用"新儒学"这个词时都有相当不同的理解方向。陈先生的用法就是从周敦颐、二程到朱熹,很窄的一条线路。所以他的用法很清晰地受到朱熹本人跟元代编的

《宋史·道学传》的影响，这个用法是狭义的道学。狄百瑞先生的用法，可以说是与此相反的，按照他的理解，我跟他辩论的时候，狄百瑞先生说得很清楚，"新儒学"比较接近"理学"，可是比"理学"还要宽，所以他把广义的"理学"再扩大，就是狄百瑞先生心里的"新儒学"。所以他们两人常常合作，每个月开会，可是看起来，他们并没有注意到他们最重视的概念的含义具有相反的一面。新儒学座谈会上的第三位前辈是谢康伦(Conrad M. Schirokauer)，他在纽约城市大学搞宋代思想史，他的博士论文是关于朱熹的政治思想，好像是1960年完成的。他是一位前辈，学问也很好，他的立场跟他的两个老朋友也有很大的区别。他注意到我写陈亮那本书的时候，即1982年出版的那本，我避免用"新儒学"这个词，而是用"道学"这个词。他开始跟我辩论这个事情。谢康伦的看法是，"新儒学"不是"道学"，不是"理学"，跟所有的中国学者用的词汇不同，因为新儒学Neo-Confucianism是我们欧美学者用的一个词，所以我们要它包括什么，就包括什么，我们就不必管中国人用哪个词。中国人有理学、道学等，对于他们的脑子里面的这些词，我们都不管，我们要搞我们自己的学问，所以这是我们自己编出来的一个词。而且他说，中国人了解我们之所以用Neo-Confucianism这个词，是因为原来没有对应的中文词，它跟道学、理学都没有关系。因此很有趣，他们三位同仁每个月开会讨论新儒学的不同问题，可是他们没有讨论他们用法的区别，而且互相没有注意到。所以1992年我就此发了一篇文章，在这篇文章中有我所提到谢康伦这个看法，可是我写那篇文章的时候我没有提谢康伦的大名，我觉得假如我把他的姓名写下来，可能会难为老朋友。1992年，哥伦比亚开了一个有关新儒学的座谈会。这次会议被安排在《东西方哲学》出版狄百瑞对我的回应之前。在会上，狄百瑞先生向新儒学座谈会的同仁做报告时说，按照田浩的文章，参加新儒学会议的人中间有一个傻子。他对新儒学有这样的说法，实在很可笑，这有什么意思，究竟是谁这么笨，可以有这样一个观点！谢康伦回答说"是我"。可是我觉得这个非常非常有意思。我就佩服谢康伦在狄百瑞面前承认自己对新儒学的立场。那之前，就是谢康伦跟我辩论的时候,很清楚地说出来这个意见。我就提醒他,虽然我不同意,而且觉得你的说法有问题,但我很佩服你自己想出来的这个解释,可是希望你用这个词的时候,很清楚地说出你对新儒学的含义和范围的理解。所以我强调无论你用"道学"、"理学"、"新儒学"或其他什么词,希望你说清楚你这些词的范围是什么,这样的话,读者比较方便理解。所以我提到我写朱熹这本书的一个愿望,就是想对狄百瑞、哥伦比亚的那批人有一点触动,说你们搞哲学史或是宗教史,虽然有贡献,但是我们必须多从历史的角度来分析宋代的儒家思想,特别是宋儒搞政治的这个事情。因为吕东莱(祖谦)就很清楚地提到道学是"吾党",道学就是我们的党派。朱熹也提出这样的说法。那个时候道学不单是一些思想,还是一个党派。所以我就要他们注意这些思想家政治的活动。

讲了太多我自己跟三位哥伦比亚座谈会同仁的区别了。我现在就讨论余英时老师的《朱熹的历史世界》那本书。我是余先生的学生,而且是早期的学生。他多半的学生是东方人,他们了解得比我多,而且我们评自己老师的书有点不方便。可是我没有办法,必须讨论,本来我不想写《朱熹的历史世界》这个书评,可是浙江大学哲学系的何俊先生说我必须写,所以他给我一些压力,然后在中国社科院《世界哲学》杂志上发表了我的一个书评。我觉得余先生写朱熹很有意义。余先生第一次到台湾是1971年。很多人大概不了解这一点,因为在国内很多人觉得他是台湾派,总是批评共产党。可是余先生说他在1949年5月"上海解放"之后,就到北京上燕京大学了。当时因为他的父亲、母亲、弟弟先离开大陆,所以他们就把余先生留在上海管他们的房子,而那个时候他已经被批准到燕大去了。到了燕大以后,他收到从他父亲那边寄来的一封信,说他们已经到了香港,他也可以来。所以他就问燕大的教授朋友,他该怎么办。一位教授就告诉他,你到公安局去,说你要到广东九龙探亲,不要提香港这两个字,你就说九龙。他们就批准他去九龙。所以他说他很合法地离开中国大陆。到了香港,那个时候,钱穆先生已经开始教学生,所以钱先生特别高兴,因为觉得他比香港人聪明多了。后来余先生要到哈佛大学拿他的博士，可是他不能离开香港，为什么？因为五十年代，香港的美国领事馆跟台湾的关系很好，而且台湾方面很怀疑余先生是左派，所以不想让他离开香港到美国，以至于他的申请一直没有得到批准。后来他碰到一个美国人有办法，帮他忙拿到了一个批准，可以当作签证用的公文。可是他的这个批准非常特别，这个批准只让他到美国来一趟，却不能离开，而且必须每年申请一次，批准后才能再呆一年。所以他从五十年代一直到六十年代后期，必须每年向美国政府申请。而每次申请很麻烦，因为他的那个签证很有特色，美国政府官员总要研究一下，他们从来没看到过这样的批准公文。所以他等了很久，拿到美国的绿卡之后，他才可以离开美国回东亚来。1971年他第一次到了台湾。我很幸运，当时我就在那边补习中文一年，他来了，我非常高兴，并去拜访他。他说要不要一起去拜访钱穆先生？我说，更好。所以他就带着我去了，这个给我留下了很深刻的印象。

钱穆先生的房子里到处都有朱熹的语录。钱穆先生自己用毛笔写下来挂在墙上。在那之前不久钱先生刚刚出版了《朱子新学案》，而我自己对朱熹也已经有兴趣，所以我觉得这是一个非常好的机会。关于钱穆先生，你们可能了解得比我更多。他是一位考证的历史学家，可以说刚开始的时候，他对宋学包括朱熹有反感，因为他受到清代汉学考证学的影响。可是到他晚年，花了这么多功夫写《朱子新学案》，而且那个时候正是国内搞文革的时候，朱熹不受欢迎，所以他就特地在那个时候写这样的书。所以我就觉得很有意思。余老师七十岁以后开始对朱熹有兴趣，在那之前对朱熹兴趣不大，他主要的研究兴趣在汉代和清代，而且他是考证历史的这样一个学者，他一直讨厌那种形而上学抽象的一套，所以我搞朱熹的研究，他总是有一点意见。可是这里面有很好玩的小故事，比如说我关于朱熹的这本书和他那本关于朱熹的书，两本都是由允晨文化公司出版的，而且两个书名很接近。他的这种改变同时也展示了他的思想，他觉得，虽然在我看来，当我跟狄百瑞先生辩论时，我是在强调历史和政治文化的斗争。可是从余先生的立场来看，我做得还不够，而且这一点从我的书名可以看得很清楚：我用的是“思维”这个词。所以他就把“思维”用“历史”代替，因为他觉得，我在历史方面强调得不够，没有突出政治文化斗争。他写他自己那本书的时候，几次打电话来，跟我讨论宋代的历史和思想等，给我很深刻的印象，因为好像他在写这本书的时候，是他一辈子——至少我有机会看到他的时候——最快乐、最得意地写书的时候，当然他在写其他著作的时候，蛮有心气，但是写这本书的时候他就特别高兴、特别得意，还特别打电话给我，跟我讨论这本书的问题。所以我觉得很有意思，因为他有一点像他的老师，钱穆先生，到了年龄比较大的时候就改变并回到研究朱熹的思想上来。

我估计你们都看了余老师的那本书，因为在国内出版以后，有很多人看了，所以我大概不必仔细地讨论它。当然他看的材料比我多，而且他有很多新的看法，他的论点比我的历史立场更强，他更强调政治文化，而且有比较全面的根据。可是我觉得有件事有点可惜，请让我解释一下。像上面所说的那样，他持这个立场，批评哲学家过于注重抽象的道体等，他强调我们都要注意宋代的政治斗争，强调当时知识分子的抱负是要通过跟皇帝合作来实现一起治天下的愿望。他也很清楚地说明了道学跟理学的分别。在宋代“道学”这个词用得多，多跟政治活动有关系，理学则用得少多了，而且用的多半是关于哲学的讨论。虽然他很清楚这个，可是他说，他不管这些，而且现在大家都用理学这个词，所以他就用“理学”那个词而不用“道学”这个词。这对他要设立的立场有一点不利，因为他用的那个词已经有了哲学性的含义，抽象的含义比较强，包括政治文化的含义很小，所以假如用理学，对他自己的立场有点不利，所以我就强调这一点。可同时我也很佩服余先生将他用这两个词汇的背景说得很清楚。

现在，我稍微做一个结论，希望你们可以通过这条完整的路线将我的整个报告看得更清楚。那就是，在西方几百年以来，开始我们没有太注意宋代的思想，比较多注重古代先秦的这部分。而之后我们开始注意到 12 世纪朱熹的思想，一个很好的例子，就是陈荣捷老先生。为什么他要强调朱熹？他的这个举措就是针对美国的世界，就是要改变我们欧美人所接受的传教士对于朱熹的印象。后来我觉得这方面的确有一些改变。而我自己并没有这种抱负，我之所以要研究朱熹，一方面是要了解宋代以来的历代思想，另一方面是想通过朱熹跟其他宋代的历史学家、政治学家和哲学家来了解中国人的想法。我有一个抱负，就是希望中国人自己在了解儒家思想时是比较多元性的，比较广的。我的意思是，和一般 20 和 21 世纪人们心里所想的儒学相比，儒学实在是更广、更具多元性。当然朱熹是其中重要的一个部分，可是儒学传统比他更广大。余先生的这个例子，就更清楚说明这一点，他跟陈荣捷的这个抱负完全不同，他可以说是有一个政治文化的意义，这个你们看了他的书大概都很清楚，我不必说更多。很抱歉，我已经说了太多，而且我很希望听听你们的意见。因为你们对儒家思想的看法我很感兴趣，希望明年来研究这个题目，了解你们的立场和看法。（掌声）

提问与回答

吴震：

坐在我旁边的这个“老外”很不简单，一个半小时的时间，滔滔不绝，讲到现在没有一刻停顿，不得不使我两次给他递小纸条，提醒他时间快到了。最后一次提醒他的时候说，还允许他一分钟。实际上，是打断了他这样的一个报告，很抱歉。因为按照复旦大学文史研究院的向来的规定，两小时的报告，教授只能讲一个半小时，还有半个小时应该是学生提问的自由时间。

在时间开放给大家之前，我想利用我的一些小小的权力，对刚才田浩教授的报告做一个归纳性的总结，方便大家后面的提问。我感觉到田浩今天的这个报告，可能是由于他没有用他的母语英语的这么一个因素，在他表述的背后，隐藏着他没有充分、完全地想要表述出来的东西。比如说，我听他第一段讲背景的这个问题，我非常地感兴趣，他说天主教传教士到中国以后，对中国的先秦儒家和朱熹以来的“新儒家”——这里的新儒家我先打一个引号,因为田浩先生是非常反对使用这个词汇的,我暂且打个引号——他们的看法是非常不同的。天主教特别是耶稣会士到中国来传教,他们就注意到先秦孔孟讲的"天"这个问题跟他们所讲的"天主"这个问题很相近,他们很有亲近感。那么到了朱熹的那个时代,有了一个理性化的倾向,把"天"解释为"理"。这样一来他们就感觉到不舒服。这样一个背景的介绍实际上是非常深刻、有意思的。而且马上就转到了陈荣捷先生,据我所知陈荣捷先生好像也是一个信徒,他应该也有很多的宗教方面的素养和训练。之后谈到了哥伦比亚大学三巨头的聚会的问题。他说"新儒学"这个词不是你们中国的词,是我们欧洲的词,自己制造的,跟狄百瑞、陈荣捷理解的都不一样。事实上,我就有一个问题,既然是欧洲人制造的来称呼中国儒学的这么一个概念,我就想追问一下它的词源学的依据在什么地方?这肯定不是他自己脑子里想出来、创造出来的,它的老祖宗我估计是来华传教士。因为来中国的传教士经常向罗马汇报,他们对中国文化的情况的报告是相当频繁和详细的。据我的了解,我们昨天开会的时候,关西大学吾妻重二先生,实际上关于这个问题他有一个考证,说"新儒学"这个词最早就是在16世纪末17世纪初那些在中国传教的耶稣会士,在向罗马天主教汇报的时候用了这个词,来称呼宋代以后的儒家这一派,叫"新儒学"。吾妻重二先生的这篇文章考据有相当翔实的依据,可以验证谢康伦的这个说法。可能他说欧洲人创造的指的是这个意义上的创造。如果我们把源头追溯到这个地方,这个问题就比较清晰。总之,诸如此类的这些非常有独特性的情况介绍,对于我们来说非常新鲜。不能占太长的时间,马上把时间开放给诸位同学。有什么问题,请自由举手提问。

学生:

田浩先生,我想问一个具体的问题,是关于金朝的道学。因为现在有一些观点认为,金朝的信仰状况更接近于三教合一的状态。这样的话,它能够接受禅宗关于"超越"的一些思想,而这些思想也被引入了朱熹的理学体系里面。而且“道学”这个词(Daoism)还用在三教合一的道家里,我们知道现在关于学术史的很多观点,元朝人为了追寻他们的学统,伪造了一些金朝关于二程弟子的一些学统。所以从这样一个角度来讲,我们是不是不能把金朝三教合一的信仰状态等同于金朝就是有道学,或者说是有理学的?我想知道您是怎么看这个问题的。

田浩:

在我看来,虽然金朝三教合一是很重要的一个事情,而且道学也包括朱熹都受到很多佛教、道教的影响。可是在我看来,很有趣的就是,朱熹觉得他的这个道学跟佛教、道教有很大的区别,他要强调的是区别,特别是跟佛教的区别。他曾经批评吕祖谦,跟一些他同时代的人,说他们受到佛教太多的影响,就因为他们自己没有仔细地学习佛教。可是朱熹说他自己学习了佛教,所以他了解佛教,因此他可以利用佛教的词而避免佛教的影响。而且他有很多社会计划,跟佛教存在一定的斗争,他也给道学的知识分子一个社会任务,可以影响到老百姓将来不怎么依靠佛老。所以道学跟其他宋儒的一个区别在于,他们的领导者要避免佛教的影响。比方说他们对王阳明很有意见,认为他受到的基本上是禅宗佛教的影响。所以他们对佛教敏感得很。我们也可以看到,朱熹本人也受到了影响,可是他自己不承认。他有完全不同的看法。而且他的这个看法,你可以从金代赵秉文的事中看到,赵秉文替佛教的一些地方写了碑文,可是在编自己文集的时候,他把所有的这些材料都给去除了。因为他对这个问题很敏感。

学生:

一个很小的问题。我的硕士论文也是关于金代的道学。我注意到您的一些论文里提到,在金代已经有道学的萌芽和传播。但是我大概检阅了全部从金到元初的北方文献,其实在1240年以前他们使用的“道学”与1240年之后他们使用的“道学”,在语义上面实际上是有很大差别的。1240年之前他指自然也使用“道学”,但是大部分情况下指的是道教,而并非新儒学的道教。在南方知识北上以后,他们可能比较认同南方意义上使用的“道学”。实际上是对您的一个补充,就是从1240年到1250年,可能有一个明确的分界线,之前和之后金代文献当中“道学”的语义有很大的一个转变,而这种转变我认为可能是全真道寺的兴盛,他们也要和之前保持不同。我想听听您的看法。

田浩:

“道学”不但在金代有复杂的用法,在北宋这个词也比较多地用来形容道教,所以在宋代也有这样的演变。有一点在我们看来有点古怪,为什么朱熹等人利用这样一个词——而这个词原来跟道教有关系——而且有人用道学这个词来批评朱熹跟他的道学圈子?我觉得原因有两方面,一方面是他们受到外来的影响,尤其是道教的影响,周敦颐就是一个很好的例子。另外一方面的原因是,朱熹等人以为自己对儒家那个“道”的了解超过了其他的儒者,所以有点看不起其他的儒者,《宋史》把这些“其他的儒者”称之为“儒林”。所以这是一个很复杂的题目。我自己在《中国哲学》的那篇文章里,就特别强调在1190年左右,就开始有南宋的这种道学进入了北方,而且王若虚、赵秉文已经提到儒家的道学。后来我做了一些关于郝经的研究。这个研究我觉得很有趣,起初,他反对使用“道学”这个词,因为他看到南宋儒家道学派对政治有坏影响,所以他反对太极书院的领导者们用这个词。同时,他强调他的祖先传承了二程、周敦颐的思想。但原来他不肯用“道学”这个词来形容周、程的思想,然而他后来不但利用“道学”这个词,而且自己也变成了一个主要道学之徒。这个情况实在很复杂。无论我们用什么词,“道学”、“理学”、“新儒学”,这都很复杂,它们有狭义也有广义。虽然我们知道这种情况有一些缺点,而且我们从唐宋谈到清末,有些不方便,但是作为历史学家,我觉得一个好处就是,“道学”的含义在不断改变,所以用这个词比较容易帮助我们把当时的那些思想搞得比较清楚,了解每一段是什么情况,可是对哲学家来说大概很不方便。另外一个困难，我们讲课要讨论儒家思想的整个情况，假如每个朝代都有不同的词，就会给学生造成很大的麻烦。因此这是一个很复杂的问题。

学生：

我首先表达赞同，另外是非常小一个的问题。我的赞同，就是赞同田先生作为历史学家采取的角度。我的感觉就是，不论是研究朱熹还是研究中国思想史的其他部分，很多是把中国思想史做成哲学史，甚至有的学者以"儒学"继承者自居。我非常赞同把思想史放在历史的背景下，我想这也是余先生写《朱熹的历史世界》的一个出发点。

另外一个就是关于这个概念，"新儒学"（Neo-Confucianism）这个词。我自己的感觉就是，冯友兰在哥伦比亚大学写他的那部书的时候，他发明了那个词，而这个词给西方学界带来了很多的困扰。其实他在晚年有一点点后悔，就是这个词不清楚。一个就是他指的宋明理学，还有一个他用来界定新中国以来的新儒家。他不能用 Neo-Confucianism 来同时形容两个事物。而"道学"这个词比较早。如果放在历史背景里考察的话，北宋时期就有这个概念，"理学"是晚出的，但是有一个问题，就是"道学"这个概念从南宋以后就几乎销声匿迹了，千年以来大家都不用"道学"了。而美国学界狄百瑞他们一直用 Neo-Confucianism 来形容宋明理学，大家一直相安无事。但是您突然跳出来"发难"，当然我是非常赞同您，但是我的问题是，既然"道学"已经一千多年不再被使用，您的建议是什么呢？是我们要用"道学"来全部代替其他的概念吗？

田浩：

我没有这个意思，但我希望大家说清楚他们所用的词的范围。我承认这是很复杂的问题。我的意思是，第一，我觉得不论是北宋还是南宋，"道学"这个词比较合适，具有比较宽泛的意义。到了《宋史·道学传》，我们很清楚它的意义是狭义的。我作为历史学家，而且多半研究宋代，我觉得我自己的抱负是希望把宋代的情况搞清楚。同时，我希望给别的学者一个挑战，你们搞明代或是清代的研究，可以自己想办法决定用什么词比较合适。可是无论用什么词，希望你们说清楚它们的意思和范围。我自己觉得，最不好的情况就是，我出版我的书跟狄百瑞辩论以后，很多人就说："好！就用'道学'这个词。"结果他们所用的道学包括理学、新儒学、Neo-Confucianism 等，把所有的含义和范围都乱搅在一起。我觉得这不是一个好办法，实在没有什么进步。我刚参加了你们周末的这次会议，这是 12 年以来我第一次觉得还有希望，因为我听了很多报告，所用的词大多很清楚，而且有定义，无论是用"新儒学"或是用"道学"等等，差不多每个人用得都很清楚。而且我看了星期五晚上我收到的你们复旦大学的书，书名我记不住，两本教材(《中国古代哲学史》教材)，利用了"道学"这个词。而且在这个会议上我就发现差不多每个人用的词都比较具体。我在此再说一两句，我很佩服，因为你们很多人参加周末这个会议，很辛苦，而且还要来听朱熹的讨论，这让我非常佩服你们，你们的学习精神应该可以做美国学生的榜样。我看到这种情况，充满希望！

吴震：

听了田浩教授精彩的发言，还有三位同学的提问，好像主要是围绕名词概念的纠缠上面，"道学"、"理学"、"新儒学"怎么样使用。田浩教授有个口头禅，我发现他再三地强调，重复了好几遍，当我们在进行学术研究使用概念的时候，自己在心里面一定要清楚，你是在什么意义上使用概念，不能滥用。我想这不只是美国学者研究的严谨态度，这对我们中国大陆的学者来说，实际上也是一个普遍原则，凡是要从事严肃的学术研究，对自己所使用的概念要负责任。不能人云亦云，拿来就用。

刚才最后一位同学的提问，比如说"新儒学"这个词，说他记忆当中是冯友兰的发明。事实上我刚才已经谈到关于词源学这个问题的时候，已经部分回答了这个问题。在20世纪20年代,的确是冯友兰的一个新发明,他是为了写《中国哲学小史》。用英文写的时候,他非常地苦恼,就是《宋史·道学传》"道学"这个词怎么翻译成英文。一旦翻成Daoism,就成了道教,没有办法。换了一个新词,就造成了现在所使用的"新儒学"。但是我刚才讲的,关于"新儒学"一词翻译的词源学问题,日本的学者已经有考证,17世纪耶稣会传教士开始这么翻的,当然这在当时的影响非常有限。所以呢,我们搞哲学史的人事实上也非常注重历史,我们讲话不是没有根据乱讲。我觉得搞哲学的人应该是这样,跟搞历史的人当然应该做好朋友。一方面我们也要有点人文主义方面的关怀,另外一方面,我虽然不是历史系的老师,不知道对历史系的学生是不是有资格说这个话,也希望历史系的学生多一点哲学思维的训练。不要看钱穆先生是搞历史的,大家去看看他的《中国学术史论丛》,他的思维能力是非常强的。我经常向学生介绍,我们搞哲学的人,有时还不如钱穆先生,经常一句话点到要害,且非常简短精辟。余英时先生的思维能力也非常强。总而言之,搞哲学的人要有人文历史的关怀,搞历史的人也要有一些哲学思维训练。这样的话,可能把我们的哲学史研究、思想史研究、社会史研究、文化史研究互相打通。这是我们复旦大学文史研究院葛院长一贯主张的观点,多次在会议上表达了这样一个观点,包括最近他推动的一系列重大课题,"从周边看中国",他都非常强调学术视野就是要打开,界限要打破,不要老说我是搞艺术史的,我是搞地方史的,我是搞人口史的,大家就守着这三亩地,其他什么事情都不知道,事实上这不是一个真正的有大气魄的学问。我觉得,今天我们听了田浩教授讲的关于美国的朱熹思想研究,应该有很大的启发。从中我自己也学到了很多新的东西。最后,我代表文史研究院对田浩教授精彩的讲演表示衷心地感谢!(掌声)今天的讲演就到这里。

“了解之同情”与陈寅恪的治学方法

主讲人:桑兵

主持人:章清

桑兵

中山大学历史系教授，教育部长江特聘教授，主要研究领域为中国近现代史。著有《晚清民国的国学研究》、《孙中山的活动与思想》、《国学与汉学——近代中外学界交往录》、《庚子勤王与晚清政局》、《清末新知识界的社团与活动》等。

章清 | 复旦大学历史系主任、教授，主要研究领域为中国近现代思想文化史。

章清：

各位老师，各位同学，今天我们很荣幸请到了中山大学的桑兵教授为我们做演讲。作为主持，我应该对桑兵教授的情况做些介绍，但要介绍桑兵教授比较困难。大家对于桑兵教授发表的论著都很熟悉，不需要我在这里再提供书单了。另外一方面，对于一个学人，我们通常会按某种领域为他做一个说明和界定，但这对桑兵教授来说也比较困难。因为桑兵教授的研究领域非常广泛，如果按照现在通行的诸如中国近现代思想文化史、中国近代史这样的研究领域来框定的话，也未必适合桑兵教授的情况。而且我还知道，桑兵教授本人对这样一种学科划分方法并不以为然。但我想，我们可以特别注意到的是，最近这些年，桑兵教授组织了一个很庞大的团队，在关心近代知识与制度的问题，他们围绕着这样一个庞大的计划已经出版了一些先期成果。我去年见到桑兵教授的时候，得知他这个计划要出五十本书。现在，这个计划可能扩大，不但要出版专著，还要整理一大批相关的文献，包括报刊杂志以及地方文献。我们对这些相关信息也都已经有所了解。但比较重要的一点是：要去了解近代的知识与制度，的确会有一个问题，那就是我们怎么才能读懂那个年代的东西，并且能够超越我们今天已经太熟悉的符号或学科规则，去了解近代的知识与制度。在与桑兵教授进行沟通的时候，我也听他讲到过这些方面的情形。就此来说,非常符合今天的演讲内容,就是结合陈寅恪先生的一些治学方法来讨论。好了,我不多说了,下面我们就欢迎桑兵教授演讲。

桑兵:

各位,其实我很不善于演讲,而且我刚才跟葛院长说,我每次出来做演讲的时候都要说一说学术演讲成何体统的问题。为什么呢?因为我个人不赞成分学科来治学,我认为这样是治不好学的。这也是为什么章太炎说大学不出学问的一个很重要的原因。当然,近代有人说大学是要出大师的,但也有大师说大学不出学问。章太炎说大学不出学问的一个很重要的原因是,大学里都是耳学,都是听的。他比较反对学术演讲,反对讲座。大家看到,学术讲座其实是从五四以后才有的东西。我们以前是有讲学的,书院就是,但它跟后来的讲座不一样。讲学开始是请外国人讲——当然也有中国人讲。讲学的历史很值得研究。我们看到,五四的时候请来的外国人都是很有名的学人,但他们来到中国之后所讲的都不是他们的本行,因为他们要讲本行的话,没有人能听得懂,或者没有人有兴趣。他们都要适应来听的人,讲一些来听的人想听的东西。这本身就有很大的问题,当然,这是另外的话了。在五四的时候,听讲在师生两方面都是受欢迎的。为什么呢?因为老师不用备课,同学也不用写作业,两方面都皆大欢喜。但这是有一点问题的。另外,古代中国讲"只闻来学,不闻往教",我们现在变成"往教",这个也有点不太好。为什么不能这么做呢,是因为学问的东西,想要弄明白是相当困难的,我们很难在一个很短的时间内面对很多人讲出很深的道理。当然,现在的学术制度可能有了很多的改变,所以现在有了很多的变化,但这不一定都是进步。

刚才章清教授讲到,我们现在做的知识与制度的研究,看起来是在做一些新的研究。其实以我个人说,我们主要的不是做什么的问题,而是怎么做的问题。如果我们知道怎么做,那么我们所有的东西都可以重新做。如果只是讲做什么，那么很可能我们所做的东西跟以前的差不多。

我今天讲陈寅恪的方法，所谓“了解之同情”与陈寅恪的治学方法，这篇文章我已经发了，发表的时候题目叫《治史方法》，现在为什么改称“治学”呢，这其实是一而二的东西。因为在我看来，所有的东西都是历史。当然也包括了一般现在不认为是历史的各个方面的东西。作为演讲的内容，我可能要把它简化一下，否则会非常繁杂。

我要讲的内容有这么几个方面。

第一，“了解之同情”不是陈寅恪的治学方法。一般人认为“了解之同情”是陈寅恪重要的治学方法，至少是之一，包括我个人在内以前也是这么认为的。北大的王永兴教授在他的书中也把“了解之同情”作为陈寅恪治学方法的一个很重要的体现。但我今天首先要讲的是，“了解之同情”不是陈寅恪的治学方法。

第二，我要讲“了解之同情”是针对什么而言的。当然，这是针对冯友兰的《中国哲学史》而言。那么，“了解之同情”对于冯友兰的《中国哲学史》到底是批评还是表扬？这是我们要谈论的问题。当然，我们可以说它是一个有条件的肯定。之所以说是有条件，是相对于两个方面，一个是相对于当时的整理国故，一个是相对于当时的古史辨。相对于整理国故和古史辨而言更加不好，陈寅恪对于冯友兰的“了解之同情”还有他积极的意思。但对于冯友兰整个的研究方法，陈寅恪从本意上来说并不完全赞成，甚至说很不赞成。当然，他的话讲得有一点费解。所以说，我们到现在为止，怎么看陈寅恪写的上下两篇审查报告，意见分歧一直比较大。我在最近编的《中国近代学术批评》里面也讲到，学术批评写得最好的是把批评的文字写得看起来像表扬。这非常困难，但确实有人做得到。陈的这两篇东西很有代表性，过去往往被大家解读为表扬，但是上下两篇各有分别。当然，我们说它是一个有条件的肯定，而不是一个正面的、积极的、全部的肯定，这就涉及陈寅恪对整个中古思想的因缘脉络，对宋代的学术，以及所谓哲学等一系列问题的重新检讨。我个人正在写一本《“中国哲学”与“中国哲学史”》，现在还在进行当中。这个非常有意思，葛院长也有这方面的理解，他有正式的文章，我们都了解他的观点。这是第二个方面，就是说在什么情况下讲“了解之同情”，“了解之同情”对于什么来说可以看作是有条件的肯定？

第三，陈寅恪自己的治学方法到底是什么？

这是我今天想讲的三个方面的问题。我想这三个方面能够概括我文章的基本内容，只是结构上与我原来发表的文章不完全一致。也欢迎各位提出意见。

对陈寅恪的一些文句进行理解是非常困难的。我举一个例子。陈寅恪写过一首诗，其中有一句“天下英雄唯使君”。陈寅恪说这个话到底是表扬傅斯年还是批评傅斯年？是说我跟傅斯年一样还是不一样呢？大家看余英时先生的理解跟王汎森先生的理解就刚好相反。余英时先生认为，这是因为潮流问题，“唯使君”是说刘备跟孙权和曹操其实是不一样的。但王汎森先生认为，这是说我们的见识是一样的。我们也在讨论陈的看法到底如何，就是陈在这方面跟傅斯年的意见是不是一致。这个也是我们可以再进行讨论的问题。

下面我们接着讲正题的三个部分。

首先我要讲“了解之同情”不是陈寅恪的治学方法。我们先要看他在什么情况下说了“了解之同情”的话。当然，很多人都知道，也都引用过。在《冯友兰〈中国哲学史〉上册审查报告》中陈寅恪说了下面一段话：“凡著中国古代哲学史者，其对于古人之学说，应具了解之同情，方可下笔。”他在下面有很多解释：“所谓真了解，必神游冥想，与立说之古人，处于同一境界，而对于其持论所以不得不如是之苦心孤诣表一种同情”等等。

很多学人都把这段话拿出来作为陈寅恪先生主张以“了解之同情”作为治学方法的一种重要凭借，或者说是一种主要的凭借。当然，还有其他一些相关的影响可以讨论。这种认为“了解之同情”是陈寅恪的一种治学方法的观点，在王永兴先生的著作中得到了详细的阐释，他列了一个专节来讨论这个问题，并表示肯定。而另外有些先生虽然没有直接这么说，但他们的意思也跟这个有关系。比如，严耕望先生在讲到陈垣和陈寅恪即所谓"史学二陈"的治学方法的分别时，就讲到陈垣是述证，陈寅恪是辩证。他用了辩证，没有直接用陈寅恪的"了解之同情"这个话，他有自己的意思。但是我们知道，严耕望先生比较主张用陈垣先生的办法，而不太主张用陈寅恪先生的办法。他甚至警告后学，如果浅学之士随意模仿陈寅恪的办法的话，很可能会走火入魔。他提出大家不要轻易学习这种方法。但实际上，陈寅恪的治学方法跟陈垣的治学方法是不是有那么明显的分别，显然跟那个时候对"了解之同情"的解读有关系，虽然严先生用的是"辩证"这个说法。因为详细的材料讲起来比较复杂，这里不再举例，大家可以看相关的文字。

严耕望先生也好，王永兴先生也好，他们做出这样一些判断有没有道理？当然有道理。陈寅恪先生有些时候对材料和历史事实的解读确实有一些让人匪夷所思的地方。比如说他在《冯友兰〈中国哲学史〉上册审查报告》中就举了一个例子，说纪晓岚批评古代人的诗集时动辄就说不通，他开始觉得很奇怪，纪晓岚为什么会那么狂傲呢？但当他后来看了乾隆的御制诗后，他就说，很可能纪晓岚不是在批评前面的古人，因为他不能骂乾隆，所以就借着讲前人的诗集不通实际暗讽乾隆。这样的一些周折，陈寅恪先生往往会有。所以，很多先生——其中有些是很有名的大家，在看了陈寅恪先生的论文后，就说陈先生把所有的材料都列出来，把结论都讲出来了，但他们还是不知道他怎么就得出了那样的结论，还是看不出材料和结论有什么相关性。这是他的确存在周折复杂的地方，也是他神思过人之处。这个是一般人不太容易直接从字面上理解的。这种曲折逶迤的辨析不太容易为一般的史学所接受。

所谓"了解之同情"，在陈寅恪那里有很多例子，我这里不再一一列举了。但是，是不是我们因此就能说"了解之同情"就是陈寅恪自己的说法呢？他自己的说法是，因为材料不够，所以我们一定要有古人立说之用意与对象，才能了解他真实的想法。这个实际上是要揣测，而不可能去证明。我觉得要得出这样一个结论大概还比较早。为什么呢？因为陈寅恪先生在我上面引的那段话之后接着说了另一段话，这段话很多人都不引——也有引的，但都是单独引的。他接着马上转下来说："但此种同情之态度最易流于穿凿傅会之恶习。"后面还有一系列文字——陈的文字非常精炼，我们很难用自己的话去转述，我也不想全部读。为什么呢？他说"因今日所得见之古代材料"，其实都是一些片断，而且很难懂，一定要经过排比跟解释，否则就没有哲学史。但是这样的排比解释就有一个系统，这个系统往往会用自己的境遇，自己的环境的影响跟知识去重新建构。这样最容易犯的一个错误就是"其言论愈有条理系统，则去古人学说之真相愈远。"这里头的很多话，不同的学者在不同的地方都会反复地征引，但是我们很少看到把它们联系在一起解读的。联系在一起后就会很明显地看出，陈的意思就是说"了解之同情"是不得不如此，因为材料不够。

我们知道，陈寅恪先生讲究史料跟史学的关系，讲到上古材料少，容易猜，但是不能反证，因为不能证明，反而研究上古史容易。这跟我们现在的很多想法刚好不一样。民国时候的学者要么研究上古，要么研究清代，一般都是上古跟清代兼而有之，中间有一部分人研究中古。陈寅恪先生说研究中古的人在那个时代是聪明的。那个时候日本人不去研究上古，他们去研究中古，那个时候他们甚至连唐的东西也做得少，他们一开始就做两宋——这个两宋的问题，我们后面还会谈到。那么上古史材料少，"猜"某种可能性其实是很容易的。为什么呢？因为不容易推翻，不容易找出反证。你可能觉得不太容易接受，但你很难推翻它，所以立论比较容易。这个章太炎也说过，"画鬼容易"。图画鬼物比较容易。为什么呢？因为我们谁也没有见过鬼，都不知道鬼是什么样子，随便谁画出鬼来，无论什么样子，都很难说像不像，因为我们没有办法说鬼是什么样子。但画人就很难了，因为我们人人都见过人是什么样子。到了中古这一段，立论可以做了，材料相对够了，但是反证也容易提出来。所以，陈先生说做中古相对比较容易。晚近的困难在于材料太多，不容易掌握完整。掌握材料不完整，怎么能保证自己出手不错？这个问题非常棘手。

我们最近做的很多工作用最简单的话说，其实就是借鉴研究中古制度、思想等的一系列大家的著作与办法，用来研究晚近。这个有很大的难度，按照有些老先生的说法，这主要是"背不动"的问题。就是说，掌握一个办法，经过揣摩、捉摸和反复的试验，大概可以做得到，但是要把这个办法用于晚近庞大的资料，这个难度很大，要有一套具体的办法才做得出来。我们就在揣摩这样的东西。

我讲的第一点意思就是说，首先要澄清"了解之同情"并不是陈寅恪所主张的治学方法，更不是他自己的治学方法。我们刚才通过解读《冯友兰〈中国哲学史〉上册审查报告》，其实可以看得很清楚。把他整个文字连着读下来就可以看出，他对"了解之同情"的办法所持的态度基本是否定的，而不是肯定的。这是第一个部分。

第二个部分我要讲的是，说"了解之同情"不是陈寅恪自己的治学方法，那么这个方法用在这里对冯友兰的《中国哲学史》到底是怎么看的，是不是有它的可取之处？答案当然是肯定的。为什么呢？因为他很明显地讲到这是写上古史的。但是，我们知道，陈寅恪自己不做上古史，他是两汉以上的书都不看，他说不敢看。说是不敢看，其实他有很多自己的看法，不过在正式的文字中总不太容易找得出来——当然也还是有的，我们后面在讲他的主张时会提到。冯友兰的《中国哲学史》上册就是在讲上古。上古没有陈寅恪所认为的充分的资料，那么"了解之同情"就是不能不用或者不得不用的办法了，用这个办法比当时的其他办法也许还好一些。就是说，这个办法被冯友兰用，不是陈寅恪先生自己用，陈寅恪先生认为它比起当时流行的一些办法还有一些可取之处。这主要是相对于整理国故和古史辨而言的。

我们可以看到陈寅恪先生在他的《中国哲学史》审查报告中讲得非常明确。他讲到"言论愈有条理系统，去古人真相愈远"的时候，他首先举出来的例子就是那个时候讲墨学的人。他认为这是当时整理国故的一个普遍问题。"了解之同情"是相对于当时整理国故那种"呼卢成卢，喝雉成雉"的状况来说的。

近代墨学其实是非常有意思的。我曾经指导一个学生做近代墨学研究，但他没有做成。我可以说，近代墨学从学问的角度来说，大概进展已经不大了，从孙诒让《墨子闲诂》以后，恐怕在文本、事实、解读等方面已经很难有余地。那为什么说有意思呢？不是说近代墨学的研究包括胡适、章士钊做的有多大的进展，而是说近代墨学成为一个比附西学的很重要的源泉，就是什么东西都能从中解读和比附。大家可以看看这在近代有多少例子，比如社会主义，近代有很多人拿社会主义比附墨学；比如宗教，也有很多人拿宗教比附墨学。近代有大量这样的比附。另外一个有意思的是易学，即《周易》研究。近代曾有人办过一家周易出版社，专门出版与《周易》有关的书。《周易》到现在解读成什么样子了呢？什么都有。我给大家举个例子来说明。当然，我们大家比较常见的说法是二进位法这种计算机语言跟《周易》有很大的关系。还有人说《周易》是天体物理学，这是一个铁道工程师写的一本书中说的。还有一个人说他破解出《周易》是武王伐纣前奴隶阵前大起义的密码，关于这个也有一本书。这些都是有著作的，你们可以去看。诸如此类的解读非常多。所以说研究墨学和易学发生发展的历史非常有意思，详细的我就不再讲了。我举这种情况是为了说明整理国故当中有很多这样的事例。

陈寅恪先生举了一个很重要的例子，就是改字的问题。清代的学者整理历代学人的总成绩，喜欢改字。一看，说这个字不对，写错了，改成正确的应该是什么样的，否则不通。近代的学者也喜欢改字，他们也是一看不对就改。当代的学者同样喜欢改字。但要知道，改字是一种非常具有破坏性的举动，千万不要改，除非你有百分之二百的把握证明它是手民之误。确实是手民之误的话，你大概可以改，否则的话，千万不可改，尤其不能遵照新闻出版署的规定去改。这个是古人写的东西，新闻出版署连今人都管不到，怎么能管到古人呢。而且管到古人的一个最大的问题就是有时候会错，这还不是误的问题，而是意思完全会错。有的时候可能是你改了以后，就没有那个时代的学术氛围了，比如说，当时大量使用通假，你如果按照现在的新闻出版署的规定来看那就是错字，但是你一旦把它改成正字，那么当时的那种风格就没有了。诸如此类的情况非常多。所以说，今人校书或者编文集等千万不要改字。这一点非常重要。当然，我说的不改字不是说一概不能改，如果说它确实是个错字，恐怕也得考虑怎么改的问题。这个非常难，涉及到识一字成活一片的现象，这在晚近史的研究当中是大量存在的。有的时候一个字印错了，结果后面的解读统统都是错的，连事实都错，你只要把这个字正出来了，它的本质是什么，可能一片的材料和事实全部都能够解通。这种情况在晚近史研究中大家往往不注意，但它非常重要。当然，这个跟我们所讲的没有直接的关系。我现在要讲的是，陈寅恪在批判“愈有条理系统，则去古人真相愈远”时首先针对的是整理国故的乱象，这种现象在当时非常普遍。

第二个就是针对古史辨的偏弊。

我们很多同学也知道，古史辨作为破坏来说是有功的。当然，这个功也要看是相对什么人而言。我们常常说，在怎么评价功过的时候，其实都要看它是相对于什么人而言的功或过。比如说，它的破坏对很多高明的人来说没有什么意义。这种现象也是存在的。按照陈寅恪先生的说法，古史辨的一个最大的问题是没有历史眼光。这个批判非常有意思。这个批判也是现在我们在讨论怎么用中古大家的办法来做晚近史时的一个非常重要的问题。为什么？因为我们知道历史的事实是靠记录才知道的，靠当时的记录和后来的一些说法。但大家要知道，所有集合性的概念都是后出的，所以我们会用后来的眼光看问题，因为当时的人没有这种集合概念。可是用后来的集合概念去解读前面的事实，就已经误了、偏了。当然，古史辨看到了这样一个现象，所以它要追回最早的事实，它说后面都是伪。这就有个大问题，人都有心作伪这种事情一般来说是不容易存在的。当然，后面确实有不断放大的问题。古史辨只看到了最前面的问题，它不知道后面的那个，后面不断的集合概念的源流变化仍然是一个历史。

按照陈寅恪先生的说法，比如说他讲汉代，我们不能说这就是汉代的思想。但是如果是一个唐代的人讲汉代，至少可以说这是唐代人的思想，和唐代人为什么会有这样的思想。比如说最简单的一个例子，我们现在讲的汉学、宋学。汉宋是清代人的概念，并不是两汉人的说法。所以说，用清代人的汉学去讲两汉，本身就会有问题。过去的学者提出来所谓的“以汉还汉”，实际上跟古史辨最早的意思也是一致的。但是它后面的源流同样也是历史的问题，这个是古史辨所没有注意的。所以说，陈寅恪先生对古史辨的看法到底怎么样，这个有很大的争议。包括陈寅恪先生的学生跟助手的直接记录也未必可信。比如，石泉先生说，陈寅恪曾经在上课的时候跟他们讲古史辨对中国有很积极的意义，有它的贡献。对这个说法，我持怀疑态度，因为陈寅恪先生对古史辨的批评非常尖锐，他甚至认为中国近代最有害的一个东西就是古史辨。

陈寅恪先生讲过很多话，比如，中国近代有两大害，一个是北洋军阀，第二个是留美学生。留美学生误国这个是当时很多人都知道的。为什么说留美学生为害呢？普遍而言，在那个时代，到欧洲求的是学问，到美国求的是学位。一般来讲，到美国去留学的声誉不高。这跟后来影响很大没有关系。到美国留学，去其他大学都拿不到学位的话，就去哥伦比亚大学；到哥伦比亚的每一个系都拿不到学位的话，就去哥伦比亚的教育学院。所以说，他们讲的误国，按我们现在的讲法就是说哥伦比亚大学的师范生对中国的教育有很大的负面影响。因为它给的学位特别多，在回国之后，这些博士就大量占据了中国教育界非常重要的位置。所以，大家看到留美学生对中国的教育影响很大，但是影响很大不是说影响很好，用当时的话说就是影响很坏。这是有它一定的道理的。

陈寅恪先生为什么否定古史辨呢？因为他说古史辨一个是翻案文章，再一个是全盘否定中国。它有这样一个偏向，就是不相信上古的所有东西。当然顾颉刚后来的解读——他在古史辨的自序里有很多解读，我相信，是顾颉刚先生希望大家按照这个样子来理解他，这跟顾颉刚真正写古史辨是有分别的。这是另外的话。陈寅恪先生把冯友兰的书跟顾颉刚的古史辨做比较,认为冯友兰的做法还有史学的通识,跟古史辨不一样。这一点表明,相对于整理国故和古史辨而言,陈寅恪先生对冯友兰的书确实有肯定,并且对冯友兰的"了解之同情"这样的做法也有肯定。但我们仍然不能从这一点就说这个是陈寅恪先生本身的治学方法。这在陈寅恪先生的《冯友兰〈中国哲学史〉下册的审查报告》中讲得更加清楚。这里面涉及到一个大问题,但我恐怕没有时间来展开,这就是陈寅恪先生对两宋学问的看法。

陈先生对中国这一大因缘要事怎么看,就是对所谓儒释道三教合一到底怎么看,还有就是对所谓哲学到底怎么看,这个我会分别再写相关的文章来讨论,因为讲起来会有一点复杂。简单地说,就是陈寅恪先生对冯友兰的《中国哲学史》下册的表扬是说,他用了西洋的哲学概念去解紫阳之学——就是朱熹的学问。他觉得自成系统,别有创获。但是,这是否就是陈寅恪先生说的就能创获呢?其实陈先生不太赞成用西洋的系统来调理中国的事实。这样的一种做法,从胡适的《中国哲学史大纲》出来以后,曾经一度被认为是用西洋的系统来调理中国事实的一个现代学术转型的典范。但是对于这样一个典范,陈寅恪先生他们从根本上是不赞成的,这一点傅斯年也不赞成。

陈寅恪先生认为,要理解中国最高学术思想的一个代表,那个时期就是两宋。当然,两宋时期现在还有争议,陈寅恪先生他们比较主张的是北宋,但是像蒙文通呢,比较偏重于南宋。这里面有更加复杂的关系。但是不管怎样,陈寅恪先生对宋的认识跟后来人对宋代历史的认识是有很大分别的。他认为那是中国思想学术的一个高峰期,我们怎么样来理解这个高峰期呢,那就一定要从汉以下,按照他那一大要事因缘来理解。如果只把两宋作为一个断代史来理解,甚至在断代里面还要分门别类做专门史,那基本上就不能研究两宋了,就不能把两宋的所谓高度体现出来。我以后要写这方面的文章,我也跟很多做宋史研究的学者讨论过这个问题。现在我们基本是把宋代作为一个断代来研究,这个恐怕很难达到陈寅恪先生心目中的那个所谓新宋学的目标。当然,陈先生的新宋学的意思跟一般人所说的新宋学的意思是完全不一样的，里面很复杂，我这里不讨论。要讨论的话，那是另外一篇文章。

我现在正在进行的一个计划，就是要把清初以来一直到民国时期的汉学、宋学以及新汉学、新宋学的问题做一个重新的梳理，因为过去梁启超、钱穆的说法等等还是用后来的概念去看前面的事实，这跟事情本身有很大的分别。当然这个事情做起来有一定的难度，我们已经做了大概四五年的时间。我们想先用一些比较片断性的文章作为合集，然后再做一个比较完整的研究。这个大概需要三四个人分工合作才能完成。

如果用陈寅恪先生那样的标准去看冯友兰的《中国哲学史》上册跟下册，那很显然，它跟陈寅恪先生心目中所期望的距离还相当远。因为时间的关系，详细的我不再论证。

我下面讲第三点，就是陈寅恪先生治史的方法到底是什么。关于这一点，简单地说就是，对于历史，他的做法就是长编考异之法；在文献的角度，包括内典的角度，可以说就是合本子注；但是在思想的角度，或者在他的哲学的角度，他对于格义的办法也不否认，甚至在很大程度上有推崇。比如，他对于朱熹的看法，大家从中就可以看出，虽然他在讲到比较研究的时候，痛批格义附会，但他讲到思想和哲学的层面的时候，他对格义法有充分的了解之同情。但作为历史本身而言，他用的还是长编考异的办法。

关于这一点，不是说我们自己来主观立论。这里面最能体现陈寅恪的一个认识的，其实是他在 1948 年为杨树达的《论语疏证》所写的一个序。他不仅在这里面表彰杨树达，他在很多方面对杨树达都有很高的推崇。当然，这个推崇是不是一定代表着他对杨树达著作的意见，这个我们还可以讨论。但是至少代表了他希望通过对杨树达的著作的评论来表达他自己的意见，这一点是显而易见的。那么，按照陈寅恪先生的说法，杨树达治经的办法跟宋学，也就是宋代司马光那些人治史的办法是一样的，是相通的，而跟印度来的诂经的办法形似而实不同。这个有一点麻烦，我们后面还会再讲到，我想我不一定要讨论得很具体。

那么,为什么说长编考异的办法是陈的基本的办法,而且是主要的办法呢?在其他的方面,比如讲文献,讲佛经,他其实仍然是用这个办法的,不过他有一些变化,根据文献、佛经本身的形式和意识,他有一个转折和变化。长编考异的办法到底有什么高明或者有什么好处呢?对于这个,我写过关于傅斯年的《史学方法导论》里面讲为什么史学就是史料学的文章。什么叫做史学,什么叫做史料学?其实傅斯年讲史学就是史料学,意思是说,历史,第一,是比较不同的史料;第二,是比较不同的史料;第三,还是比较不同的史料。

同义的反复到底意思何在?其实他讲了两点;第一,一件事情有不同的记载,可以相互比较而近真。就是说,关于同一个事实有不同的记载,通过相互比较,我们可以逐渐接近事实的真相。这一点很有意思,他讲的是近真,我们常常讲史学的基本是求真,但是我们现在做历史的人基本不求真,因为我们误解了克罗齐的意思,即真相不可求,每个人讲每个人心中的历史就完了。其实那不是克罗齐的本意,况且克罗齐也不是做历史的。做历史研究当然首先还是求真。问题是,什么是真?我们前面讲,历史的真实是通过相关人的记录留下来的,我们只能通过相关的记录去看。

但对于所有的历史,第一、记录不可能是完整的。所有的记录本身就不完整。比如说我举一个例子,我们今天这个会,出去之后每人写一个回忆录,说今天这个会听到什么,大家去看,全都会不一样,这不是说大家有意作伪或者说有意如何,而是它本身就不一样。第二,这些记录未必都留得下去,很可能有的就没了,或者有的人他就不记。比如说三十个人当中有十个人记了,十个人的记录可能留下来了五个。那我们怎么去看这个历史呢?我们是通过那五个人的记录。那五个人的记录又不一样。一个很有名的故事叫做罗生门,因为每个人跟这件事的利害相关都不一致,所以他们的记录都会用自己的话去说。有的时候记录是主观的,像罗生门就有主观的问题,因为这是一个案子。但是历史的记录往往不是主观想改变的,而是他自己就是这样记录的,他觉得这就是他真实的记录。所以历史通过比较不同的记录,逐渐近真,这非常有意思。

我们说近真还有两个问题。一是这件事情究竟如何？这个是我们要考虑的。二是这些人为什么要这样去记录这件事？这个也是历史，也是历史的“真”的部分，我们也要去追究。我们永远不能重合历史的真实，我们也永远不能去重合这些人为什么要这样去记录这样一件事，但是我们可以通过不断地考究逐渐接近。在接近的这个过程当中，第一，可以丰富对历史的认识；第二，可以提高我们的智慧。但是这就要有一个历史本身的时空的联系，我们一定不能脱离具体的历史时空去讨论历史。但是我发现，做历史的人最受不了的就是时空对我们的束缚，我们总是想斩断时空的锁链，达到一个天马行空的程度。怎么办？我们看不出前人的意思跟事实本身的联系，所以，我们要借助外面的很多理论、框架、条理，我们离开了这些东西就解读不出材料。这个是现在做历史研究的一个最大问题。

傅斯年除了讲到近真以外，还讲到第二点，他说，不同的事情之间有关系，通过比较，可以得出它们之间的联系。这一点同样非常重要，而且可能对于喜欢理论的人来说更重要。为什么？我们常常说研究历史要讨论规律。什么是规律？我们按照马克思经典的解释，规律就是事物之间普遍存在的联系。历史的联系是什么联系呢？对历史而言，所有的事情都有联系。比如，各位跟奥巴马也有联系，只是我们没有找出那个环节，我们的环节离得太远。实际上，所有的事物之间都有联系。按照现在世界解释人类的起源，我们都是从非洲一个小村子里出来的，当然这个联系我们现在很多人不承认。但确实，历史从古到今都有联系，所有的事情都有联系。我们通过比较，掌握的联系的脉络头绪越多越远，我们对历史的所谓规律就掌握的越多。我已经写过好几篇文章讲这个事情。历史不能归纳，只能贯通。为什么不能归纳呢？所有的历史都是个别的，历史绝对不可能有两个同样的东西重复出现，绝对没有。所谓重复出现，那一定是把历史不同的部分给抽象了，然后拿同的部分做似是而非的比附。所以，每一个历史事件，人、事都是单个的，都不能重复。但是每一个个别的历史又是相互联系的，而且这个联系是无限延伸的。

近真与联系这两点确实讲出了历史最重要的做法。这个按照傅斯年、陈寅恪他们的看法，是宋代特别是北宋的学者做史学的办法，即长编考异的办法。这就是为什么比较不同的材料会这么重要。当然，这个要详细讲起来的话会很复杂。

做文献跟做佛经的本子考证的时候，我们要比较，这就是陈寅恪先生讲的合本子注的办法，就是把不同本子拿来比较，比较哪个是本文，哪个是后来附加的东西。合本子注的方法是陈寅恪先生非常肯定的办法，虽然它跟长编考异所针对的对象不一样，但做法是相通的。

当然还有另外的办法，那就是格义法。比如说用外书比附内典。就是拿儒家的书来跟佛经做相互的解释与沟通，这样的办法是一种格义的办法。这种格义的办法在近代特别多，就是我们拿中西学说来做比较附会，这种现象非常多。这种附会不是那些我们现在看来比较新的学者才做，章太炎、刘师培早期的大量东西都是附会。当然，这种附会到了他们稍微成熟一些的时候就开始不谈了。还有王国维。张尔田说王国维在上海的时候"俨然一新学少年"，到了日本的时候，狩野直喜问他早年的哲学，他已经笑而不答，他自己说不懂。他对叔本华、康德那些，确实不太懂。他是用他的理解，用他已有的知识去理解，他觉得他懂了，这是一种格义附会的办法。这种格义附会的办法在比较研究的领域当中，陈寅恪是痛批的，包括对《马氏文通》，以及当时各种各样的比较研究等等。但是就如我刚才所说的，在思想史的层面、在哲学史的领域，他是赞成用格义法的。对于哲学，到底陈先生是怎么看的，我这里不讨论了，因为很麻烦，要另外再讲。但是他认为朱熹的理学其实就是一种格义附会，不过那是没有办法的，他是为了怕数典忘祖，所以要用格义附会的办法，但实际上他是创造了一个新的东西，接受印度佛学当中中国特别缺少的形而上的抽象思维的那些东西，即纯粹理论的逻辑思维。但是为了说这个东西不是从印度来的，中国古已有之，所以一定要从中国历史上的先秦经典书籍当中去找。这个就是《四书》一个很重要的来源的。

关于《四书》的来源，我觉得到目前为止，研究四书史的人没有逐一去解读。我们现在从陈寅恪先生那里找到的也只有两本，他主要只讲了对这两种的解读，其他的两种大家还得再去追究。为什么要找出这四种书作为理学的一个依据？这个非常有意思。所以说，为什么宋代成为中国学术发展的一个高峰，这个显然不完全是史学的问题，很重要的是，朱熹他们的理学把中国的所谓思想学术推到了一个高度。这种情形在晚近也还出现过，就是我们从外洋吸收了大量新东西到中国来，但是我们做的很多工作是不是已经像朱熹那样，不过是借这样一个外衣，实际上创造一个新的东西？这一点我觉得到目前为止我们恐怕还没有真正证明。这是我对中国目前做哲学研究的一个批评。

我们到现在为止，真的有了哲学吗？哲学很复杂，这跟日本有关系，哲学是日本人弄出来的一个东西。当时它在名义上是对应西洋的，但用现在的话来说，它实际上是为了取得在东亚的话语权，而且事实上它也确实取得了。所以我们各位，包括我们今天讲的很多话都是日语，不是中文。我们中文没有这个词，这些都是日本人创造出来的，但是日本人是根据中国古代的一些东西创造的。这是一个非常复杂的问题。

我们跟京都大学的狭间直树教授合做了一个工作，就是讲近代东亚共同性下面观念的变化是怎样的。我们原来以为中国人的日本研究远远比不上日本学者的中国研究，我想这一点大体上可以成立。我们原来以为日本人做的明治日本或者幕末日本的研究做得非常深入，相对于中国做清代的历史要好，这个我们大概也能接受。但是如果认为日本人的明治日本史或者日本人的中国史做得真的很好，那就大错而特错了。为什么呢？最大的问题就是，近代以来，东亚的问题是一致的，幕末跟明治初期的思想家大量用汉文写作，但是现在日本学者的研究中，研究日本史跟研究中国史是截然分开的，研究日本史的人完全不了解中国，他对中国古代完全不了解，也不知道跟中国近代的关系；而研究中国近代史的日本学者对明治时候的东西也不了解，他们不理解明治，也不知道明治的历史。举一个例子，日本有一个搞美术的大村西崖，对中国的影响极其大，我问了很多日本学者，他们都说不知道，最后问到做美术的人，他们说知道这个人，他们告诉我有很多关于他的研究，我问那都有什么样的研究呢，结果他们却说连一本专著都没有，论文也很少。日本明治初期的思想家有很多汉文著作，他们刻印出来的线装书，研究日本史的学者从来不看。那怎么能理解那个时候的日本？再举一个例子，我们一直以为日本在幕末到明治初期有朱子学、诸子学和阳明学。这三种东西在当时到底情形如何，我们过去一直相信前人已有的知识，认为他们在那个时候对诸子学是不了解的，因为诸子学是清代中国的学问，而日本幕末到明治初期的学问还停留在明代，就是阳明学那个阶段。后来我一看，完全不是那么回事。他们那个时候有大批的人在讲的是诸子百家的诸子学，反而阳明学有后来倒述之嫌。

所以说，要了解近代东亚的历史，就要同时了解中日的古代和当时的现代，同时还要了解西洋，这个难度是很大的。现在研究明治日本史的日本学者对应西洋的能力比较强，他们常常批评明治时代的思想家对西学的认识水平不高，这个他们有自己的道理。但是所有跨文化的传播大概都是水平不高的人做出来的，高的人就没办法了。陈寅恪举过一个例子，就是玄奘的佛经翻译是最好的，但是也是最不流行的。这就回到另外一个问题。冯友兰他们（包括胡适）的一套办法，就是用西洋的哲学来解中国的古代这套办法在当时的影响非常大，但是问题也非常多。这个问题对于今后中国的研究走向的影响仍然在。但是这样的走向一直持续下去，我们真的还能够懂中国吗？这个恐怕是一个很大的问题。

余英时先生有一段话，他说，他多年的经验表明，研究中国，西洋的框架用的越少的，贡献就越大。这样的话我们可能要好好反省。当然，余先生在很多场合对不同的人说过不同的话，理解余英时先生的话，确实要看他是在什么场合对什么人说的。包括他得奖时说的那番话恐怕也是对美国人说的，未必是他心里真的想对他心目中的读书种子说的话。以上就是今天我大体要讲的"了解之同情"与陈寅恪先生的治学方法的一些主要的意思。谢谢大家。（掌声）

提问与回答

章清:

谢谢桑兵教授。我想除了陈寅恪先生所阐述的“了解之同情”,我们还可以比较多地接触到的是另外两个“情”,一个是“移情”,柯文在《中国中心观》里面表达过这方面的意思,而钱穆先生也讲过“温情”。我想不管哪个“情”,其实都涉及到历史学这门学问比较关键的一些东西。因为做历史研究的从时间来说总是存在一个天然的隔断,那么用什么方法能够尽可能地感受到古人所说的东西,这就成了对做这门学问来说非常重要的问题。

今天桑兵教授是讲陈寅恪先生治史的方法。他实际上是从一个很小的角度入手的,在这个过程中间,他更重要的是示范了自己对于治史的一些体会,我们也可以透过他所分出来的不同的段落大致感受到一些东西。比如说我们要了解陈寅恪先生所讲的“了解之同情”,最基本的是从文本进入,这个文本本身要读通读透,不要选出一段就任意进行发挥,那样做未必理想,尤其是涉及到像陈先生这样的一些高人,随便抽出一句话大概未必合适。这是第一个层面。第二个层面呢,我想他也特别举证了关于整理国故和古史辨这段历史。其实这也是提示我们,不管怎么说,陈寅恪先生作为一个历史人物,他在特定的历史时期所说的话一定是和那个特定时代的信息有关的,所以我们也需要透过当时的学术环境去进行把握。其实这方面的例证,在研究别的历史的时候也有一些学者强调过,比如说关于“问题与主义”之争,我们都是把它当成马克思主义和非马克思主义较量的第一个回合。我想关于这个问题的严重性,胡适本人也是这么说的,如果结合当时的文献就很清楚,以这种方式来解读那是太离谱了。胡适发表问题主义的演讲,他所针对的当然不是马克思主义,或者说即便马克思主义能够是批评的对象,那也是十数个批评的对象之一,这里面可能涉及对无政府主义等诸如此类现象的批评,但我们都不去涉及。我想第二个层面就是,我们要了解陈先生针对冯友兰的《中国哲学史》所做出的一些评述,牵涉到的就是当时的整理国故、古史辨这样一些学术思想背景。第三个层面，我想就是他从正面来回答陈先生的治史方法究竟是什么。涉及到这样一个正面讨论的时候，背景就更为宏大了，就涉及到要在学术思想的传统里面去感受陈寅恪先生的治学方法究竟是什么。

这是我所理解的今天桑兵教授给我们讲的陈寅恪的治学方法，他不但是在讲这个方法，也是在示范他对治史的一些理解。我们还有一些时间，下面就开放给大家。请提问。

学生：

我非常认同打破时空框架是历史研究的一大门路，所以我们回到“了解之同情”，就要返回到那个时空去。我一直有个疑问就是，“了解之同情”这个词最早是德国启蒙运动时期赫尔德的一个概念，或者叫“同情之理解”，或者叫“了解之同情”。但是我的感觉是，陈先生在用这个词的时候，要表述的意思和原来的意思有所不同，而且我感觉是完全相反，其实它最早的含义应该说是尊重当时的历史语境，探讨问题的时候要回到当时的知识背景中去，在当时的历史环境下来探讨这个历史问题。但是陈先生批评的比如格义附会之类的做法，好像这并不是原来那个“了解之同情”或者“同情之理解”的含义。我感觉是不是陈先生的“了解之同情”并不是原来的意思，是陈先生自己个人的理解呢？就是说他确实受了当时西方的影响，有的学者说他在哈佛大学受过白璧德的影响，当然我也是很存疑的，但是不是有这个方面的意味？

桑兵：

这个问题是这样的，这也是我们一般人会认为“了解之同情”是陈先生的学术方法与主张的一个很重要的原因。那么我的意思是这样的：为什么我前面讲，不能一概讲陈寅恪先生没有“了解之同情”这样一个意思，他批评的不完全是说“了解之同情”这个东西不能用，他自己也用。但是我说他在这个下面，在讲冯友兰的“了解之同情”的时候，有一个很重要的前提就是上古的材料不够，所以说我们要前后左右地去猜，这样的“了解之同情”，就是说你站在与作者同样的立场和角度去看。但是这一点，我们看他为杨树达的《论语疏证》写的序就会很明显地知道，陈先生并不赞成这样的观点，所以说，《论语疏证》中他所举出来的杨树达的办法是他所肯定的办法，基本上跟他的长编考异的办法是一致的，而不是“了解之同情”的办法。这跟这个说法的本意是不一样的，因为本意没有限制说是上古史料的问题，并存在分割。另外一个问题就涉及到对严耕望先生的辩证和述证的理解，我的看法是，就这个工作研究的过程而言，陈寅恪先生和陈垣先生没有分别。他们在前面部分基本没有分别，有一定的分别也是在于后面，就是陈寅恪先生辩证的基础其实就是述证，而且是大量的述证，但是可能陈垣先生更强调述证本身就可以解决问题，而陈寅恪先生在述证的基础上觉得有很多东西要通过辩证才能出来。这个我觉得有道理，为什么？我们常常说乾嘉学派治学是实事求是，信而有征。其实历史事实往往没有实证，我们去找出事实呢，只能前后左右以实证虚吧。以实证虚的办法在清儒那里不是很多人都用的，但是少数做得好的人，比如像阎若璩，他们已经提出这种东西，但是做到什么程度，那是另外一回事。所以这个就陈本身所讲的意思来说——因为陈在其他地方很少再使用这个说法，在这里，他显然对这个东西有保留。

学生：

我的意思是说，陈先生在审查报告里所用的“了解之同情”不是西方思想史上的那个用法。冯友兰的说法其实并不符合西方的“了解之同情”，他更多的是使用西方的理论框架来梳理中国的哲学思想，而西方真正的“了解之同情”正好是陈寅恪主张的那种意思，就是脱开自己的历史背景，返回到当时的知识背景中去，处在同情古代人的立场。

桑兵：

我明白你的意思。我们现在讨论的是他是在上册审查报告中批评“了解之同情”，在下册中讲用西洋哲学来解紫阳之学，所以说用西洋哲学解释紫阳之学这一点，陈不赞成，我前面所说的大家像汪荣祖先生他们已经看得很透彻了。但是上册所说的“了解之同情”，陈的态度到底如何，其实在这里有不同的看法。其实他们都没有说他用的办法跟西洋的办法有什么关系。这里陈的解读是，他解上古史用这样的办法，其实是不得已而为之，他不是说赞成。因为根本回不到那个过去，如果材料不够的话——用陈寅恪本人的标准，他觉得治上古史根本回不到当时的场景中。可能他后来看杨树达做《论语疏证》，他大概可能觉得在一定的条件下，对某些具体的东西大概还可能回到过去。这前后有十几年的时间。

学生：

陈先生在最后一段谈到一方面吸收输入外来之学说，一方面不忘本来民族之地位，您对这个有什么解释，这与前面所说的是不是有一点相悖？

桑兵：

这个不存在。

学生：

陈先生在《中国哲学史》审查报告里面说到“新瓶装旧酒”的问题，他是说他的审查报告是“旧酒”，冯友兰的《中国哲学史》是“新瓶”，那么这个“旧酒”指的是什么呢？

桑兵：

我不能一下子说“新瓶装旧酒”中，他这个“旧酒”是什么。其实陈在这里是说，我们现在说的这些中国古代都有了。你恐怕很难具体来说。因为陈在这里有一点像朱熹，这个东西里头很可能有很多都是从外头来的，但是他在这里要说——比如说，合本子注是一个很典型的例子——这个东西是中国古代就有的，而且中国这么早就有了这样的东西，所以说不得了。陈常常觉得他自己旧，是相对于当时趋新的时流来讲的，他比较喜欢讲这样的话。这个未必就是他的本意，你说他真的会认为自己所讲的都是中国古代有的，大概也未必如此。

学生：

桑老师，您刚才讲的里面有很重要的一点就是，做历史研究应该用比较好的方法以及用什么方法。我可不可以谈一点自己的感受，我原来觉得做历史研究有一种态度就是，有多少材料说多少话，有什么样的材料说什么样的话，应该用比较严谨的态度，我听了您的说法就觉得甚至有时候有了材料也不能说话，就是说不能轻易下结论，在没有穷尽材料前我们不能有定论。那我的问题就是，您是不是认为没有穷尽材料前先不要急于下结论，就是说要必须做一个材料穷尽的工作？

桑兵：

不是的。现在大家所说的有多少材料说多少话，这个是傅斯年的说法，我本身就不赞成。我刚才就讲到，历史上的事实往往没有直接证据，如果有多少材料说多少话，那你说出来的可能都是假的。傅斯年自己也讲，有时候是这个人讲，然后你果然证明他说的是那样。那你觉得这样是“真”吗？刚才讲到陈寅恪先生说，纪晓岚批前人的诗集是骂乾隆，我们一定找不出证据，但是你说这个判断有没有可能性呢？当然有很大的可能性。那反过来说，我们现在的问题不在于有多少材料说多少话，不是说你要看完所有的材料才能说话，而是有一个问题，这个材料明明只告诉你这样说，结果我们用这个材料一定要证明另外一个东西，这个就成问题了。我也常常帮学生看文章，发现他们到后来就是不知如何说是好了。我跟他们说，没有人让你这样说，是你自己非要这样说才会有这样的问题。史料没有告诉你是这样，结果你一定要这样说，所以会出现问题。换一个说法，说出材料本来叫你说的意思，说下去的话就会非常有意义。

学生：

一个人的思想不断地在改变，像陈寅恪这样的人，在他的学术生涯中，他的思想，他对“了解之同情”的看法是一直没有改变过呢，还是像桑老师所说的那种观点，在不同的情况下针对不同的人会说不同的话呢？

桑兵：

这个问题有一点大。我是这样看的，近代很多学者，尤其是出名太早的学者变化就比较大，而且他们自己都不知道变到哪里去了。为什么呢，因为他们自己就没有把握。比如，最典型的两位，梁启超和胡适。梁启超和胡适两人前后变化之大，令人瞠目结舌，但是我们现在做梁启超和胡适的研究，往往前后都一样。他们变得非常厉害。为什么会变呢？他们当时出手太早，训练还没有到那一步，就开始到了那样的位置，就要说那样的话了。他们两个人后来改变的态度不一样。像梁启超呢，是不断地变，然后承认自己变，并不断强调自己变得有道理。而胡适呢，他不断地变，但是他不断地掩饰自己，他希望告诉别人他始终不变。这是他们两个非常不一样的地方。但相比之下，也有人前后变得非常厉害，像我刚才讲的，王国维、刘师培都是这样，包括章太炎，其实前后变化都很大。但是我们现在的看法是早期他们比较趋新，后来比较保守。这是我们一般性的解读。也有一些学者，前后有所变化，但是在基本的方面变化不大，陈寅恪就是一个例子。为什么呢？因为大家都知道，陈是当了教授才写了第一篇文章嘛。这在我们现在的评估体系下恐怕连助教也当不上。这个就是没有办法的事了。他可以很晚出手。如果大家都能到了评上教授后才写第一篇文章，我想这个变化就要小得多，可惜我们现在不行。我们现在要先写东西，当了教授，然后再改变。

其实像陈这样的人是很少的。所以我说做学者其实有两难:一个就是少年老成,这不容易;还有一个是要保住晚节,这个也不容易。有些人到了晚年才变。所以说,做学人很难。一个学人从头坚持到尾,不管在任何情况下都相信自己是最高明的,很难。很多人以为高明的学者都是骄傲的,这是不对的。他之所以高明就是因为他懂得,他懂得的话怎么会盲目地骄傲呢。他一定知道自己在哪方面强,哪方面弱。你看陈在他弱的地方从来不说话,他从来不说他不懂的东西。少年出道的,出道早的,当然说的有些话是比较随意的;有的老年可能是迫于不得已的形势,有他不得不说的苦衷。这个都会造成前后思想的变化。在我们历史上有这么多大家,但是我们要找一个真正从来坚持自己思想的很难,所以说陈是大家没法学的。曾经有一位学者说,我就是学陈寅恪的,出国也不拿学位,结果回来找不到位子,到处都不聘。这个东西恐怕很难学到。像他那样的机缘、天赋、个人的勤奋,这些都只能说是天缘巧合。所以我们常常说,像这样的人不世出,而且往往并不是说一代一代都有传人。我曾经讲,为什么"江山代有才人出,各领风骚数百年"这句话有矛盾。代有才人出,一代二十年,那怎么能各领风骚数百年呢?是数百年才有才人,这个符合中国的实情。我过去讲道统,道统大概中间是要有中断的,所以说数百年才出一个。

学生:

我想问一个问题,我不知道能不能表达清楚。我不熟悉唐史,但我听复旦历史系一个老师的课,指出陈寅恪在研究唐史的时候提出了比较著名的"关陇集团说",那位老师在分析时说,这个说法非常明显地使用了西方的政治学说法,就是党派政治的理论。这从某个角度来说,可以把它理解成陈寅恪也用了一部分西方的学术思想,用这种理论来理解中国历史上的一些现象。当然刚才也说到,他在《中国哲学史》下册的审查报告中说反对用西方的理论来套中国原有的学问,在哲学或思想这个层面上用格义是非常正常的,在其他研究领域中,据说还大量存在用西方的模式套中国的情况,那陈寅恪是不是也存在这种情况?就是说,这里面是不是有一个简单地套用和化用西方理论的情形,这里面似乎还有一些更精微的地方。请您解释。

桑兵:

我很明白你的意思。陈受过这么多外国的教育,不管是西方、东方,他都受过,他怎么能不受影响呢。其实他的基本方法都是当时流行的所谓比较语言学和比较文献学的方法,再加上他所讲的中国史学的方法。当然在这里有两点:第一,陈一定会说我这个办法是中国古代就有的,他不会说是从西方来的。我从来没有见过陈寅恪说他的外国老师是谁,他读过这么多学校,但是他从来没有说过,当然中国的老师他也没有说过,他从来不说。第二,他用外来的东西,这一点你说的有道理。包括科学的方法,当时成型的史学的方法,是不是不能用?不是的。不是不能用,而是我们现在大都不是在用方法,而是在用架构。方法体现于研究的过程,架构主要体现在表述的过程上。所以说,我们的方法都是在写的时候才有,研究的时候根本就不见。研究的时候方法的重要性在哪里?就是你用那种方法做下去,是不是能够比前人解读出更多的历史。如果你解读不出来,那你套用了也没有意义,如果你解读得出来,你在表述的时候不说,大家也知道。所以说,凡是了解陈寅恪治学方法的都知道他用了比较多比较语言学的东西,用了比较文献学和比较史学的办法。这一点大概是没有人能够否认的。

章清:

那么我们今天的演讲就暂时告一段落。我想,围绕着陈寅恪先生治史或治学方法进行的一些讨论,还有很大的空间。说来也巧,我听葛院长讲,文史研究院在安排学术讲座时,本身并没有出奇,但结果桑兵教授今天讨论"'了解之同情'与陈寅恪先生的治学方法",罗志田教授明天要讲"陈寅恪的'不古不今之学'"。因为预先没有安排,这倒反而成了非常有意思的事,不过这纯属偶然，但两位大教授有机会把自己所做的关于陈寅恪的一些研究讲给我们，我们一定可以从中分享到很多的东西。

最后，我们感谢桑兵教授给我们做了精彩的演讲。谢谢桑兵教授。（掌声）

陈寅恪的不古不今之学

主讲人：罗志田

主持人：葛兆光

罗志田

普林斯顿大学博士，北京大学历史系教授，主要研究中国近现代文化史、中外关系史。著有《近代中国史学十论》、《裂变中的传承》、《国家与学术》、《二十世纪的中国思想与学术掠影》、《权势转移：近代中国的思想、社会与学术》、《民族主义与近代中国思想》等。

葛兆光 | 复旦大学文史研究院院长、历史系教授，研究领域为中国宗教、思想和文化史。

葛兆光：

各位，我们今天请北京大学的罗志田教授为复旦文史讲堂做演讲。有这么多的老师和同学来，我估计罗志田先生的简历介绍就可以免了。他今天要给我们讲的是陈寅恪的"不古不今之学"。我想自从上世纪九十年代陈寅恪成为一个热点人物以后，陈寅恪的若干话、若干词、若干表述都成了大家纷纷去诠释的话题，比如说"预流"之类，包括昨天桑兵先生讲的"了解之同情"，以及今天罗志田先生要讲的"不古不今之学"。这有点像李商隐当年写的诗，要猜，要揣测。我们今天就来听罗志田先生如何解读"不古不今之学"。现在我们欢迎罗志田先生。（掌声）

罗志田：

谢谢葛老师，也谢谢各位，耽误你们自己念书的时间了。刚才，葛老师已经说了，陈寅恪的很多东西都是有争议的。关于这点，葛老师自己好像也有一些看法。我今天不是说要给出一个定义或者说弄清楚他到底在说什么，因为可能根本就弄不清楚。陈先生自己有一套界定概念的方法，如果不按照他的方法的话，就没法有定论，因为他已经不在了。但是我们可以通过有关"不古不今之学"的一些事情来了解它大概的意思，以及了解陈先生怎么做人、怎么做学问等一些内容。这也许对了解陈先生有一点帮助。

我们都知道,陈先生有相当一些文字,按照葛老师的说法就是大家都在猜,猜的结果就是有争议了。而且,有相当一部分人认为陈寅恪的文字不够漂亮,写出来的东西让很多人看不懂,或者说绕来绕去。这个至少跟我们现在都比较喜欢的简白直接的文风(最好是跟法律文书一样一二三很清楚)不同。陈先生大概是要讲究一点余音绕梁,因为当年如果写文章写得太直白的话,人家就要笑你。但我们现在对此就要表扬,这就是时代的变化,他大概是故意写得要让你反复斟酌一下。其次,他也没有太想写给全部的人看,他只要有一些人能看就行了。这大概也是后来引起争议的一个很大的原因:就是他本来没有想给很多人看,可是不知道怎么他居然就成了一个大家都很关注的人,而照理说是不应该有太多人关注他的。所以,这就出现了问题。我个人的感觉就是,其实陈先生的文字还不错,不太纠缠,相当清楚,有时候他还故意要写得活泼一点。只不过由于他的定位不一样,所以有时候不太容易被人接受。但用现在比较时髦的话来说,他的文字常常也需要解码,他在文字中其他地方也预留了一些解码的索引,只要找到的话,问题通常还可以解决。

我比较爱引用陈先生的一句话就是,在解释古书的时候,要"不改原有之字,仍用习见之义"。这是很少有人认真做到的。但陈先生自己有时候也故意"不改原有之字,转用新出之义"。这有好多类似的例子,比如说"有教无类"这样的话(意谓文化重于种族)等等,还有一会儿我们要说到的"童牛角马",涉及近代很重要的中国和外国的关系,他自己比较得意的类似表述会用三五次到七八次。不管是文化的还是政治的,陈先生有时候会用一些相对比较婉转的表述,来说一些看起来有点模棱两可但又有点双关意思的话。我们今天要讨论的"不古不今之学"就是一个。

他在 1933 年曾经说过简短的一句话,说自己"平生为不古不今之学,思想囿于咸丰、同治之世,议论近乎湘乡、南皮之间"。这话在陈先生给冯友兰的《中国哲学史》下册写的审查报告里面,意思就是公开表示我这个人是比较落后的。在当时能这么说还真不容易。我们知道，近代是一个趋新的时代，一个人要自称落后是需要一定胆量的。有一些被我们认为很落后或比较落后的人，经常会表示自己并不落后。比如，有一位叫顾实的人，他是以前东南大学也即中央大学（今南京大学）中文系的教授，他被大部分人认为是一个保守的人，可是他常常要表示自己一点也不保守，经常在自己讲国学的文章里引一些英文的词。这是有意的，因为顾先生并不以英文好而著称，这是为了表示他也是和国际接轨的。但陈先生这样的话就是说，我不但不和国际接轨，和现代人不接轨，反而是和过去而且是比较远的19世纪中后期的咸丰、同治间的人接轨，最早不过是曾国藩，晚一点就是张之洞的时代。在1933年说这样的话，是需要一点胆量的，至少要准备好挨骂了。幸亏那个时候没有网络，不然就会有很多人骂他了。

历来对这个话的解释是不一的，很早跟他关系比较近的人就有很多不同的解释。因为这是给冯先生的书写的审查报告，冯友兰自己认为这是陈先生自己说自己，就是实述自己具体的学术、工作和思想情况。这是他的原话，所以这是非常重要的。可是当过陈先生学生的邓广铭——邓先生也不比冯先生年轻多少，根本否定这种说法。两个老先生基本上是同一年说的话，邓先生说，这是一个托辞，如果你真的以为要靠这些话去弄清楚陈寅恪是怎么样一个人的话，那就南辕北辙了。大家可以看出，跟他这么近的人的理解都这么对立，那后来有争议就是很自然的事情了。他们大概是在八十年代末改革开放近十年的时候说的这些话。现在已经改革开放三十年了，对这话的理解基本上还是没有共识。这就像我开始说的那样，真的要给出一个确定的解释，除了凸显自己胆子大外，并没有什么实际的用途。但是，我们可以通过解释或者了解其他人怎么看这句话来探索一下陈先生自己的思想、学说以及他的处世方式。

我的理解是，他这话貌似比较落后，其实暗中还有一些比较明确的古为今用的意思，这个我们一会儿还要专门讲到。他说这些话的时候是中外竞争比较明显，尤其是文化竞争比较激烈的时候。刚才葛老师已经说了，我们是比较晚才开始研究陈寅恪的，可是在海峡对岸，台湾同胞的研究开始得大概要比我们早很多。有一个最近去世了的学者逯耀东，大概很早就说了一个很重要的观点，他说“不古不今之学”跟今古文经学是相关的。据我所知，这大概是第一个提出这样看法的人。但他又绕了一个弯，说也可以作为专治古代史学中间的一段来讲。如果要这么讲的话，“不古不今”在史学里就专指魏晋隋唐的历史。

后面这话有一些问题，一会儿我要专门讲到，因为前面两个字“平生”很重要。平生当然指以前的，不能指以后的。我们认真去看，就会发现，陈先生做魏晋隋唐的历史是在1933年以后。一个人说我平生做什么，就是说我到现在为止做了什么，而不能预测这一辈子后来要做什么。这一点大概是一个很大的问题。可是比较奇怪的是，恰好就是这一点得到很多人的赞成。这也是我觉得可以探讨的很重要的一点。我们不需要太多的知识就知道“平生”不能指以后，这是很明显的，可是为什么那么多人都接受这一点了呢？

其中，大概说得最系统的还是一位出自台湾后来到美国、前些年又回到台湾的学者汪荣祖。他说陈先生这话就是指中古史。他还写了一本讲陈寅恪的书，有四章详细地论述“不古不今之学”。那本书一共也没有多少章，大部分的篇幅都在讨论陈先生的“不古不今之学”是什么。这样的一个说法后来得到了大部分人的支持。1988年大陆第一次开纪念陈先生的国际学术讨论会，很多老先生都去发言了。刚才我提到的邓先生所说的“托辞”，就是在这次会议上说的。除了这个以外，其他人都基本同意说这是陈先生自己在说自己的思想。而且有好些老先生，比如说冯友兰、周一良——这些都是跟陈先生特别近的人，他们都明确表示汪先生的见解是很正确的，都支持这么一个说法。

后来就有一些不同的意见了，比如昨天在这里讲的桑兵教授就反对。他说这个很玄妙，大家都没弄清楚。总之，他很反对这种说法，并且他还找了一个故事出来，说这跟钱穆著作的审查有关系。当然，这是一个比较有想象力的发掘了。此前没有任何人说到这个，中间还有很多细节不是很容易粘得上，比如说钱穆那本书是在什么时候被审查、什么时候出版的，以及写这个话的时代，要把年份与月份搞清楚。但是，桑老师比较重要的贡献在于，他是中国大陆上首个支持逯耀东说法的人，他也认为"不古不今之学"跟经学的今古文有关。我们大陆很少有人往这个方向走，大家都往另一边走。所以钱穆的著作是不是跟这个有关，我们可以去看桑老师的考证；但至少桑老师把逯耀东的这样一个见解又重新提出来，而且还很少有人接着说，这是比较奇特的一点。

还有另外一些人。有一位叫做李锦绣的教授，她跟陈先生也有特别的关系，当然是间接的，因为她的先生就是王永兴先生，王先生是陈先生的弟子，而且常常以解释陈先生的学问著称。我猜李教授一定也从王先生那里得到了一些借鉴吧，所以她的理解就更加具体一点。她认为陈先生的"不古不今之学"跟陈先生的另外一句话是连在一起的，那句话也是说他自己比较落伍，亦即他"论学论治，迥异时流"，就是说跟现代流行的都不一样。她认为那句是解释这个的，并且她还把具体的"古"和"今"都说出来了。桑老师考出来说"古"指的是钱穆的著作。李老师考出来说"古"指的是康有为的托古改制和顾颉刚他们的疑古，"今"指的就是胡适他们的整理国故。这个当然是一个想象力非常丰富的解释了。我的基本见解就是，大学应该培养人的想象力，唯一的就是稍微要有一点限制，不然就会开放得太厉害了。

还有一个跟陈先生大概不是太有直接关系的人，程千帆，他曾经也跟南京大学有很大的关系。他后来有一封信，说这些人全都是在胡说，尤其是把汪荣祖的名字点出来，认为他说的与事实不合，不了解陈先生。我上面引的这些人中每一个人都有自己的贡献，程先生的贡献就是他指出"不古不今"这话出自《太玄经》，而且他特别指出和这句话相配的就是"童牛角马"。"童牛角马"的意思是牛的头上不长角，马的头上长角。那个时代的人都没有看"发现频道"，不知道非洲就有角马，所以以为马长了角就是不得了的事情，牛不长角也是不得了的事情，他们也不知道现在的改良肉牛也不长角了。

所以，程先生认为那些人基本都没有搞清楚，因为他们连这句话的出处都没弄对。实际上他暗中把前面讲过的那些讲今文经学的人都否定了。如果出处是《太玄经》，那跟今古文经都没有任何关系了。这个算是程先生的一个比较大的贡献。因为在我看来，他是第一个注意到这点或者第一个提到这个问题的人。也许很多老先生都知道，只是不说。

还有一个台湾中研院史语所刚退休不久的黄清涟，他没看程千帆的论述，但他也注意到这一点，认为这个话里最关键的是“童牛角马”四个字。可惜他没有太具体地延伸说明为什么这四个字最关键。他那篇文章非常长，有好几万字，因为黄先生也是要做一个自己的完全的解释，他把前面的基本都否定了。黄先生是逯先生的学生，中间两人还有一些小过节，这是由于政治的原因，不过在逯耀东去世之后，纪念逯先生的文集还是黄先生主编的，所以师徒至少在老师去世之后又和好了。黄先生说他写这篇文章的时候给逯先生看过，逯先生知道这是学生挑战自己的观点，不过很鼓励。这也是老师值得赞赏的地方。黄先生有一整套的说法，不能这样，不能那样，最后就是说它是兼涉的、调和的、不古不今、不旧不新、不中不西、亦古亦今、亦旧亦新、亦中亦西。我想这个说法大致接近陈先生的意思。如果这样看的话，不但中古史不是指涉的对象，今古文经也不是了。

这就是过去主要的比较有贡献或者有自己的见解和有影响的一些人的看法，当然还有其他一些人。

按照陈寅恪先生自己的做法，解释词句，首先要认识作者的直接动机——这一点大部分人都不太关注；以及作品所质疑之点，就是说他到底想要干什么——这个大概有一些人像黄先生就特别注重。另外还要特别提到有一位叫王震邦的，也是一个台湾人，他写了一篇博士论文，别看刚完成不久，可王先生的年龄比我还大一点，他是退休之后才去念博士的，以前是《联合报》一个比较重要的人物。他也有很多解释，不过跟这些略微不一样，一会儿我们可能还会提到。

陈先生在讲到用典的时候，提出了几点：第一，这个典故必须要发生在你要考证的这个作者作文之前；第二，要考虑用典的人对这个典故有听说和见到的可能，只有这样，他才可以用到他的文章中去，然后才能根据这个来解释作者用典的意思。我今天就要尝试用陈先生的方法来考察他到底用的是哪一个。《太玄经》是汉代的，基本上是符合所有这些规定的。因为陈先生读书很多，他是可以知道这本书的。还有一些也符合这些条件的表述，可能也要参考一下，这就是我今天要讲的第二部分，就是“不古不今”有哪一些古典和今典是陈先生想到的和可能想到的。

陈先生晚年写完《柳如是别传》之后，写了几句可以说是顺口溜，也可以说是诗的句子，其中就有“非旧非新、童牛角马”。这一点已经可以确证《太玄经》是非常符合陈先生所规定的条件的。我刚才说了，“童牛角马”的意思，就是牛的角长到马的头上了。这在古人至少是汉代人看来，就是秩序的大变，就是自然现象变成不自然的了，那这种变化就是根本性的变化了。假如牛的角真地长到马的头上去，那牛和马本身的哲学性质或者范畴就都变了。这就叫做“变天常”。

我想这个话是比较值得考究的，因为“童牛角马”是陈先生很爱用的词，他在他的各种著作中用了六七次或至少四五次，在他的《隋唐制度渊源略论稿》的绪论中也用了，他都是写完了用或者在前面用的，说明这是一个比较根本性的用法。陈先生说，他这本书表述形式显得比较旧，但是为了方便，就不改旧籍的规模，又要表述他新知的创获，所以大家千万不要以为这是“童牛角马”。这话有点谦虚的意思，但在暗中又表示说我就是要利用旧籍的方式来表述新知；基本上也可以说是暗示，我就是要有意把牛的角移到马的头上去。他这是要表示他其实是和当时的所谓守旧的或者趋新的人都要划清界限，也就是我跟你们都不一样。他在《隋唐制度渊源略论稿》中还有两次也说到“童牛角马”，都是特别强调中古的这段历史对中国的意义。这个我一会儿还要提到。

除了《太玄经》以外，陈先生还可能见到的，就是他说“有闻见之可能”的，最简单的就是人人——至少是中文系的人人——都知道的，杜牧的《献诗启》里的一段话:"苦心为诗,本求高绝,不务奇丽,不涉习俗;不古不今,处于中间。"。这是进入文学史教科书的,以陈先生深厚的旧学功底,不会不知道这段话。那里面就有"不古不今,处于中间"这么一个意思。我猜这个话是在他的心里的,因为陈先生自己也是一个要做诗的人。但是,他可能不一定要接受杜牧的意思,他不见得想要介于中间。以前我们四川大学有一个老先生叫缪钺,缪先生是对杜牧钻研比较深的人,他就把"处于中间"解释成是不受两派之影响,还要摆脱时尚,自创风格。我觉得这个倒是很接近陈先生心里所想的,这个"中间"不是说要停顿在中间,而是说我也不是中间,不但不左,也不右,还不中。就是说跟时尚的或流行的,全都不粘,自己还要创一个风格出来。我想缪先生解释杜牧的意思可能非常接近陈先生当时的想法。

我们再看还有什么比较早一点的。陈先生在冯友兰《中国哲学史》的审查报告里特别表扬了两个东西,一个叫道教,一个叫新儒家。道教的精神其实也有类似关于不古不今的表述,《庄子》——我们不管它是不是原来的《庄子》,对我们后来的人来说,它就是《庄子》——《大宗师》里就说过一步一步学道的次序,然后"见独,见独而后能无古今,无古今而后能入于不死不生"。有一位很有名的成玄英给《庄子》作的疏里,就说这就是"非无非有、不古不今、独往独来"。所以我觉得这个跟缪先生理解的杜牧的意思,亦即陈先生就是要不古不今,要独往独来比较接近。因为陈先生特别强调独立的精神,独立是有很多意思的,其中一个就是不古不今,不左不右,也不中。

而且成玄英后面也说,不古不今之后呢,就无今无古,然后不去不来,也就无死无生了。我猜想,这跟近代中国很多读书人的心态有很大的关系。我们长期以来在中外交往过程中已经吃亏很久了。很多有名的读书人都说过一句话,就是中国不亡就没有天理。那当然是一种比较悲愤的意思了,心里当然是在想,中国居然还没有亡!所以,假如可以进到一个没有古今、没有中西、没有生死的境界,就不存在亡的可能了,强弱也就没有了。我想这是很多近代读书人心里最常怀想的一个问题。你看,当年康有为、梁启超都把《易经》里的"群龙无首,吉"拿来说。以前的群龙无首好像还有别的意思,反正就是要大家都差不多,没有一个人比别人更厉害的状态。这个我猜是比较接近陈先生心中的寄托,因为他曾经说过,如果你要用古典来表述后来的事情的话,那就是要异中求同,同中见异,融会异同,混合古今,还要别造一"同异俱冥、今古合流"之化境,这是做文章最高的境界等等。前面所说的都是这个意思,他不但要融会异同和古今,最后是要同和异俱冥,就是同和异都没有了,大家都一样了,一样了就没有强弱没有胜负了,多愉快啊。那就没有冠军、亚军之分了,就是以参与为主,或者参与就是冠军了,那该多幸福啊!若运动都这样,我们就都可以参加了。所以,我想这样的一种又要古今合流,又要把同异给消灭掉,而且还能够见独的态度,应该最符合陈先生的基本精神。

陈先生又在那篇文章中专门讨论了道教和《易经》,一会儿我们还要说。陈先生说道教有一个很大的意思在里面,就是把外国的东西移到中国来。这个也跟"童牛角马"的意思很接近,就是要把牛的角移到马的头上去,造成一个自然里没有的新的事物,这就有一种创造性地发展出兼具两个东西同时又区别于两个东西的新事物的意义。我个人认为这应该放在解释陈先生的最前面。但以往的解释中,道教在哪里,全部找不到,所有人都不讲道教。另外还有一个类似于道教的《关尹子》里面也有一个类似的说法,但大部分人把这本书视为伪书,我猜陈先生不一定要用它。

说了这么多,其实就是几个字而已,说了半天也没有什么定论,我们只能说刚才说的这几条都是陈先生可能见到,也可能用在他的文章里面的。三个中间到底是哪一个,或者三个都有,我们现在没有办法肯定。

另外一个很重要的是,陈先生指出,要注意作者的直接动机以及他这个作品究竟想要做什么。我们现在都知道,这个作品就是审查冯友兰的《中国哲学史》,那我感觉应该倒过来看一下冯友兰的《中国哲学史》。陈先生审查过冯友兰《中国哲学史》上册和下册,在上册审查报告里说了比较多表扬的话(不过葛老师认为那些都是绕着说,暗中都在否定,我想葛老师一定比较高明），下册审查报告根本就是直接批评了。但比较奇怪的是，就因为陈先生说话比较婉转，现在还有很多人把它看成是表扬。这就是为什么陈先生的文字有一些需要斟酌的地方：他已经把人损得很惨了，可是大家看着还是表扬。出身世家的人就是跟一般的人不一样，不能像匹夫见辱拔剑而起，或者像村妇吵架，直接图穷匕首见，而是要绕很多弯。这是世家子弟的一个特点，在陈先生自己身上是很明显的。

当年邓广铭先生回忆，我军要解放北平，蒋介石派飞机接胡适，要陈先生一起离开。邓先生因为是学生辈，就到陈先生家里说，南京派飞机要接你去。陈先生就说，那我不坐。邓先生就说，不是接你，是接胡适，你顺便搭一下飞机。陈先生就说，那我可以考虑。邓先生接着说，飞机现在都没熄火，正在机场停着，你是不是马上就去。陈先生就说，哦，那我还要睡个午觉。邓先生没有办法。因为他是老师啊，以前的人不像现在对老师那么直接，那时候的人很尊敬老师。邓先生就说，那你睡完就到胡先生家里去吧。邓先生自己就到胡适家里去了，到后一看，陈先生已经坐在那里了，比他还早到。所以你就可以知道，世家子弟必须要有身段，这个身段是不能放下去的，就是在逃命的时候也不能放。不能说我很想坐，不能说我就要坐，只能说我暂时搭一下可以，但是要睡完午觉；可是午觉睡得比别人不睡的还快，人家没睡午觉到的时候他已经到了。从这里面了解陈先生的做人，就知道他的文章是怎么写的了。

他曾经讨论俞樾和杨树达两位老先生解《诗经》中的一句话，指出古今所有人的解释没有比这两个人说得更好的，没有比他们更正确的了。但他下面就开始一一批驳，说他们的立说完全不成立。陈先生评冯先生的著作，基本上也是这个风格。只有葛老师是唯一一个能看出来对第一册就是攻击的，我们大家只能从第二册看出来。不管怎么说，这里面有很多句子我们就不多讲了，其实字里行间非常明显。我只举一个例子。最有意思的是，他说作者用西洋的哲学观念来讲中国的朱子学，因此就成系统而多新解，如何如何。现在绝大部分人都认为这是陈先生重重地表扬了冯先生。其实陈先生在上册审查报告里已经说了，就是“言论愈有条理系统，则去古人学说之真相愈远”。这一对比，不就很清楚了嘛。上下两册的审查报告，按照陈先生做对子要“正反合”的思路，那是要连着看的。所以，你一看就知道这是损得最厉害的几个地方之一，但居然被大部分人认为是表扬——因为我们现在讲究有系统的学说，以为是比较高明的；如果没有系统，就只能做些边角的东西，这是不太能够得到表扬的。

总之，我们可以看到，因为陈先生的表述往往非常婉转，所以他在下册审查报告里表述了他对冯友兰这部书或至少是对下册的不满。如果在不满的时候，再加上说自己不新——如果我们说是表扬，因为冯先生能利用西洋的学说——然后在最后一刻却说自己连在中国都是在咸丰、同治时候的中国，还不是现在的中国，更不要说西洋了，就有点奇怪了。那么我想，真的要了解陈先生的态度或者他直接的含义的话，最好回到冯友兰的这部书，包括陈先生对这一本以及上一本的评论中去。

这里面重要的一点，陈先生的直接表述，几乎不绕弯的一处，那就是冯友兰在开头和结尾都用瓶子和酒的关系来表述中国的文化或者哲学到了什么程度，就是瓶子已经旧了，没有用了，酒太新了，把瓶子都给涨破了。陈先生明确表态说，我主张用新瓶子装旧酒，瓶子新一点或酒旧一点关系都不大，这一点前面提到的王震邦先生已注意到了。这跟他在《隋唐制度渊源略论稿》里的表述是一样的，那次是说我要用旧的表述来说新的意思。总之，他就是要在新旧中间有一个结合的地方。这里面就涉及到一个很重要的内容，即晚清提得很多的“中学为体，西学为用”，这个观念跟陈先生的这句话有直接的联系。

我这里只能简单地讲一下。因为陈先生是一个非常细致的人，不适宜在这种大众场合来跟他细致下去，每一个小的问题他都绕了几个弯，象上面说的睡午觉这一类，也都体现在他的表述里。你得弄清楚他午觉睡了多么短，你才能弄清楚他这一类话的意思。所以，后半句“思想囿于咸丰、同治之世，议论近乎湘乡、南皮之间”，这段话，所有人都觉得有点不好理解，连周一良先生都说他理解了好多次，每一次都没搞清楚。周先生应该是最能理解陈先生意思的人，陈先生是主张身世的，周先生就是世家出身，会好几种外语——学外语就像做游戏一样，看很多书。总之，他是一个把学问做得很悠闲，然后段数还不低的人。连他也会说，陈先生为什么会这么说呢，我们都看不懂。其他的大部分人为什么觉得不能理解，就是我刚才说的，已经是20世纪三十年代了，一个留学生，居然公开认同19世纪中国的主张，就连19世纪都还不是最后，还要往前一点，这不是有一点太不跟当时的世风接近了吗？所以很多人解释这句话，写到这儿的时候都非常不理解。这就是我开始说的，要说这个话，需要一点儿胆量。我刚才说的顾实，是大家都认为守旧的人，他在1926年，比陈先生说话时还要稍微早一点，就坚决反对"中学为体，西学为用"，说这简直是荒谬。一个保守的人或者被大家认为是保守的人都要否定的东西，而一个从西洋（也是东洋，他绕了一大圈，留学很多国）回来的人居然要赞同，很多人觉得这实在是不可理喻。这就是我刚才说的独立精神，独立精神就是跟谁都不粘，是学术上的不粘锅。

最重要的是，大部分人没有太认真地看这句话。我刚才说了，陈先生是要绕很多细细的弯儿的。这句话里说得很清楚，他说的是咸同。可是我们都知道，张之洞发挥作用最主要的是在光绪时候，最多也就是同光了，不能是咸同，因为咸同时张之洞还不知道要干什么呢。那他为什么不说同光，要说咸同呢？难道他写错字了？不会的。你要说他行文啰嗦的话，他也不会在那么短的文章里啰嗦；因为这种序言或者审查报告都是很短的，也就只有两千或三千字，每一个字都是很重要的，不能有没用的字，除非这个字影响读音的高低平仄之类。那它如果没有特定的含义，这话就白说了。因为要说我的思想在同光之间，然后再说湘乡、南皮，那这两句话就是重复的。重复在过去也不是没有，《过秦论》就有"囊括四海之意，并吞八荒之心"这样的话，以前这都是受到表扬的。其实这说的是一个意思。一个意思可以用四句话来说，可是会有人挖苦你。以前有个故事，说村学究做诗，就说"关门闭户掩柴扉，一个单身独自归"，全都是一个意思。如果陈先生那个话里的咸同没有特定含义的话，就是这个性质了。那不是段数太低了嘛。那对“独立精神”来说就惨了。

我们要知道，在近代的时候，有一个很重要的区别，这是葛老师特别强调的，那就是甲午。葛老师的书《中国思想史》写到甲午就不写了，认为已经变了，不是中国思想了，成了外国思想了。“中学为体，西学为用”，以前也有很多人追溯到底是谁先说的。多追溯到冯桂芬或者谁谁，也没用。因为在甲午以前和甲午以后，同样的说法表述的是非常不同的意思。我们都知道，张之洞的《劝学篇》被认为是“中学为体，西学为用”的表征。这当然是代表甲午或者以后的事，完全和咸同不粘。对于这个，要认真地思考，就得回到咸同，而不是同光。只要不是同光，那张之洞的作用就比较小一点。以前大部分人可能都是因为读我们近代史教科书读多了——近代史教科书里有一个洋务派，很多人把洋务派从曾国藩开始一直数到张之洞，所以“中学为体，西学为用”都成了他们的思想。关于这方面，也有很多的大学者都解释过，具体的我就不说了。

我们大家知道，基本上从改革开放开始，我们才开始研究陈寅恪，就这句话的表述也基本上是从那个时候兴起的。有相当的一部分人认为，陈先生就是赞同“中体西用”的，包括冯友兰、周一良和杨向奎几位老先生都这么认为。杨向奎对他感到特别惋惜，意思是，你看他，这么落后。另外还有比较多的人觉得这是一种很反常的表现，认为陈先生一定不是这个意思，他是故意说别的意思。不管是反常还是不反常，跟杨先生一样感到惋惜的也包括李泽厚、傅璇琮这些大腕人物。他们会说，这么落后的话怎么会出自陈先生之口呢。我估计，如果再早一点，会有人说，资产阶级时代的人怎么会拿封建时代的思想来认可呢！他们都用到了“不可思议”这个词汇，不能想象这个人怎么会这么说。

我们也都知道，为什么很多人也都确认陈先生就是“中学为体，西学为用”的人呢，就是因为吴宓曾经有一个表述。吴宓在1961年到广州去看了陈寅恪，他在日记中就说陈寅恪的思想丝毫没有改变，跟以前一样遵守“中学为体，西学为用”之说。自从这句话公布以后(《吴宓日记》没出版前，这句话已被他的女儿引用过)，凡是认为陈先生说的话就是原话意思的，都要引用《吴宓日记》作为钢鞭证据；凡是认为陈先生这句话反常或者别有所指的，统统都要指出吴宓不懂陈寅恪，说他段数太低或者怎么样，诸如此类的话，他们就是要质疑吴宓是否真的了解陈寅恪。

对于这些人，我们要为他们说一句话，就是他们大部分都是善意的，他们希望把陈先生说得“进步”一点，不要那么“落后”。就是说如果真的居然在三十年代还认同“中体西用”，那你就不够现代，也不那么卓越，所以就值得惋惜了，像杨向奎就是这样的。杨向奎其实跟陈先生小有过节，他早年曾试图挑战一下陈先生，但陈先生假装没听见。然后两个人坐了几十分钟，后来陈先生就出去了。所以，他后来还在惋惜陈先生落后这件事，我估计跟那个过节也小有关联。关于这点比较有体会的就是我刚才说的李锦绣。李教授就认为，本来陈寅恪“论学论治，迥异时流”，就是要跟别人不一样，所以她认为“思想囿于咸丰、同治之世”就特别符合陈先生，不但是实述，而且是有特别用意的。

大部分人在引用这段话的时候，都说陈先生要区隔时流，他们也立刻就想到他是不是不喜欢胡适或其他人等。其实不见得，陈先生跟胡适的关系还可以。他的确有一些想要与之划清界限的人，他在文化观念上也有一些是跟胡适非常不一样的。但是我想，他想要区隔的人不仅是胡适，还包括梁启超——虽然梁启超跟他父亲、祖父都是朋友，也包括章士钊、梁漱溟、张君劢这些被列为东方文化派的人，也包括很多人直接把陈先生算进去的学衡派。所有这些人，他们的见解都有一部分是和陈先生相通的，可是也都有相当程度的不同。所以我想，“不古不今”就是要跟所有你们这些人都不一样。

虽然邓广铭先生认为陈先生这话是托辞，但是他比较能体会到陈先生的意思。他说陈先生宁肯退居于咸同之世，就是宁肯让一步，说我接近的是曾国藩或者张之洞，这是有比较深的体会的。陈先生常常是以退为进，说你看我多落后，意思就是我比你们还要先进。我们可以看到，他用字非常考究。他也说过同光，他曾经在讲《四声三问》的时候明确说，中国传统的理论——宫商角徵羽这五声就是中国传统的理论——基本上是同光朝士所谓“中学为体”，然后下边又说到同光朝士所谓“西学为用”。我们不必去管他具体在说什么，但是他很明确地把“中学为体，西学为用”说成是同光的思想，而不说成是咸同的思想，这里应该是很有分寸的，尤其是像陈先生这样做史学的人。

对于做哲学的人来说，可能同光到咸同不过就那么几十年，没有什么不得了；但对于做史学的人来说就搞错了，就属于失据，那是很丢脸的。尤其我们刚才说的，在甲午前后有一个根本的思想转折，假如你把这个变成一个时段，不太区分或者不去区分，这个转折也就被否定了，那基本上就可以认为你还没有进入这一历史阶段之中。所以我想，这个话是有它直接的涵义的，就是说他对张之洞有认可的一面，也有不认可的一面，所以他要回到张之洞之前，因为他对曾国藩有认可的一面，也有稍微超出的一面。

假如我们把这句话不放在咸同，而放在同光，你马上就会发现它和那个时候很有名的人说的另一段话有很明确的针对性。那个人叫严复，他几乎是人人都知道的。而严复反对“中学为体，西学为用”的时候恰好有一段很有名的话，说牛有牛的体和用，马有马的体和用，牛的体和用是不能和马的体和用混合的。这里的意思，就跟童牛角马非常不一样。

假如你把童牛角马、不古不今和同光的思想连在一起，你就会知道陈先生就是要把牛的体用和马的体用结合起来，这在近代中国是一个很大的持续的分歧，就是，到底一个文化的或者国家的、民族的体系（我们可以把它分成是政治和价值，即信仰价值，或者是文化和政治）是一个不可分割的整体，还是一个可以分割的组合体？所有那些主张“师夷之长技以制夷”一直到“中体西用”甚至一直到民初的共和国体与纲常，以及新文化运动时的伦理和政治，包括在清末的时候到底是皇帝代表中国还是孔子代表中国这些争论，都集中体现了一个内容，就是，这到底是一个可分的组合体，还是一个不可分的整体？

大部分人，包括朝廷当政的很多人，还是主张这是一个组合体，这样我们就可以把西方的很多东西拿过来，放在中国里面，还不丢失中国的所谓国性，就是说还是叫中国。以前的人都明确表示，如果又叫共和，然后思想又都是外国人的，那中国就没有意思了；中国就成了一个符号，而且这个符号还变了意思。这一部分人就认为，中国，不管它是周边的意思，还是代表着比如说华夏民族在这个空间里几千年延续积累下来的一个东西，是不是全部都可以改？就是说连精神、连思想、连政治体制全都变了，那你还是中国吗？或者说你还需要保留一部分？这才是这一部分人的一个持续的、也是根本的思考。

在这个时候，严复等人显然是认为没有办法保留一部分的。他们认为这是两个整体，要么就照着学，基本上就是后来说的全盘西化，要么就保留原来的东西，就是一点都不换。另一部分人显然就是主张可以保留一部分的，陈寅恪在这些人中间略微又进了一步，就是他不但认为可以，他还至少希望能够产生新的东西，这个东西里面既有牛也有马，然后又不是牛也不是马。我想这个才是“不古不今”的根本意思。所以他大致可以赞同张之洞表示的“中体西用”，但是他要修正。

为什么他要回到曾国藩呢？我们可以看得很清楚，在陈先生那个时代，你可以看到，三十年代他很常用的一个词是“国性”。这个词是清末讲国粹的那一部分人讲得很多的。讲国粹的人跟曾国藩有一个共通点，跟张之洞是不一样的。张之洞说“中学为体，西学为用”的时候，他基本指的是一个以儒学为中心的学说，而且他是主张以“损之又损”的方式来保存国粹。那个时代的大部分人都知道这是《老子》里的话，下面就是“以至于无”（或“以至于无为”），所以“损之又损”是一个很可怕的事。如果把自己的经典损到基本可以没有，还认为保存了中国，那就是一个很有创造性的想法了。只不过很多人不去看后面这半句，张之洞也没说过这半句。可是我想，张之洞不至于没有学问到这个程度，他也不至于预设他的读者没有学问到这个程度。如果大家都知道“损之又损”是可以“以至于无”的话，那“中学为体”基本就是一个象征,就是一个样子了。只不过用白纸写着"中学"挂在那儿,这就叫"中学为体"吗?

张之洞的"损之又损",是主张"中学"可以压缩到只看几本后人编辑的典籍。一直到民国,都有一派人主张经是不可删的。他们认为这些东西不能动,一动就变了,你怎么可以把经变成这么薄一本,几天就可以看好,甚至还可以没有?所以在张之洞这里,"中学"是一个非常压缩的、很细微的,而且基本上坐落在儒学之上的东西。可在此前和此后都不一样,与曾国藩的时代和清季国粹学派的时代都不一样。国粹学派是把绘画、武术中国化等都算进去的,所以是一个大的、以国家为范围的所有的文化——我估计炒菜说不定也包括在里面(但像国术,就是新文化运动最不能接受的,那时的新派立刻就要往义和团身上引)。张之洞之前的曾国藩也一样。曾国藩是把当年的考据、辞章、义理,加上一个经世,和孔门四科连起来的。我们都知道,曾国藩是桐城派的大家,所以辞章的地位在他那个时代也是有很大提高的。简单一点说来就是,曾国藩时代的"中学"比张之洞时代的"中学"要广大得多。

后来的"国粹"或者陈寅恪他们的"国性"是与张之洞时代的"中学"不一样的。我们可以从"国医"看到陈先生跟傅斯年非常不一样,他当然说了一些挖苦国医的话,可是他对国医或者中医的一个经典的解释就是,中医里很多内容基本就是外来的,它就是从外来的变成了中国的。这其实就是陈先生长期一直想要做的,就是保存这个国家的某种东西——我们不能界定到底是特性还是什么,但是要接受另外的一些东西,让它转变。我想——大致也只能是葛老师说的"猜想",他之所以要回到张之洞和曾国藩之间,是希望有一个更宽广的以维护中国的国性的这种东西。所以他比较趋向于所谓国粹派的见解,就是把什么国术、国医都包括在内。我们去看他讲唐代的东西就会很清楚。

他讲唐代制度先是从什么礼乐建筑等等这些地方讲起,大部分东西都是我们现在讲制度史的人不讲的,他的眼光非常不一样。他也从建筑和建筑的样式等等去讲到"童牛角马",这跟他讲国医是一样的。他其实是一个西医观念很重的人,他不相信中医。可是他自己也说过很沉痛的话。他说,他的祖父和父亲都是可以用中医给人看病的,而他自己居然已经不相信了,是一个不肖子孙。这话不是开玩笑的。这就有点像殷人的后代孔子说"吾从周"的时候一样,是一个很沉痛的选择,因为原来的那个"医"他认为不太能够治疗病人。但这是一个不愉快的选择,不愉快的放弃。他知道,他的父亲和祖父不只是代表两个人,而是代表着一代或者两代人。这就是说,有一些东西我们已经知道不行,非改变不可。这大概是那个时候某一部分人或者像陈先生这样留学多国的人,在一个不那么愉快的情况下有些被迫地做出了"吾从周"这么一个选择。可是他又有很多割舍不了的东西,所以他要尽量把这个放低。

我想,"中学为体,西学为用"要跟陈先生经常使用的另外一个词,就是"童牛角马"之外,他也很爱用的"非驴非马"放在一起理解。陈先生有一些词会反复用,大部分时候都有贬义,可是也不完全。他每一次使用"非驴非马"的时候,只有和具体的东西连在一起才能看得出是褒是贬。可是他始终指出"非驴非马"有一个意思,就是要融合胡汉为一体。他在讲过去的历史比如北周制度史时,三次使用"非驴非马",都是要融合胡汉于一体。因为那三次他都认为是失败的,所以"非驴非马"是一个贬义。不过,它虽然是一个失败的努力,可是做的目的就是为了熔冶胡汉为一体,这个跟后来他所说的"中学为体,西学为用"有直接的关系。

他还曾经明确地说,李唐一族所以能够崛起,就是取了"塞外野蛮精悍之血,注入中原文化颓废之躯,旧染既除,新机重启,扩大恢张,遂能别创空前之世局"。我想这基本上就是"不古不今"之学想要做到的——必须承认中国有很多东西已经不太适用了,那就要让外面的东西进来,把旧的、不太好的东西去掉,然后关键是要别创空前局面,要与新旧和既存的中外都不一样,那就是"童牛角马"的一个含义。这才是他说的"一方面吸收输入外来之学说,一方面不忘本来民族之地位",能够"相反而适相成";这就是他眼中道教的真精神、新儒家的宗旨。这些话，都是在同一篇文章中出现的。

我们可以由此看到咸同和同光是很不一样的。咸同是一个比较能维持本来民族之地位的时代，同光时代本来民族地位就不那么高了，再以后到20世纪三十年代，本来民族之地位就更少，但他还希望有更多。我想，陈先生说“不古不今之学”时心里想的一个重要的意思，就是要保持一些传统的，又去除一些旧的，引进一些外来的，然后重启新局面。类似的话后来他还重复了很多次，包括在新中国成立之后，陈寅恪写了一篇《论韩愈》的文章，基本上是向共产党上条陈，就是说你们应该怎么做，如果你们怎么做，就会怎么样。那个意思用现代的话说就是要求保持你的主体性，但是又要吸收各种别人的东西，最后要做一个开创的局面，不要做一个继承的东西（这个当然有直接劝我党跟苏联保持距离的意思）；简言之，就是自己一定要有自己的主体性，否则不算成功。

最后我还要简单地讲一点——这本来是非常复杂的东西，就是说，陈先生讲这些话不一定讲他做中古史。我们刚才说了，他说的“平生”是1933年说的，此前他基本上没有做多少中古史，倒是做了很多其他的。他在1942年有一封非常值得注意的信，是给刘永济写的，讲到他的稿子在越南丢掉的事，其中就包括《蒙古源流》注、《世说新语》注、《五代史记》注、佛教经典的合校以及巴利文的一个经（《普老尼诗偈》）的中译，可以看出，所有这些基本上都不是中古史的范畴，有的根本就是上古或西元的纪元前的作品，这些正好都是他抗战逃到外面的过程中掉了的东西。所以，我们要是看他三十年代以前的话，这才是他所做的，基本上不在中古史的范围内。

他自己说，由于战乱，剩在身边的基本上就是《旧唐书》和《通典》两种，所以他最后就写了《隋唐制度渊源略论稿》和《唐代政治史述论稿》。一方面当然说了很多谦虚的话，但是另一方面可能真是有一些实际的选择在里面。为什么呢？这也不能太详细讲。陈先生和章太炎都曾经反对民国新史学的一个很重要的原因就是，民国新史学比较偏重研究上古史。陈先生还有一个很重复的话就是，他不看三代两汉的书——他当然早就看了，而且看得还很多,像什么《皇清经解》这些都是看得非常熟的,可是他故意说自己都不看,这个故意就是针对那些人总去做上古史。他和章太炎同时都说了上古史就是画鬼容易画人难,因为上古大家都没有多少材料,就只能猜谜,随便说一个观点别人也没办法驳倒,因为大家所分享的材料都不是很多,而要做到中古以后就不一样了。这是他们不喜欢的一面,他们还有正面的、建设的一面,这就是章太炎曾明确说,上古的历史对于中国当时没有借鉴作用,不能致用,要"法后王"才能致用。

为什么?就是说唐代这个时候是一个中外接触频繁、各种文化碰撞的时代,那就比较接近中国的近代。上古那个时候当然也有各种不同的小文化,也有夷夏这些问题,可是它跟后来的中外之局是非常不一样的。所以一方面可能真的就是陈先生只剩那两本书了,其他的都弄丢了,但是也可能是很主动的选择。这就如我一开始说的那样,他有一种经世致用的理想在里边,他是要报国的。仗都打起来了,有很多人思考着要去打仗。一个殷墟考古家尹达就跑到延安,当然他也没有打仗。另外还跑去了几个很厉害的人物,一个是当年学生一代里边最强的叫做王湘的,我曾在电视上看到采访他,以为他还活着,后来找他的材料发现他已经去世了,他就是所谓殷墟"十兄弟"里最强的一个,可是到了延安并没有干太多事情,大概当了印刷厂的副厂长。后来国共合作的时候,李济正式跟周恩来写信说,他们要把王湘和另外一个人要回去,说他们现在还需要研究殷墟的东西。我看到档案里周恩来回信说王湘不愿意回去。王湘在延安做印刷厂副厂长,或者是李济提到的另外一个人做副厂长,总之,他们做的都跟专业无关,但他们都做得很高兴,不想回去了。这是真的。我一直以为王湘默默无闻,后来才发现他是共产党干部,他后来就做了领导,当然比考古所里当一个学者要大一些。关键问题是,那个时候他不是为了当官,而是一个很明确的选择,就是日本人已经打进来了,我们是还在这儿考几千年以前的甲骨呢,还是要上前线去打日本人呢?这是一个很直接的选择。像陈先生这样的人大概是不太能够直接上前线打仗的,他大概身体也不是特别好。这些人也想报国,那就要用学术来行动。以学术报国也不能说是那种完全的古为今用、影射史学什么的，但他写的每一内容都跟后来的时局有关，他要“法后王”，他要研究中古这一段，因为那一段历史对以后更有借鉴意义。

现在我们都爱说唐代历史是一个眼界开阔的历史时代，但在陈寅恪、傅斯年等人之前，我们历史上讲唐代从来没有这个意思。历史记忆中的唐代形象从来不以中外交涉或包容为重，这个形象正是从陈寅恪、傅斯年他们才开始形成并成为主流的。我们现在讲改革开放，“国际化”反倒变成了唐代最重要的一个形象。长安城里有很多外国人、用各种外国乐器、喝外国酒、吃外国菜，很像现在的上海，就差操鲜卑语弹琵琶了。这跟现在一样。

对唐代的这样一个记忆或者说形象的出现，也就不到一百年的时间，是他们那一代人创造出来的。而他们那一代人之所以要挖掘这样的东西，其实——我猜，只是推想——就是它更加切近中国近代或者民国这个时候中外对峙或者文化碰撞的时代要求。这在先秦不太能找得到，在其他时代也少一点，唐代或者魏晋的时候比较多一点。不同文化的碰撞和融合，包括制度、建筑的风格、音乐、家具等等，这些都成为现在的显学了。可是若真地倒退回去，到20世纪初期以前的唐史，都不太提这些。唐代的贞观之治，哪里有这些。一说到唐代，就要说到唐太宗看到考试的人都进场就说“天下英雄尽入吾彀中矣”，这些才是代表唐代的一些象征性的记忆。一种向外开放的或者包容多种文化的形象都是后来才加上去的，而这正是经过陈寅恪他们那一代人以及此后人一直持续的努力，再加上改革开放才确立下来的。所以我猜他后来做中古史研究有这方面的意思，这当然也有一些附带的关系。

我们不能说陈先生的“不古不今”之学就是要做中古史，因为那是后来的事，但是他往中古史转移，除了一些方面的原因（关于这些，余英时先生已经有很多很详尽的考证），我想这也是一个很重要的原因，就是当国家遇到困难的时候，一个读书人总要以某种方式来为国效力，若不上前线打敌人，也应该有某种表述。我想我今天就说到这里，希望大家多多指教。

提问与回答

葛兆光：

我们现在开放给大家来提问题，哪位同学先来？

学生：

非常感谢罗教授给我们做了精彩的演讲。我认为现在的中国跟陈寅恪那时的近现代中国很相似，现在还是中西文化相互冲击的时代，我觉得陈寅恪先生讲“不古不今、不中不西”，非常在理。但是陈先生有家学渊源，他是从小读四书五经长大的，甚至可以说倒背如流，另外他还懂二十多门外语，对他来说，“不古不今、不中不西”这句话是举重若轻的，但是对当代学生来讲，如何才能做到这一点呢？请罗教授指点。

罗志田：

陈寅恪先生已经不在了，我不敢也没有帮他向大家提倡“不古不今”。我很理解这个同学刚才所说的话，其实我们的自信心也可以强一点。他当然有很多过人的地方，但是也有很多我们会做他不会做的事情，所以一代有一代的长处。其实外语学那么多，用处也不是很大，因为这也没有反映在陈先生的研究之中。当然，这跟我们国家当时的状况有关。如果那是一个很安宁的时代，学这些外语都有用武之地，更何况那是一个外面没有什么诱惑的时代。我想，我们不一定要做一个从小就读了很多书又会很多外语的人。这当然是一个很理想也很吓人的状态。每一代都有自己的优点，像我的老师那一代就说他们跟老先生不能比，老先生们史料太熟了，可是我们有理论。那时候理论是专指的，是他们唯一能胜过老先生的东西，那就是马克思主义。在那个时代的人看来，老先生懂再多的史料，可是不懂马克思主义；而不懂马克思主义，历史就做不好。所以说，你只要学习他做学问的那种精神就可以了。而且现在来说，学问是一个世界性的东西，研究中国是一个世界性的学问，我们确实不能用一种比较狭隘的眼光来做，或者只看我们本土的材料，做一个“有中国特色”的东西出来，而应该是一个“有世界特色”的中国史研究。我们要学习的可能是另外一方面，这可能离题远一点，那就是我们现在所面临的是一个诱惑太多的时代，其实陈寅恪的时代跟他的前一代比也是一个诱惑太多的时代。所以傅斯年就说，陈寅恪是关门闭户，拒人于千里之外。当年陈寅恪不是一个以外国文字懂得多著称的学者。他在史语所时，论文数量是全所第一，是一个高产的作者，他不是慢慢熬一篇的人。为什么他能高产？就是他能拒人于千里之外，不去参加应酬，不去参加吃喝，不去跟人握手，包括教学生他觉得都是一个负担，所以他也没教出太多很好的学生。以他这么好的学问，认真教的话，我们现在的学问还会更加好一点。如果我们要做某种比较大一点的学问，可以向陈先生学的不是背四书五经，掌握二十多种外语，而是相对能够抵御一些诱惑，自己和社会保持一定的距离。因为既然进入大学了，就应该有一个适当的距离感，那样的话，不管你做的是什么样的学问，一定都是一个比较好的学问。不知道回答到你的问题没有？我估计没有。

学生：

罗老师，您刚才说大学最好要有一点想象力，我坐在这里就忽然有了一些想象。陈寅恪的“不古不今之学”是不是跟当时的激进和保守的争论有关系呢？就陈寅恪的父亲陈三立来说，他在戊戌之前是以一个很激进的形象出现的，而就在戊戌之后尤其是1901年之后，他定居上海，是以一个遗老的形象出现在众人眼前的，他曾经写诗说“凭栏一片风云气，不作神州袖手人。”对陈立三这个人而言，有人说他是一个激进的人，也有人说他是一个保守的人。而陈三立自己可能认为他既不是保守的人也不是激进的人，而是一个有独立精神的人。那么陈寅恪是不是有点继承他父亲的精神呢？而且他这句话应该是三十年代说的，三十年代中国贴激进或保守的标签这样的做法很多，那么也可能陈先生本身对这种标签的形式有一种反驳。我想听一下您的意见。

罗志田：

这问题段数比较高。我对陈三立了解不够，恐怕很难完整作答。但我想他有没有那么独立呢，也可能有一点吧。假如我要再写一篇论文，我一定从陈三立开始。就是说以我的了解来说，陈三立可能没有那么明显的独立精神，但是你说的“不做神州袖手人”可能被他的儿子继承得比较多。就是国家有事的时候，即使你平时拒人于千里之外，也不能和国家保持距离。你可以和社会保持距离，但是你要为国家服务。这大概是传统的读书人的一种承担吧。他确实如你所说，不太喜欢激进的，也不是很认同保守的人。我们现在有些人倾向于把陈先生说得比较保守，可是你看他教学生的时候是一点也不保守，他举出来的例子说新派不行，旧派也不行，新派大概暗指的是胡适他们那一派，可是旧派他明确说指的就是柳诒徵。柳诒徵被认为是“学衡派”里比较重要的一个人。所以，陈先生是既不激进也不保守，大概也不太用激进或保守来思考问题，他就是要跟所有人都不一样，这才能体现他不得了的地方。我想，他的志向比较大吧。我不知道算是回答到你的问题了没有。不过，陈三立这方面我还要再认真学习。

学生：

我关心的是，对于“思想囿于咸丰、同治之世，议论近乎湘乡、南皮之间”，有一种说法是，这是他对清浊流的关心。他这样的一个说法跟他的家世有没有关系？包括有说法说跟1898年戊戌之后陈宝箴被赐死有关。这里面所存在的一些思想的变迁，请您谈一谈。

罗志田：

这个问题是比较接触研究前沿的问题，比我们前进很多了。我想陈先生自己多次强调他在清流和浊流之间的态度以及他们家的立场，不过好像曾国藩就没有被列在哪一边，清浊流比较明显地影响政治的时期比曾国藩要稍微晚一点。如果有研究表明这两者关系很密切的话，除非他有很明确的证据，这里边最离不开的一个人，也是周一良先生每次都要提到的，就是曾国藩。可是大部分的讨论都把它放到张之洞那个时代去了，而没有想到为什么要回到曾国藩的时代。我个人对清流和浊流在这里面的联系还没有看得很明显，这也是陈先生很少说的事情。有一些晚年才说的话，就是早年不说的话，也不一定太粘得上。陈先生每个字都有特定的含义，哪天我们看到了他就是那个意思，也说不定。只是我目前还没有看到，而且我略有些怀疑，就是说，要回到曾国藩，我认为一个最需要认真考虑的问题就是，到底张之洞之前的什么东西是他认同的，那大概才是他比较想说的一个东西，但是这在过去注意的人要稍微少一点。

学生：

您刚才讲到"不古不今之学"与独立精神，您能不能用几句话概括一下。

罗志田：

用几句话概括一下就比较难了。但我想，对于独立精神，我曾引用过张申府说的一句话，独立精神首先要独立你自己，用我们现在劳动人民常说的话来说，就是不要把自己太当回事。把自己独立出来之后，我想就是减少约束吧，不要受前人或者现在人以及中国人或者外国人的影响，所有的东西都可以帮助我们，可是不应该约束我们，这也是我为什么一开始说想象力很重要的一个原因。就是说，如果一个人的想象力被改变了，那这个人也基本上变了。据说法国人一直坚持政府出钱鼓励本国人拍电影，就是不希望法国人的想象力被好莱坞给改变了。如果全世界人都只看好莱坞电影，就意味着一代人的想象力被改变之后，世界也会成为另一个样子。我想，独立和不受约束，让想象力自由发挥、可以飞得稍微远一点，但是做学问的时候还是要有点限制，比如我们研究历史是要跟史料有点关系的，想得太远也适得其反。这已经说了无数句了,一定没有回答到你问题的点子上。

学生:

罗老师,我想问一个问题,就是您刚才讲到"童牛角马"还有严复的观点,说这是一个新兴的产物或者新发明,是一个更新的成功的东西,但我觉得这句话有否定的意味,就是牛也不牛,马也不马了,我不知道这句话出自《太玄经》,但我想"童牛角马"是不是也有不伦不类的意思呢?请您解释一下。

罗志田:

《太玄经》里的表述比较中性,就是说变天常,也就是说自然发生了转变,用现在的话说是动物的灵性变了,是我们刚才说的牛已经不是牛,马也不是马了。我的理解是,这里面没有赞扬或者批评的态度。你刚才说得很对,严复就是认为牛和马是不能变的,牛就是牛,马就是马,不能半牛半马。我猜想,如果陈寅恪把"童牛角马"作为一个比较正面的表述,或者是一个虽然失败了但仍值得努力的方向,那他就是在思考有没有一种半牛半马,即创新的可能。

学生:

罗老师,我有一个问题,就是陈寅恪脑子里有没有设定一个读者对象,就是我的文章是要谁来读的呢?陈寅恪的东西有这么多南辕北辙的微言大义,在某种意义上是不是说他的写作是失效的?没有人能读得懂,那结果不就是没用的?

罗志田:

这个问题问得很好。我不是陈寅恪,只能猜想。他是没有准备写给广大劳动人民看的,而且他也没有准备写给书念得不好的人看,因为他没有那么多的时间。陈先生是一个很特别的人，如果用新文化运动时候很有名的胡适和陈独秀的争论，到底是“普及”还是“提高”更重要，那陈先生很明确就是“提高”，他根本不“普及”。从这个角度来说，我猜想他预设的读者对象范围不一定很大，但可能会比较久，就是说他希望还有后来的人看，也许希望外国也有人看。

第二个问题，就是到底有没有效，就比较难直接回答了。这就要看你是怎么界定效果的。像陈寅恪这样的人居然全国人都来谈，还有人在网上说“劝君莫谈陈寅恪”，那就是已经被谈得太多了的缘故。所以你说没效，看起来还是蛮有效的。记得似乎还是葛老师告诉我的，那时我还在四川，他说北大和清华的老师中比较受学生推崇的有三种：第一种就是经常上电视的人，第二种就是讲课听不懂的，第三种是又不上电视讲课又能听懂的。陈寅恪大概就是属于第二种。虽然没有多少人真看懂，但他给我们留了很多可以做研究的题目，让我们有很多事做。另外要感谢让普通大众知道陈寅恪的陆健东。因此说到效果的话，要精确地或者比较准确地达到他的期望的话，效果不好，但他产生了很多意想不到的效果，这可能就是历史的魅力吧。

学生：

你刚才提到唐代的胡汉融和、中外交流这样的包容形象。陈寅恪和傅斯年两位都有欧洲特别是德国留学的经历，他们提出这样的一种理论是不是和19世纪后期或20世纪前期欧洲尤其是德国的文化背景，以及罗马帝国末期民族大清洗到中世纪这一段历史的看法有关，比如维京—日尔曼民族的文化与罗马帝国的文化的冲突？您认为这一种理论建构对他们有影响吗？

罗志田：

关于陈寅恪，我不敢说。但关于傅斯年，我可以说没有，因为他是没到德国之前写的，他在1919年就写过一篇讲中国史分期的文章，在里面就特别凸显了唐代的一些特定的含义,那时候他只是向往出国,还没有成行,就已经有了这种思想。但我也不能排除他看了你说的德国的什么书,因为傅斯年读书范围很广,我不知道他到底看了些什么。因为陈先生在二十年代中期以前基本上没有表述过,除了写诗和给他妹妹写的信的一段被公布了以外——我不知道他在信里还讲了什么,所以我不敢肯定。有人说陈寅恪的"塞外野蛮精悍之血,注入中原文化颓废之躯"是受赫尔德的影响,其实恩格斯也说过类似的话,恩格斯也是德国人,所以我们不排除陈先生受过德国的影响,因为他也喜欢恩格斯、马克思的书。

学生:

我有一个比较幼稚的问题。我想知道,陈寅恪晚年对于"不古不今之学",有没有一点转向,他晚年写了《论再生缘》、《柳如是别传》,这是不是偏离他早年的思想了?

罗志田:

这个问题提得好,而且有陈寅恪的风格,以退为进。我想这个问题问得很好,可以帮助我们解释"不古不今之学"。这是很多人都容易忽略的一个问题,我比较强调他说的是以前,而不是以后。有可能是时代的变化,因为陈先生的学问常常跟时代有密切的关联。关于他为什么要写那些,有很多不同的解释,其中有一个比较重要的考虑,就是跟他对他的助手说的有关,傅斯年曾经说过,陈先生是不教学生的,他的本事都没教给学生,只有有事要请学生帮忙的时候才顺便点拨一下,所以号称得了陈先生真传的人实际上都没有得到。但是到了晚年他终于感觉到这个问题的重要了,所以他很想把他的方法告诉给其他人。我猜他后面这么做有一个很重要的考虑,就是要把某种特别的方法表述出来。其实陈先生长期在心里想的是怎么可以理解古人,陈先生的意思是不要靠你们动手动脚,主张可以直接从文本中了解到它的意图和方法。所以他跟傅斯年不太一样,他后来就把一些最简单的容易找到的文本拿来做了那样的解读——以我的理解至少是展示了很多,里面至少有意思就是说不要跨学科也不要多少门外语也不要新理论新方法,只要按他所做的那样,就可以和古人交流了,就可以了解古人的意思了,就可以重建出一个历史了。也许这是他的想法之一,我不敢说这是他全部的想法,因为还有无数重要的人做了无数重要的解释,每一个解释都能给人以启发。

学生:

陈寅恪先生的学问现在很热门,另一个热门就是钱钟书先生,钱先生曾经说过陈寅恪先生考证杨贵妃处子入宫的问题,但这是通过余英时先生的一篇文章,即回忆录反映出来的。有人就说这是余先生引发两处高峰在较量,但我想可能存在一种误读,包括前面所说的审查冯友兰先生《中国哲学史》下册的报告,很多人都证明是赞扬,其实不然,应该说是一种批判或者否定。钱钟书先生也可能有自己独特的治学方法。您对两座文化高峰之间的较量以及对陈先生的误读问题是怎样看待的?

罗志田:

这个问题提得很厉害。我想他们两个各有不同吧。中国以前的学问就是有人做经史的,有人做其他的,基本都是经为主,史为辅,其他都不能算的。可是到了道光、咸丰或者同治之后,有一个风气起来,就是读集部书,即读别人的文集,但这不是一个门类,只是各种人的书。因为关于经和史的知识基本都有了,而且有了为考试做准备的工具书,但是还有一个没有开拓得太多的,就是集部的书。因为这在以前不是学问,没有太多的人认真地看。到了晚清的时候,这便成了一个比较认真的传统。钱钟书的父亲和他以及另外几个我们也很喜欢的如鲁迅、周作人等等都是一条路的人,他们都是看集部书的人。不懂的人会认为他们的学问特别好,胡适就曾经特别想不通,为什么鲁迅那么好的学问考秀才会考不上。秀才是不考集部书的,考的是

《四书》。钱基博就曾经说过，要论集部之学，他和他儿子是天下第一，所以这是一个比较创新的学问。而陈先生基本上还在原来的那个系统里面。他使用一些诗、建筑或图片等，是为了扩充经史研究的范围，但他并不以集部书为自己主要的钻研对象，这大概是他和钱先生非常不同的地方。但他们两个也有共同的地方，其实两个人都很注重方法，只是不直接写一本历史学的技艺这类书罢了，但两个人也都不时地谈到关于治学方法的话。他们有共同的地方，我无法分别他们其他的不同。

关于第二个问题，我想误读应该是没有办法的了。其实每个人都是在不断误读的过程中开始接近真相的。从目标来说，误读是一个很好的努力过但不够成功的部分，就是说如果你误读了什么东西，那你至少读了这个东西。我们现在比较担心的是有很多东西可能根本就没有读，有些人不怎么读就开始说了。我就遇到过一个学生，他坚持要用档案来写论文，可他每次到档案馆只去两到三天，回来马上就提交篇东西，说我的论文的主题就是这个。那就不是误读不误读的问题了，根本就是读的太少。误读在我看来没有什么不好，每个人都可能误读了，谁也不敢说自己是正读。有些情况就是这样的，一句话可能有五解六解，没有一种可以把别人的压倒，要是谁说我这个是正解，别人的都是误解，那也只能是我刚才说的，凸显他胆子大而已。陈先生胆子就比较小。陈先生自己说要为古人设身处地，思考古人思考的问题，注重古人的目的。就是说写作是一个有目的的行为，而且是一个持续的行为，首先要弄清楚他想干什么，把这点弄清楚了就离不误读要近一些了，进一步知道他想写什么以及他怎么写，为什么要这么写，就更加了解他的意图了。有很多时候跟读没有太直接关联的东西也会有所帮助。我刚才讲的那个故事对理解陈寅恪有帮助。永远记住陈寅恪在逃难的时候还要睡上短暂的午觉的话，就知道他说每句话的含义了。把那一点绕过，就能立刻看到实质。要知道，结果是他比不睡午觉的人还先到。这就是说他还是有一个意思会告诉你的，他常常在某些地方要提示你他想说的到底是什么，他给你留下了解码的线索。回到那个时代，尽量少用后来的观念去思考问题，尽量弄清楚作者想要干什么，以及陈先生特别注重的就是用典，他为什么要用这个，弄清楚这个之后大概就比较接近了——我只敢说接近，因为很难说有没有正读。

葛兆光：

谢谢罗教授，谢谢各位。其实我今天听了罗教授的演讲以后，就觉得做学术史——如果这个是学术史的话，就这么一句“不古不今之学”要了解很多的东西才能够有一个不是那么误读的读法。我想罗志田先生既讨论“不古不今之学”的典故方面的问题，从《太玄经》讲到杜牧，讲到成玄英的注，又要直接地涉及冯友兰先生的那两本书，而且还要讨论咸丰、同治与湘乡、南皮，也就是说要讲古代的典故，要讲他针对的著作，而且要讨论近代的一些问题。所以，我想做学术史不是那么容易的。可是我们自从九十年代学术史兴盛以来，常常把学术史变成非常简单的两句话，就是“独立之精神，自由之思想”，好像王国维可以拿这两句话说一说，陈寅恪也可以拿这两话讲一讲。以我看，罗教授今天的演讲给我们了一个启示，就是说，学术史还是要回到那个时代的语境，仔细去分析每一个字每一句话，多读史料。虽然昨天桑兵教授讲“了解之同情”不是陈寅恪的治学方法，不过我想“了解之同情”还是做学术史的方法。谢谢罗教授，谢谢各位。（掌声）

汉文化整体研究：回顾与前瞻

主讲人：陈庆浩

主持人：陈尚君

陈庆浩

法国巴黎第七大学东方学博士，法国国家科学研究中心研究员，重点研究世界各地的汉文小说和汉文化。主持整理、编辑《古本小说丛刊》、《越南汉文小说丛刊》、《日本汉文小说丛刊》、《中国民间故事全集》等大型丛书，并著有《红楼梦脂评研究》、《新编石头记脂砚斋评语辑校》、《中国文学研究的展望》、《新发现的天主教基督教古本汉文小说》等。

陈尚君 | 复旦大学中文系教授，主要从事汉魏唐宋文献的考据与研究。

陈尚君：

各位老师，各位同学，我们今天的“复旦文史讲堂”现在开始。今天我们非常高兴地邀请到法国国家科研中心研究员陈庆浩先生来“复旦文史讲堂”做演讲，陈先生今天讲的题目是《汉文文化整体研究：回顾与前瞻》。陈先生是享誉世界的著名汉学家，他在早期做宋史的研究，后来主要致力于《红楼梦》研究，八十年代以来，致力于整理世界各地的汉文小说和汉文化的整体研究，成绩卓著。他的主要的著作，包括整理和编辑了《古本小说丛刊》，一共41辑205册，《思无邪汇宝——明清艳情小说丛刊》41册，《越南汉文小说丛刊》，已经有两辑12册，《日本汉文小说丛刊》5册，《中国民间故事全集》40册，《中国域外汉籍小说丛刊》等等。我知道好像是在二十多年以前，陈先生对于《俄藏敦煌文书》中王梵志诗卷的介绍，当时在中国学术界引起了很大的轰动。我后来见到陈先生，是在台湾的乐学书局。上个月初，陈先生在台北大学参加东亚汉文献整理研究的国际研讨会，我也正好去了，得知陈先生在11到12月份会有比较长的时间在上海访书，我当即邀请陈先生到“复旦文史讲堂”来做演讲，报告他的研究成就和见解。所以今天下午的这个讲座，我想对于我们在座的老师和同学都会是一场非常愉快的学术享受，下面我们大家一起欢迎陈先生给我们演讲。（掌声）

陈庆浩：

今天要谈的是汉文化整体研究。这里“汉文化”指的是汉字文化。文化涉及的方面很多，我们只从它最重要的载体——汉字文献来谈。汉字除了在中国应用之外，也在世界其他地方使用。国外的汉文献，依时间可分前后两个时期。20世纪以前，朝鲜、越南、日本、琉球在不同的历史时期，都曾全部或部分使用汉字。此外，东南亚的其他一些地方的中国移民和西方传教士，亦使用汉文写作。在这应用的过程中，产生了一大批用汉字书写的文献，形成了东亚的汉字文化圈，这是前期。但20世纪以来，特别是二次世界大战后，除了中国人还继续使用汉字外，东亚地区各民族汉文书写的传统都已终止。与此同时，大量中国人移民国外，一方面是接受了当地的文化，使用所在地的文字，另一方面也部分保持了用汉字写作的习惯。我们在欧洲、东南亚、美洲等世界各地看到的一些华文报刊书籍，都是汉文献，这是后期。我今天讲的是汉文献的前期部分，就是越南、朝鲜、日本、琉球这些东亚国家的人和海外中国移民及西方传教士留下来的汉字文献。这一时期的中国移民主要聚居在东南亚，而且在那里建立过一些小国，大家现在对这一段历史大概知道很少。当时在婆罗洲、泰国等地，有中国移民建立了国家，有些是用汉字作为他们国家的文字。西方列强势力东侵之后，这些国家都被灭掉了。究竟这些国家的汉文献到什么地方去了，我们还不知道。西方传教士为了传教而学会了汉语，他们中也有人用汉语来写作，有的是在中国写，有的是在东南亚如菲律宾或新加坡写。这些资料大家比较不注意，但就汉文化整体来讲，这一部分也不应该忘记。我们讲汉文化整体研究，指的就是前面这些部分，就是指以中国为主体，中国周边使用汉字的这些国家，以及少部分的比如说西方传教士，或是一些中国人在国外写的这些古代文献。我们暂时不谈当代的部分，这些当代文献就是我们一般所说的华文文献。

我在上世纪八十年代初提出，我们要对汉字文化圈做整体的研究。就是不单是中国人做中国汉文献的研究，日本人做日本汉文献的研究，朝鲜做朝鲜的,而是不分国家,整体来做,合作来做。当时提出这个计划的原因也很简单:20世纪上半期欧洲是一个很动乱的地区,两次世界大战都是在欧洲打起来的。但是打了两次世界大战之后,欧洲人有一个很好的觉悟:要合作共赢,不搞对抗双伤。所以五十年代初,他们从几个国家个别经济部门的合作,慢慢地发展到后来建立较多国家参加的共同市场。又从经济的合作,发展到政治合作,结果就是今天的欧盟。现在去欧洲旅行非常方便,各个国家之间彼此不需签证,有共同的货币。过去,从欧洲一个国家到另外一个国家,需要去办签证,每到一个国家都要换当地的货币,从法郎换成意大利里拉,从里拉换成德国马克,各个国家换来换去。当年有人就试过,假如拿一百法郎,去欧洲十个国家旅行一次,从法国出发去了意大利,换成里拉,换成马克,一路换过来,换转了十个国家,一毛钱都不用,听说只剩下十法郎,都花在手续费、兑换差额上。东亚的情况又怎么样呢?20世纪六七十年代,东亚正好是一个社会动乱的时期,中国是“文革”,1979年中国跟越南还打了一仗,双方死伤超过十万人。印支三国大动乱,死人无数,很多人逃离这个地区,难民遍及世界各地。所以我觉得,欧洲的经验可以借鉴。欧洲给我们提供了未来世界发展的一种新的趋势。是什么趋势呢?这就是,世界有一个区域整合、板块化的趋向。国家已经不能够孤立地存在,它需要和本地区其他国家合作起来,才能够更好地生存和发展。欧洲正是提供了这样一个试验,而且是一个成功的试验。

欧洲成功的合作有经济、政治等种种原因,我觉得其中还有一个是文化原因。他们有共同的文化,都是从希腊、罗马这条线下来,又加上基督教的影响。我自然会想到,在东亚这块土地,近代也是一个战乱的时期,不断有冲突。自从甲午战争以来,各个国家之间的冲突从来没有断过,五十年代有朝鲜战争,七十年代末期的中越战争。在这种情况下,我认为东亚也应该学欧洲那样的模式,建立东亚联盟。这样做当然必须有经济的需要、政治的结合,而背后我认为还是有一个文化的力量在里面。东亚这个共同的文化里面,支柱就是汉字,就是汉字文化圈。所以在八十年代我提出,应该做汉文化的整体研究。我们在古代有一个共同的文化，当然每个国家、每个民族有自己特殊的部分，但是它有一个共同体，使用汉字作为工具而产生了一大堆共同的东西。它可以成为未来东亚合作的文化基础。做汉文化的整体研究，对彼此的了解是有帮助的。当时提出汉文化整体研究，就是这样的背景。

那具体是怎样做呢？八十年代初，我和台湾学术界的朋友谈这个观念，得到他们的支持，台湾大学陈捷先教授组织了“中国域外汉籍国际学术会议”。这个会议从1986年开始，每年开一次。第一次是在日本，后来在台湾、韩国，在美国也开过。会议就是想传播这个观念，集合各国学术界的力量，合作起来推动研究。这个会议一直持续十年，开了十次。后来停下来，又演变成一些比较专门的会议，比如说处理汉文化的小说，那就有一些汉文小说的会议，还有一些其他文献的、社会的、民俗之类的会议，在不同的地方开。第一次“中国域外汉籍国际学术会议”是在日本东京明治大学开的，会议结束后，由我主持一个编纂《中国域外汉籍联合书目》的讨论会，邀集与会各国目录、版本专家，讨论如何联合起来编纂这样一部目录。我认为，要做汉文化整体研究的第一个工作就是做目录，就是要将各地所藏的古代的汉文献登录下来，知道究竟有些什么家当，有什么东西可以继续做研究。当时中国已经有汉籍的善本书目。但当年没有比较完整的越南汉籍目录；韩国的汉籍有很多的地方性的目录，比如奎章阁以及各个图书馆里头零碎的目录，但是没有总的综合性的目录；日本到今天也没有汉籍的目录。日本的古籍目录很完整，和文书与汉文书混在一起编，他们没有专门为汉籍编目录。当时开这样的一个会就是为了推动编纂联合目录。虽然大家很热烈地响应，但没有落实到实际的工作中。后来我在法国建立了跟越南的合作，就编了一个越南汉喃籍目录。这是越南的“社科院”汉喃研究院跟法国远东学院合作编出来的。因为是法国跟越南合作编辑出版，所以是用法文跟越文，当然它的一些书名、作者还是用汉喃字。但是用起来不方便，因为这些书本来是汉喃文，你用别的文字来写，当然做出来是不够准确的。后来台湾中研院文哲所图书馆刘春银馆长跟大陆的王小盾教授合作,组织人力将它编译成中文出版,放在文哲所的网上,可以网上检索。这个目录,只收录法国各图书馆和越南汉喃院所藏的书,越南其他机构藏书及世界各地的越南汉喃籍仍未全收,还有人继续在做。韩国和台湾的学者合作,最近也出版了一个韩国汉籍总目录,是综合韩国各图书的目录做出来的。日本方面还没有汉籍的目录,非常可惜。我去过日本多次,曾经在京大的人文科学研究所呆过半年,我不断地推动他们做这个工作。但日本的朋友认为,书太多,做不到。其实日本的汉籍的相对数量不会太多,因为日本自己的文字发展得比较早,西元10世纪就已经有自己的和文,所以纯汉籍书不太多。日本的古籍目录,没注明这本书是汉文还是日文,对于古代的日本人来讲,读汉文跟读和文完全一样顺利,根本不必分开,但是今天的日本人,除非他是汉学者,否则要读这类汉文书是不容易的。所以我一直希望日本有个汉籍目录,也许中国这边可以和他们合作来做。各国汉籍书目最重要就是在本国做,不过我们知道,书籍是流动的,有一些书韩国找不到,而在日本或者在别的国家可以找到。比如韩国最重要的一本汉文小说《金鳌新话》,在韩国找不到,后来是在日本那边出版的。最近韩国崔溶澈教授在大连图书馆找这个朝鲜刻本,这个本子是从日本流到中国的。所以完整的书目,除了本国去做之外,需要各个国家合作来做,比如中国人也应该做本国所藏的朝鲜、日本跟越南的书的目录。中国也有很多书在日本,对不对?也有一些中国没有的书在朝鲜,要做比较完整的目录就需要寻求国际间的合作,只有联合起来,才能将目录做好。到今天为止,虽然做了一点目录的工作,但是这项工作远远没有完成,还需要继续做下去。

除了编目之外,我比较集中力量在汉文小说方面。为什么做小说整理和研究?一方面,我做了一些中国古代小说的研究;而更重要的是,整个东亚的古代文化传统向来轻视小说。很多越南或者朝鲜的汉文小说,都没出版过,还是用抄本形式流传,过去也没有著录,没有人做研究。以越南为例,1980年以前的越南古代文学史没有小说这个门类,好像它的古代文学没有小说。后来因为我们出版、整理了一批越南小说的资料，学术界才知道越南有很丰富的汉文小说。越南学者将我们所整理的书都翻译成当代越文，汉文小说自然成为越南古代文学史一个重要的部分，所以这个工作很有意义。就是出于我个人的兴趣，也基于某种必要性，我们开展了汉文小说的整理跟研究。我们同时又开展朝鲜、日本（包括琉球）以及传教士及其他地方的汉文小说的收集、整理和研究。目前这个工作还没有完成，但是基本资料已搜集得差不多了。我们过去在台湾出版了两辑越南汉文小说，一辑日本汉文小说。最近这几年，将这个工作搬到上海师范大学来做，我这一次就是来参加越南汉文小说的出版工作。希望越南汉文小说全集出版后，再出版韩国的汉文小说、日本汉文小说和传教士以及其他域外汉文小说。这些资料出版后，再加上中国古代小说资料，未来就有总体的汉文小说资料。在这样的情况之下，我们才能够做古代汉文小说的整体研究。

除了汉文小说之外，我也推动了另外一个研究项目：在西方列强没有使用武力侵入东亚前，东亚汉文化圈内各国间是怎么样彼此互相认识和了解的？这个东方世界以汉字作为共同的媒介，彼此来往，不需要通过语言，而是使用汉文。受过教育的人都会写文言文，大家都能够将意思表达出来。所有的外交文书就是用文言文写的。这些国家彼此来往的使者，会留下旅途的记录、诗文，如朝鲜的朝天录、燕行录，中国的使琉球录之类，越南也有相类的著作，一般都是用汉文写的。日本派到中国的求学僧，回去也会写他在中国的所见所闻，中国和尚到日本，也会有相类的记录。当时有一些人乘船，遇到风暴，漂流到别的国家去。到了那个国家，语言不通，那就用笔谈沟通。接待国会尽可能将遇难者送回本国。这些人中也有人留下旅途的记录，如15世纪末朝鲜人崔溥的《漂海录》，写他们一行人乘船遇风暴，由济州岛漂到浙江台州，被中国人发现后，由陆路送到杭州，再乘船由运河到北京，再由陆路返朝鲜的经过。澎湖人蔡廷兰的《海南杂著》，写他于1835年自金门返澎湖时途遇台风，漂至越南广义，越南人帮他从陆路北上返回中国的旅程。二十年前，我就注意搜集这类用汉文写下的文献。我注意的是目击而非传闻的资料,希望通过这类资料的研究,来看古代汉文化圈的人是如何互相了解的。我当时在收集越南汉文小说的资料,也同时收集到中国或其他东方国家的越南旅行者所写的诗文、旅途的记录。同时我也收集去过越南的中国人所写的诗文和记录,计划按时间先后汇集在一起印出来。当时越南的汉喃院潘文阁院长和我都到台北参加学术会议,我们和中研院近史所陈三井所长签了一个三方合作编纂出版《古代中越往来者汉文纪录汇编》的备忘录:汉喃院依据我开的书目,提供越方资料影印本,近史所负担影印费用。总序及各书出版说明由三方合作撰写,由近史所负责出版。越方影印资料交近史所后,却因陈教授退休及其他情况改变,这个计划也就放下来了。最近听说复旦文史研究院要来做,这是一件很好的事。将东西做出来,有了资料自然就可进一步做研究。有关中国跟朝鲜的部分,台北的王国良教授也跟我以及韩国的高丽大学合作,将这一些相关的材料合拢起来,除了用韩国的材料之外也用中国的材料,两边拢起来看当时是怎样互相交往,互相产生怎样的印象。我们自己看自己,跟别人看我们是不一样的,官方文书的记载,跟私下的记载又不一样。假如我们能够通过这样的东西全方位地来看,那就非常有意思了。当然还不单是中国跟别国的关系,也包括日本跟朝鲜、日本跟琉球、日本跟越南、越南跟朝鲜、日本、琉球等等。就是这样来看东亚世界彼此是怎么样交往了解的。这个工作现在才做了一小点,里面还有大量的工作可以做,是一个可以发展的研究方向。我们看过去彼此是怎么样互相慢慢一步一步认识,慢慢地了解,希望对未来东亚的合作有帮助。

关于西方传教士在中国活动的研究,过去往往被忽略。其实从明代传教士来到中国之后,他们在东西文化交流中所起的作用是非常大的。我们最早的书翻译成西方文字,是传教士在做;西方的文学作品翻译成中文,也是他们在做。过去只将传教士看成宗教的人,没有将他们看成是一批文化人,他们是一批文化的使者。他们留下很多汉字写的文献,甚至有人写小说。我在搜集传教士编写翻译的小说,将来跟整个东方各个国家所写的汉文小说合在一起，来做一个比较全面的研究。

以上粗略介绍这些年在汉文化整体观念下我所做的一些工作。我觉得中国人最喜欢写的是关于“影响”的研究，几乎每一次开会，每一个论文集，每一次什么交流，自然就会提出，中国人怎么样去影响别人。最喜欢谈的是我们对越南有什么影响，对日本、对韩国有什么影响。几乎是一谈到，就是中国人怎么样将文化输出去，都是以自我为中心来谈这个问题。影响是一个历史事实，但过分注重影响，就看不到别人的吸收和创造，看不到别人的特色。为什么我提倡汉文化整体研究呢？我觉得在文化中，做一个整体的研究，才能够看到个体的特色；也只有对个体比较了解，你才能够对整体有真正的了解。我跟各国学者合作研究的时候，经常有这样的感触：每一个国家的人都认为自己的文化有很大的特殊性，但其实将它放在整个汉文化里面看，有一些他们认为特殊的地方，其实各个地方都有。也有一些东西，因自己习惯了，不觉得特殊，但是在别国人看起来就很特殊。比如到中国来的外国的使者或者外国人，他们写的有关中国的经验就跟中国人所感觉的不一样。所以我不断地提倡说，在文化中，我们要做整体的研究，只有将整体的研究做好，才能将个体的特殊性表达出来。不然，每一个国家都会将普遍共有的现象看成是自我特有的，这是经常碰到的问题。文化这个东西，它在什么地方发生这个问题，是一个历史的事实，值得将它讲出来。但是，文化是拿来为我所用。比如说今天我穿这样的衣服，上衣是唐装，下面穿西裤，皮鞋是西式，过去中国没有的这一类东西。在自己的生活中去看，你就会发现，其实你所有的东西是各个文化的结合体，不是一个地方来的。但是当这个东西为你所用的时候，它就是你的，你也不必去理它从什么地方来。这条裤子是西裤，但是今天穿在我身上，已经变成我的了，对我来讲，它从什么地方来已经不重要了。我举一个很简单的例子，比如川菜，一讲到川菜大家都知道是辣，辣椒是它最特色的地方。但是各位知道，辣椒是明代末年才来到中国，开始还只是一种观赏的植物，要到清初，才真的实际应用到生活中。我们的杜甫、苏东坡过去都不吃辣椒的，他们吃不到，这些东西都是从南美过来的。辣椒现在变成川菜的一个特色,也无非就是这两三百年的历史,它就已经变成一个传统。今天的四川人不会说,这个东西是从南美来的,我们现在在吃南美来的辣椒。假如一个南美人说,我们对四川人有很大的影响,对中国有很大的影响,中国人听起来觉得怪怪的。一个东西为你所用,就是你的,文化的事情就是这样,就是不能过分地去强调影响。文化的根源是一个历史的现象,是需要我们知道,但是并不重要,假如这个文化不能够保存自己的东西,或者是人家有新的发展,就变成人家的。今天的佛教,跟今天的印度人没有太大关系,已经变成日本的佛教、中国的佛教等等。信中国佛教的人,他当然知道佛教是从印度来的,从南亚来的,但是对他们来说,这只是知识,并不影响他们的信仰,对他们而言并没有什么不同的东西。中国人要特别注意,就是可能有很多东西是在中国发生的,是中国的,很好的,但是假如自己不保存,没有发展,是别人去发展,那就是别人的。谁能够用它就是谁的。听说中国有人对韩国人申请端午节为他们的文化遗产感到不可理解,其实韩国那边过端午节,他有自己的传统,已经变成他传统的一部分,他当然可以申请世界文化遗产。这里没有什么说是我老祖宗的东西,你老祖宗的东西。你不发展,不能够保存,不能够为你所用,就不是你的。所以我们做文化研究,大概需要有这样的一个思考方向,不能够过分地老是做这个影响的研究,老是盯着自己,以自我为中心。进一步研究人家怎么样看我,也还不够,因为还是以自我为中心。我们要将汉文化看成是一个整体,从整体来看,我只是整体的一个部分,我这里有什么特点,我自己处在一个什么位置,这样可能对我们的研究会有帮助。

讲汉文化整体研究中我过去所做的一些事情给大家知道,希望大家能够继续地做下去。我现在已经退休,还有一些年轻的朋友可以继续做下去。我们在做这种整体研究,不能够太过分注重影响的研究,要从整体来看问题,自然也应该突出个体的特性。我想暂时讲到这里,有些什么问题大家再讨论。

提问与回答

陈尚君：

谢谢陈先生做的非常精彩的报告，将近一个小时，后面还有一些时间，在座的老师、同学可以向陈先生直接请教。前两天碰到历史地理所周振鹤教授，他当时问及传教士的汉文小说，他很关心这个，已经整理出版了吗？

陈庆浩：

还没有出版，但是已经在推动，搜集了一批资料，将来会放到整套汉文小说中。其实汉文化的整体研究这样一个题目，跟各位所做的研究都有关系。因为无论你自己在做什么，只要涉及文史方面的研究，一般视野只是在中国，利用中国的汉文文献来做研究。但是无论你在什么问题上，做唐诗也好，做杜甫、李白，或者大小名人的研究，或者某一个作品研究也好，都可以在日本、朝鲜、越南找到用汉字写的一些相关研究，将自己研究的范围扩大一下，不单是在目前所看到的东西中，而是能够将自己的眼光放到其他国家，那你的研究会扩大。有人会说这样做有语言的困难。但是要知道那些资料就是用汉字写的，所以对你来讲没有太大的障碍，你可以阅读，主要是你有没有兴趣去找。只要是你出力去找，就能够将原来的研究拓开出去，从中国的研究，变成一个汉文化整体来研究。任何的一个问题，你们都可以向这方面拓展。

陈尚君：

我这位学生，他现在在做唐初《群书治要》的研究，主要是用韩国、日本的文本，实际上这也是很早就传过去的，韩国同事在这方面搜集了很多文本。

陈庆浩:

韩国方面的情况怎么样?

学生:

刚才陈老师说编了一个综合性的目录,我觉得韩国在这方面的基础和力量不及大陆、或者是日本、台湾,而且在韩国,非常重视的一个题目就是活字版的研究,但是文本的研究还不够。

陈庆浩:

对,这个是因为使用汉字的传统给切断了。现在最难的是越南,越南自19世纪后期沦为法国殖民地后,废除汉字使用拼音文字。1945年独立后,即宣布拼音字为国语,所以现在越南人要看他们的古书非常困难。这是我们整理汉文小说从越南入手的一个原因。韩国跟日本一样,虽还保存少量汉字,但阅读和书写汉文的传统已失去了。过去韩国古人写的东西,今天一般知识分子也读不懂。二次世界大战以后,在世界范围之内,都有一种民族的自觉的运动,当年日本、韩国都有一批人有意将汉字看成别国家的文字,有意废除汉字。韩国有一个时期,中学里也不教汉字。现在你们有教汉字的,不过已跟过去的传统已经有一点距离,要整理古籍是有困难的。所以我们提倡合作起来做。我们现在的韩国汉文小说是跟高丽大学合作做的,越南的汉文小说是跟越南的汉喃研究所合作做的。我一直都提倡整理域外汉籍,要合作起来做,就能有比较好的成果。

陈尚君:

在座的有没有做明清小说的同学?因为陈先生这方面的成就也很高。

学生:

陈先生能介绍一下越南方面的情况吗?

陈庆浩：

越南的情形是这样的。相对于韩国、日本，越南保存的汉籍数量比较少，但是也是一样的经史子集都有。我们已经掌握到的目录至少就有5000种，收藏相对集中。越南的汉喃籍收藏，应该从法国远东学院讲起。1900年法国在越南建立远东学院，收集大量越南的汉文喃文书籍，大概越南最重要的书都保存在里面了。上世纪五十年代，法国撤出越南，远东学院就将整个图书馆移交给越南。其中的汉喃典籍，就保存在越南汉喃研究院。目前汉喃研究院图书馆的藏书，大部分是法国远东学院当年在越南所收集的。这是越南目前最重要的一个收藏汉喃籍的地方。五十年代以后，越南政府有一个法令，宣布古代的书籍属于国家财产，个人不能收藏，都应该缴交给汉喃研究院。理论上，所有越南古代的书都应收藏在这个图书馆。但是实际情形并不是如此，越南的国家图书馆，社会科学院的各个机构，比如文学院、历史院、西贡社会科学院的分院以及大专院校及私人也有不少的汉喃籍书。但相对来讲，它还是比较集中。所以，假如我们到越南，要看越南的古籍，那最重要就是汉喃研究院。目前该院藏书目录都已经上网，而且有纸本印出来了。这大概可以囊括越南80%的书，当然还有一些书并没有放进去。不过目前所看到的目录是一个很不完全的目录。是什么原因呢？我刚才讲过，当年我推动远东学院和汉喃院合作编越南和法国所藏的汉喃籍目录，由于是越南跟法国合作，所以目录的解说是用越南文跟法文，只有人名书名等特别的专用名词用汉文。后来中国大陆跟台湾合作，将这目录编译成中文的时候，没有完全查对原书，只从法文或者越南文又翻成今天的汉文。还有当时越南做目录的时候比较草率，越南的汉喃籍多是抄本，几种书合订成一册是常有的事。但是他们在做目录时有时只做了第一种，后面的没有做。要是大家对越南书有兴趣，可以上越南的国家图书馆的网站，上面放了一百多部书，都是PDF版，可以全文下载，而且还会陆续增添。八十年代我曾去越南国家图书馆看书，他们保存一千种左右的汉喃籍。也许未来会全部上网。

学生：

陈先生，我想问一下，法国现在收藏的汉籍情况如何？我觉得现在法国也有很多汉籍。

陈庆浩：

法国收藏汉籍比较丰富，朝鲜、日本、越南和中国的汉籍都有。法国国家图书馆可能是西方最早系统收集汉籍的图书馆。在东方的西方传教士就曾为法国国家图书馆收集汉籍，这些书都有目录，很容易查找。你刚才提到朝鲜活字版的书，好像最早朝鲜活字版书就藏在法国国家图书馆。

学生：

陈先生，刚才您说到传教士用汉语写作的小说，据我所知，明清之际很少，多半都是像《伊索寓言》的一些汉译本，而晚清比较多，一些传教士很早创办的报刊、杂志里，单篇的小说比较多。

陈庆浩：

有关晚清以前西方传教士编译和写作的汉文小说的研究，目前还刚开始，我曾在别的地方提到，晚明龙华民翻译的《圣若撒法始末》，可能是第一部汉译的西方小说。台湾中研院李奭学教授曾做过很好的研究。雍正年间耶稣会士马若瑟写的汉文小说《儒交信》，其形式、内容从中国整个小说的传统来讲，是一本比较成熟的小说。但是新教传教士如郭实腊写的很多小说，就都是粗造滥制。米怜的《张远两友相论》写得比较好，可能是在新加坡写的，后来还有中国各地方言的拼音译本，有吴语方言、宁波话、福州话、潮州话等等，还有韩国、日本的翻译。

陈尚君：

陈先生给我们做了非常精彩的报告，也对于各个同学提出的问题做了很好的解释,对我来讲也是一个很大的收获。陈先生所表达的汉文化研究的整体观,是从东亚的汉文化圈形成的过程、范围以及实际的文化意义来实际展开研究,从最基本的汉籍的目录做起,同时影响到一系列研究的展开。我觉得在陈先生的这个报告之中,首先表达出来的是一个学术的轨迹和格局,在完成这样的一种学术目标的过程中,从踏实的文献工作做起,首先提供文献圈的文献目录,影印这个文本,提供这样一个文献的条件;同时也表达出一个文化研究应该持有的观点,即这个世界是共通的,文化的影响是相互的,文化的发展是逐渐突破国家和民族原有文化概念的过程。我觉得这种观点的表达,对于我们学术研究的立场、方法等都会有很大的启发意义。因为陈先生提出这个说法已经有快三十年时间了,他很长时间都是在做这一方面的努力,应该说,他的这一系列的工作,近些年也陆续地介绍到大陆的学术界和出版界,有许多成果我们也都能看到,同时我们也能够看到和这相关的研究,比方说南京大学成立了域外汉籍研究所并出版集刊。上个月初在台北大学,也召开了第一届东亚汉文献整理的国际会议。我也相信,陈先生所提出的这个概念,在今后一段比较长的时间里,都将会对汉文化的研究起积极的作用。我有时觉得我们在这里做具体的研究,每个人的选题可能各有不同,其实在具体选题的时候,应该用宏通的总体观念,才能够做出真正具有进入学术主流的有意义的工作,这是我听陈先生报告很受启发的地方。我相信对于在座的老师或同学今后学术研究的方法和视野,都会起到重要的作用。我们再次感谢陈先生做的精彩的报告,今天下午的报告会就到此结束,谢谢大家。(掌声)

明末清初耶稣会士在中西文化交流中的角色

主讲人：夏伯嘉(Ronnie Po-chia Hsia)
主持人：周振鹤

夏伯嘉(Ronnie Po-chia Hsia)

耶鲁大学博士,宾夕法尼亚州立大学讲座教授,台湾中研院院士,欧洲近代史专家。著有 *Reformation Europe 1480—1580*（Longman，2004），*The World of Catholic Renewal*，*1540—1770*（Cambridge，1998），*Trent 1475*：*Stories of A Ritual Murder Trial*（Yale University Press）,*Social Discipline in the Reformation*：*Central Europe 1550—1750*（Routledge，1989)等专书十余册。

周振鹤　复旦大学历史地理研究中心教授,研究领域为历史政治地理与历史文化地理、东西方语言接触史、中外文化交流史。

周振鹤:

今天的"复旦文史讲堂"很荣幸请到夏伯嘉教授给我们做一个演讲,夏伯嘉教授是美国耶鲁大学博士,宾夕法尼亚州立大学讲座教授,台湾中研院院士,有名的欧洲近代史专家。我对夏先生闻名已久,只是没有见过面,他有过很多专著。今天他演讲的内容是耶稣会士在中西文化交流中的作用,他是这方面的专家,已经在上海大学做过报告,那么我们现在就欢迎他做报告。

夏伯嘉:

谢谢您的介绍。今天我很高兴来到复旦大学,因为复旦大学是研究中国和西方交流最重要的单位之一,很多学者我都久仰大名。这次本来没有准备来访问,因为我想准备好一点再来,但董少新老师非常客气地请我来演讲,我不好推辞。今天的主题与我的研究相关,即天主教在明清中西文化传播中的作用。

我今天讲的第一个问题大家都比较熟悉,就是天主教与儒家的对话,这在国内外都是一个热门的题目,从利玛窦开始到现代都是哲学、史学和文化史的重要题目;另外的两个题目我们在研究中较少看到,就是天主教跟穆斯林(回教)的对话;第三点就是天主教跟中国民间秘密宗教的关系。我今天讲的这三个题目都是集中在一位耶稣会士——明末清初来华的龙华民在中国的一段经历,从他的经历与报告中可以看到天主教分别在三个不同的层次——儒家、回教和民间宗教的接触。从时间来讲也是蛮有意思的,因为龙华民是承继利玛窦领导的耶稣会在中国传教的一个人物,大家都熟知利玛窦在1610年去世,龙华民在1611年取代了利玛窦的位置。但他报告中关于中国回教和民间宗教的关系,在很多中国的史料里面是看不到的。

我先简单对明末天主教的背景做一个介绍。在万历三十八年的时候也就是1610年利玛窦在中国去世的时候,中国的天主教已经有二十六年的历史。从利玛窦在广东肇庆传教的三十多个天主教徒开始,到他去世的时候已经有两千五百人,到了崇祯元年天主教徒的人数已经增加到一万三千人,1644年李自成攻破北京,明朝灭亡的时候,基督教徒已经有七万人。这个数字在中国总人数里是一个非常非常小的数字,可是从1583年的二十几个人到1644年的七万人,这个增长率可以说是非常高的。我们就看崇祯朝的十几年,人数从一万三千人增加到七万人,增长率平均是每年31%,这个增长率比起康熙朝天主教的黄金时代(也就是中国礼仪之争前的增长率也只有3%)来说是非常明显的。从总体来讲,明末可以说是中国的天主教发展最快的一个时期。我们大概要问为什么中国危机最重的时候天主教发展最快?

我今天所讲题目的史料我也给大家介绍一下,最重要的史料是耶稣会士龙华民他自己所写的报告,其中的一篇报告是1641年他在山东传教的史料,收在罗马的天主教传教档案馆,另外就是龙华民写的《耶稣会年报》,这是在罗马的耶稣会档案馆。除外文史料外,在这里我还引用了中文史料,来对比分析龙华民在山东传教的事情。

耶稣会士龙华民的意大利名字是 Nicolas Longobardo,他1559年在意大利西西里岛出生,1582年进入耶稣会,1597年到达中国,1654年去世时已经95岁。他在中国的时光要比任何一个耶稣会士都长。龙华民在中国传教的历史地位,是承继利玛窦成为中国耶稣会的领导。比起利玛窦和其他耶稣会士,龙华民的中文著作不是十分丰富。换句话说他不是靠他的科学知识,数学和天文学知识和对中国文字的知识来取得这个地位。龙华民在中国天主教的地位最特殊的是在他扮演了反对利玛窦传教策略的角色,他反对利玛窦扬儒灭佛,就是团结士大夫反对佛教。所以龙华民代表的是西方传教士重大的路线分歧。大家对这个分歧的认识通常是把耶稣会放在一面,而把其他反对耶稣会士的人放在另外一面,可是我们知道,在很早的时候在耶稣会内部已经产生了很大的矛盾。而龙华民就是这个矛盾另外一面的代表。龙华民和利玛窦不同的传教路线其实也反映了他们不同的传教经历。利玛窦来华以后和民众的接触是很少的,他在广东肇庆十几年,然后转到韶州。他来中国以后不是学当地的方言而是学官话,因为他主要的传教对象是中国的统治阶级和官僚。从第一个教徒肇庆的知府到后来转到韶州、南京、北京,利玛窦的交友圈子都是一步一步向中国的上层社会发展,而利玛窦在广东的十几年的经验也让他对中国的平民阶级产生怀疑。从利玛窦的中国传教札记中就可以看出他在肇庆和韶州曾经有两次和当地的平民冲突,在一次冲突中他还受了伤,他离开广东以后就从没有怀念过广东,这个跟他的个人情结很有关系。当龙华民来中国以后,他第一个传教的对象就是在广东的韶州,可是他的情形和利玛窦的很不一样,龙华民从不觉得韶州这个地方是不适合发展传教的。龙华民跑到韶州的乡下去传教,在乡下讲白话也就是广东话的地方,虽然我们不知道龙华民去的具体地方,有可能他用客家话来传教,龙华民在平民和农民里招到了很多信奉天主教的民众。所以他们两个人的传教经验和两个人性格的问题,造成了他们对中国传教策略的很重要的分歧。

第一个问题就是龙华民对中国士大夫和中国儒学的态度,他的态度和利玛窦的态度有何区别。这要从1637年开始讲起,在1637年的《耶稣会会报》里龙华民写了这样一句话,“我们可以真正说,今年是圣教始传于山东省……虽然几年前真理之光已照达该地……当已故的保禄博士(徐光启)在北京快要去世之时,他叫神父(龙华民)自南京回来。神父立刻动身,但在路上听闻噩讯，心中充满悲伤”。龙华民赶到北京的这段路中，他在济南府停留了几天，因为济南府里有徐光启的学生李天经，李天经跟着他的老师信了天主教，所以龙华民在山东已经有了一个人脉关系。过了几年以后龙华民再次回到济南，他曾和中国的士大夫有一段对话。这个中国士大夫在葡萄牙文献里有译名，后来我找了《济南府志》找到一个名字应该跟他的拼音译名差不多。我想大概是这个人，他姓赵，赵天开，是一个举人，在龙华民的报告中他和这个中国的举人讨论了很多问题，这个举人向龙华民提出了十大疑问：第一，四千年来，在中国只有谈理，而无宇宙之说；第二，“理”是万物之道；第三，假如天主是宇宙之始，理、气、无极、太极又如何；第四，耶稣基督降生为了受难，不解；第五，耶稣形象秃首披发，于华夏礼仪为之不敬；第六，天主教书籍教人善恶各有报之说只适合庸俗之人，圣人为善发之于心不计其功过；第七，何以天主创世，不能造成世上无罪恶；第八，事敬天主诚为应份，为何不敬天主之众官——诸神佛、山川河水之神？诚如敬帝王亦尊其百官；第九，若人人守贞，人类岂不绝灭；第十，无嗣，实是不敬祖尊先。

于是龙华民就逐条做答，他的出发点就是用西方亚里士多德的方法来批评中国的概念，这些回答也不是很有意思。可有意思的是龙华民说中国士大夫的出发点其实是无神主义者，结论就是儒家是无神主义者、物质主义者，这个结论和利玛窦的结论有相同的地方也有出入的地方。因为利玛窦把中国的信仰分成三个大派系：佛教、道教和儒家，而利玛窦把中国的儒家说成是一个道德学派，而不是一个宗教，这是相同的地方。可是利玛窦从来没有说儒家是无神主义者，反而利玛窦在《天主实义》中，在和士大夫对话里他提出了一个新的观点，就是中国的古代，在四书五经里，中国的先王先贤、中国的三皇五帝他们已经有上帝、天这个观念，也就是说他们有一种自然宗教的信仰，所以中国儒家的基本精神不是无神主义，而是信仰自然神。所以利玛窦和龙华民对儒家的评价有基本的分别。另外一个基本分别就是，龙华民不愿把中国的儒家分为先儒和后儒，而先儒和后儒是利玛窦传教最基本的一个策略，就是把宋儒和先儒分开来，他跟士大夫讲他不是传来西方的宗教，而是把他们解释在他们的经书里面、三皇五帝、在远古历史里面已经有了一个创造天地的上帝。而后来的学者如朱熹等，是受了佛家的影响才有的解释。可是龙华民不愿把中国的儒家一分为二，不但如此，龙华民还直接批评了利玛窦的传教路线。龙华民的一段话很清楚地讲明他跟利玛窦的分歧，他写道：

“中国上帝这名词，早在二十五年以前，我首次看见觉得心里不安。因为我见到孔子的四书后（我们抵达后都先学四书），察觉到上帝这名有不同的注释，与神圣的自然格格不合。可是，传教区以往的神父听到上帝就是我们的神后，他们放开了心中的不安创造了一个概念；这个概念与注释四书的学者的论点也许有差异，但学者的注释亦有与经文参差的地方。在我们传教区的神父有了这个说明与思想后，在韶州过了十三年，没有机会去反思这一点。利玛窦神父逝世后，我接任他为总理会务，接到查访日本省神父 Francesco Pasio 的一封信。他说日本的神父认为我们的中文著作有不信教人的错误，让他们很费力去反驳在中国神父提出的论点。故此，他恳求我好好观察这里的情况，因为他很难想象，写这些中文书的神父，既是优秀的神学家，又精于中国经典，怎么可能犯异教的错误。读了 Pasio 神父的警告，我确定旧有的怀疑是对的。”

纵使龙华民没有点名批评，“以往的神父”正指利玛窦无疑。以中国会长的身份，龙华民吩咐各在华的耶稣会士提出对上帝、天神、灵魂与儒家四书五经的看法。传教士的意见，有些像庞迪我认为古代中国已有一真神的概念，另外的人如熊三拔认为儒家学说只是一无神论的学说。龙华民的观点是在反对利玛窦的阵线的。他认为利玛窦建立的天儒合一说，混淆了天主教义的纯真。1623 年龙华民书写了《中国宗教的几点绪论》，认为宋明理学之太极是一物质的宇宙，而中国士大夫是无神论者，强烈反对利玛窦分“先儒”信敬一昭昭主宰与“近儒”渲染释氏妄说之论。1627 年 11 个在华耶稣会士，在苏州府嘉定县孙元化家，召开了争论译名的会议。龙华民建议禁用天、上帝、天主等译名。大多数的耶稣会士在比利时籍的金尼阁领导下，强烈支持利玛窦的传教策略，奉教的士大夫亦助之一臂。会议的结果是废除上帝与天两译名，保留天主这一个没有在儒家经典出现过的新名词，以厘清天主教与儒教之界限。在祀孔祭祖这问题上，会议决定遵守利玛窦的决定。会议经过罗马总会的批准，强调服从纪律的耶稣会士，纵使个别尚有异议，皆一致推行统一的传教政策。龙华民的《中国宗教的几点绪论》在会中没有传抄。清初，反对儒家的法籍会士江儒望(Jean Valet)将稿本外泄方济各会士利安当（Antonio de Santa Maria)，再传西班牙道明会士 Domingo Navarrete，后者在其著《中国帝国之历史、政治、道德与宗教论》一书中将其原文出版。此书 1701 年译成法文，成为日后“礼仪之争”的一热门书目，此是后话，在此不述。

第二点我要讲龙华民的传教经历里面与回教徒的接触，龙华民跟中国回教徒的接触是在山东的青州。明朝是回教开始本土化的一个阶段，回教经元朝大量传入中国以后，外族的成分还是很高，以后很多回民已经开始汉化，这是他们的另外一个发展方向，不用阿拉伯文或回文来传播经典，而用汉文来写一些介绍回教的经典。山东是除了西南与西北以外中国内十三省内回民较多的省，有一个明代的藩王邀请龙华民去山东青州，这个明代的藩王是宁阳王。在龙华民的记载里面曾有几次和回教的宗教领袖对话，可是对话的内容龙华民没有写下来。龙华民应卫王之邀讲道青州，奉教诸王之中只有宁阳王一人。天主教的教义他们都不认识，龙华民记载这个奉教郡王宁阳王听了龙华民的解释以后认为天主教的教义胜过回教，他愿意成为天主教教徒。这个应该是亲王里面最早信教的人之一。那么为什么这个宁阳王会信回教呢？龙华民没有讲得很清楚。可是我们从青州的地方志来推测，宁阳王本身很可能就是一个穆斯林，因为青州的清真寺就是宁阳王的父亲建立的。对回教在明代的历史研究得不多，可是比起清朝，回教在明代是没有被强烈压迫的。明代有一个皇帝还为回教写过诗，我们知道明末还有回教的进士。回教徒还写了一些书来介绍他们，我举一个例子，这是崇祯七年张忻所作的《清真教考》，这跟龙华民在山东传教的时间和回教对话的时

间差不多。其中一段说天下一切伦理道德,尽包蕴在礼拜真主之中:

而礼拜之义蕴何在乎?拜主则尘缘尽却,而生人之本性见矣。本性见而天运不息之机,与一切幽明兼备之理,莫不于拜跪起止之间而俱见之。拜主则物我皆忘,而身心之私妄泯矣。私妄泯而忠孝廉节之事,与一切尽己尽物之功,莫不于入寺事主之时而思尽之。夫一礼拜而其义蕴包举之广大如此,则其事顾不重哉!

礼拜的意思是什么呢?礼拜的意思就是说我们要离开尘缘,就是离开世俗的事情看看人的本性,"本性见而天运不失",他说"拜主"就是拜回教的天主,"物我皆忘",那么就是忘记了自我,做忠孝的事情,这是儒家的观点。我们可以看到回教的读书人想把儒家的教义和回教的教义结合起来。中国三教合一就是儒佛道合一的潮流。也就是天主教要在中国传播就一定要适应这个潮流,中国文化的某些主流思想是没办法改变的。

第三介绍龙华民与中国民间宗教的接触。龙华民在山东接触的各种社会阶层人物中,有一名是"无名教"的教主。这是天主教史料中第一次较详尽记录了西方天主教与民间秘密宗教的接触,资料极稀见。

事出自济南听道入教者中,有一名叫陈许良(音译)的教友,圣名玛窦,回到武定县家里后,传播大西道人带到中国的天主之道,并说有一大西道人正在省会讲道。玛窦跟乡亲说,天主之道只崇拜一个主宰,他是宇宙之真正创造者与主宰。天主后来亲身从天上下凡,以拯救众人到天堂。

陈许良品德好,很多乡亲为其言所动仰慕新道,但是往省城之路途群盗盘踞,众人不敢前往。但是,有一人追求真道热心,决定冒险赴济南。这个叫徐敬客(音译)的人,是"无名教"的教主,手下有数百个教徒。无名教主听闻神父已离开济南前往青州,便带了手下李商白(音译)上路寻道。为了路上躲避盗贼的耳目,两人衣衫褴褛,走了三四天,终于来到青州宁阳王府。听到了两人寻道之热心,龙华民吩咐仆人给他们换衣服带到王府中,看见白发老叟的"大西道人"端坐高堂,无名教主与徒弟喜形如色。一番寒暄之后,他们说明寻道之由来,实因听闻陈玛窦天主创造万物之说。于是,龙华民长篇大论，滔滔说道，演绎天主教的奥妙。

根据龙华民的记录，他讲完两条大道理，“两个学道者很满意，承认他们教中以无名一词代表神圣是错的，因为他们的教只演述事物之因由，而不知万物背后是创造天地万物的天主。”无名教主领洗入教，取名 Nazario；其徒弟取名 Celso，两人宣誓弃邪归正；徐教主更答应回到武定后会带领教中各人皈依天主真教。

这个报告是写给罗马的，我就有疑问他是怎么把武定几百名无名教教徒变成天主教徒的，是不是这些教徒真的是天主教徒呢？而这个教主到底是怎么来认识天主教的，而在天主教材料里没有记载这个对话，我们无法从正面分析中国民间宗教与天主教的对话，唯一可以做的就是从比较大的角度来探索明末民间宗教里有什么样的重要的信仰。明末的民间宗教主要有两个大系，一个是白莲教的弥勒佛的信仰，就是相信弥勒佛会回到世上，在世界末日世解救众生；另外一个民间宗教就是罗教的信仰，从它的教义中可以看出有几处地方和天主教的教义很接近。一个就是有一个女神，有母亲形象的慈悲的女神，这个在中国民间宗教里是老母，在天主教里就是圣母玛利亚。所以天主教在中国传播很重要的一个因素就是中国民间宗教有一个对慈祥母亲的需要，这也能够解释为什么观音菩萨扮演重要地位，而菩萨从印度宗教传到中国后就从男性变成了一个女性。神会从天降到人间救苦救难，无论弥勒佛还是观音菩萨还是别的菩萨，正好天主教耶稣降生受难能和民间信仰相结合，所以我们不是从直接的史料而是从一个大的分析来猜想，中国民间宗教和天主教有这样一个联系。龙华民的书不是第一部也不是最后一部这样的书，在明中叶和清中叶也有几个不同的史料指出信仰天主教的教徒他们的出发动机，这些动机不是西方传教士希望的动机，康熙朝的时候在陕西省一位西方耶稣会士去世以后，神父发现他的信徒里有很大部分是中国民间宗教信仰的信徒，在天主教会里有一个独立的团体，用天主教的教义来举行他们的民间宗教，当然西洋的天主教与中国民间宗教最重要的一个接触是清代中叶以后洪秀全的太平天国，直接利用西方宗教来推翻满清的政权。

今天给大家介绍的只是一个非常小的片段，明末集中在山东、集中在一位耶稣会士龙华民身上。可是我希望从这一个个案里我们可以提出耶稣会、天主教在中西文化交流中比较大的问题。谢谢各位！

提问与回答

周振鹤：

今天夏教授所做的报告可以说是一个非常专业的报告，听这个报告是要有一定基础的。这里至少说了三方面的问题，第一个是对于反派人物或者反面人物的评价，因为中国人认为反面人物是不好的，所以这个不好讲。比如我们将天主教传教就经常讲利玛窦，利玛窦是正面的形象，因为他提出适应的政策。提出适应的政策在中国人看来就是正确的，是天主教和中国文化很好的结合。康熙就提出如果天主教要在中国传播就必须遵照利玛窦的规矩，否则就走人。我们研究的往往都是在中西文化交流中的正面人物。前不久我在接受《文汇读书周报》记者访问时也提到，在维新变法时期，我们大量提到主张维新主张变法的人到底怎么样，但反对维新反对变法的就不大研究了。龙华民跟利玛窦是作为前后任的关系，但路线是完全相反的，可是我们对龙华民就了解很少，但我觉得这方面意义很大。实际上利玛窦规矩对传教很有作用，但利玛窦规矩也让我们想一个问题：按照利玛窦规矩，天主教的性质在中国是否就有所改变了呢？肯定要改变。也许从传教的角度就不那么纯粹了，这个角度大家想过没有呢？所以反对利玛窦规矩是否就一定对中国不友好呢？这也是一个值得思考的问题。传教里面有很多复杂的问题，所以我们要从很多角度来想。

第二个方面是夏教授通晓很多门外语，所以给我们一个启发，我们都不熟悉的外语文献的研究也很重要，听众大部分都很年轻，我要是在你们这个年纪一定要拼命再去学五六种外语。我经常说自己缺小语种的博士生，但到处做广告还是招不到，因为现在小语种很吃香，可以赚 Money 对吧（笑），所以不愿做学术研究，但做研究如果懂小语种是非常好的，尤其是拉丁语系的文献，对天主教和中国的关系很有研究价值。在座的董少新老师懂葡萄牙语，所以他的研究就别开生面。但光他一个人是不够的，因为葡萄牙语文献太多了。所以非汉语和非大外语研究要引起注意。为什么利玛窦大家熟悉，他的中文著译集有很多；龙华民为什么不熟悉，因为龙华民没有中文著译集。所以我们了解龙华民只能从耶稣会士书信集或著作，费赖之写的那本著作中去了解。

第三方面是地域性。山东省非常有特点，很多宗教在那边都很活跃。而且山东不但在晚明的时候活跃，一直到晚清的时候山东都是很重要的地方。新教传教士在山东也很活跃。宗教在山东特别活跃，龙华民在山东传教有很多东西可以研究。所以夏教授从《济南府志》找出名字很难，因为他们的拼音要对回原音是很不容易的，这也给我们启发。

今天的题目“耶稣会士在中西文化交流中扮演的角色”其实给我们讲了一个很深入、很学术性的题目。我想这在复旦大学讲是非常合适的，我自己在复旦大学知道复旦聪明人很多，很多学生对耶稣会士、明清中西文化交流已经有很深的基础知识了，所以这个报告对我们来讲是非常合适的。那我们再次感谢夏教授为我们所做的报告。接下来的时间我希望同学能提出一些问题，夏教授不容易到复旦来，希望同学们多与他进行学术上的接触。

学生：

您刚提到的民间宗教是“明教”还是“名教”？

夏伯嘉：

名教，名字的名。

学生：

这个“名”不会是受到佛教净土宗的影响吗？

夏伯嘉：

山东是一个很特别的地方，就算佛教也会有改变。我们知道山东是道教盛行的地方，可是有一个佛教大师都觉得山东是法外之地，我就觉得不可思议了。如同学所讲的“无名教”很有可能受佛教影响，我自己没有直接研究，它的教义里有佛教和道教的内容，但是我们没有史料，所以根本不知道“无名教”里到底有什么内容。我觉得民间宗教的教义不是最重要的因素，重要的是它的仪式和作用。

学生：

基督教的民间化是一个重要的问题。那么中国产生的这些教派不太像西方的基督教，而是像中国传统宗教。但近代天主教是在上层传教，好像不太跟中国的民间信仰相融合，反而在拉美等其他地方用土语，好像在很多地方都用本地语言做弥撒，但中国大陆还是用拉丁文。天主教与民间信仰放在大的角度里反映了怎样一个问题？

夏伯嘉：

天主教传教不是上层跟民间的关系问题，而是权力分配的问题。也就是说天主教是一个外来的宗教，它的最终权威是在罗马。教义的订立和传教策略的订立都在罗马，到中国的耶稣会士，在中国赢了但在罗马却输了，这可以说是一个悲剧。可是新教很多是个人来中国，比较能够适应本地和环境，可是就算是天主教，我看过美国早期的杂志 *National Geography* 的图片是一个天主教神父戴着道士的帽子，这是民国初年时候，就是在民间要适应习俗来推行他们的信仰。至于用拉丁语传教，这也不是上等下等的问题，你看佛教的传播，中国的老百姓用梵文的译本来念经，他们也不懂里面的意义,但他们也滚瓜烂熟。所以单从语言方面分析拉丁文传教还是不够的,要从权力的出发点来分析。

学生:

洪秀全拜上帝教在推翻清朝统治之后,五口通商之后,基督教新教传播要更广泛一些。那么天主教和新教二百年后在中国会合,这个怎么理解?

夏伯嘉:

这个要把天主教放在宗教发展的大框架中来看。1540 年耶稣教会成立,从创办人罗耀拉的生平来讲是没有多大关系的。耶稣会和基督教新教对抗是后来发展的事情。可是欧洲天主教国家在欧洲以外的传教事业,在欧洲新旧两教的斗争中扮演了很重要的角色,因为自 1517 马丁·路德以后天主教属于守势,节节败退,德国差不多变成新教,北欧、英国变成新教,连法国、意大利许多地方都受到挑战。唯一值得安慰的是 16 世纪中叶以后,他们在南美洲、印度、日本、后来的中国取得巨大成就。所以对天主教来讲这是全球性的对抗,不仅仅是欧洲的战场。我们熟悉的比利时传教士南怀仁,他到北京之前坐船的时候,在印尼碰见一条葡萄牙的船,一个英国牧师来跟他聊天,他们的共同语言就是拉丁语,这个英国人问:你们去中国传教教皇给你们多少薪水?南怀仁说我们不为薪水,我们是为了传教的热诚,他后来写到这个英国人的拉丁文讲得很野蛮。新教徒想的都是钱,而不是想着基督。传教之间也有对抗。

学生:

龙华民与利玛窦的传教路线不同,那么他们的教徒之间信仰有什么不同吗?

夏伯嘉:

虽然龙华民是领导人,但他的传教线路还是少数。两方面意见交到罗马以后,罗马决定利玛窦路线是正确的,所以龙华民个人反对但还是要遵循这个路线。更重要的是,中国士大夫是支持利玛窦传教路线的,所以没有他们传教事业是没有办法开展的。龙华民碰了钉子,所以他知道不能反对中国祭孔祭祖。

学生:

刚才提到龙华民在山东教区的活动,那么他在江南教区有什么活动或影响?

夏伯嘉:

龙华民在江南时间不长,他在韶州十四年,所以在广东的时间很长,然后直接去北京见利玛窦。去过山东两次,没有太多基础。清军入关以后,山东很混乱,很萧条。后来方济各会士利安当到北京后,龙华民就让他到山东去。利安当到济南第一次布道的时候只有十几个教徒。所以济南教徒经过明代以后从几百人减少到十几个人。他在江南没有影响,江南是别的耶稣会士。

学生:

我对嘉定会议比较感兴趣,对此有没有一些专门的研究或相关文献对嘉定会议作详细的介绍?

夏伯嘉:

唯一的直接文献是龙华民的 *Position Paper*,今天是在罗马的档案里。我是很偶然才发现的,有西班牙文译本,Navarrete 是西班牙道明会的会士。道明会是非常反对耶稣会的,所以他把龙华民的 *Position Paper* 译成西班牙文,是用耶稣会自己的体系来打自己,这是它的出发点。其他耶稣会的论点没有保留下来，庞迪我对此事也提过看法。没有会议记录，我们是从各个不同耶稣会士的材料来还原的。最重要的一点是，虽然龙华民的路线失败，可是支持他的人，比如一个法国耶稣会士还是不遵从耶稣会纪律把这个文献泄露出去，这是一个非常大的事件。

学生：

泄露出的文件有没有集中发表？

夏伯嘉：

这个文献为什么不在耶稣会档案馆而在罗马传信部档案馆呢？我的猜想是这位耶稣会士把文献给了利安当，利安当再给道明会，最后连同反对祭孔祭祖的文献一起给了传信部，传信部决定路线的问题。所以今天我们在罗马耶稣会档案馆找不到这个文献。在传信部的档案里不好找，因为它的分类是中国印度这样很厚的几百页，也没有分是中国或是印度，要一页一页翻，也没有说明。偶然发现这一页我发现蛮有趣，行头小字，有可能就是这篇，我觉得非常兴奋。

学生：

龙华民对当时明朝和清朝的更替在报告中有什么评论吗？

夏伯嘉：

龙华民没有，不过其他人有一些有价值的文献，绝大部分没有译成中文。举个例子，在广州南明的情况耶稣会是要报告的，另外一个我要请教董少新教授 Magallaens 的中文名叫什么？（答：安文思）

安文思和利类思在四川省被张献忠俘虏过去当天师，因为做皇帝要天神帮助打战，但安文思说自己不懂天文。张献忠就说如果你不说出秘密我就要杀你，那么安文思和利类思没办法就当了军队里的天师。后来张献忠被打败了，他们就被俘虏到北京。最初汤若望不肯救他们，过了一段时间才把他们保释出来。所以安文思非常生气，被释放出来以后给罗马写了很长的信，要把汤若望斗倒，说他同性恋，又有个小男孩，反正耶稣会内讧搞得很激烈。其出发点就是在他生命危险、坐牢的时候，同会的汤若望不肯救他。而汤若望想，他是从张献忠那里俘虏过来的，如果出手相救的话自己都保不住地位，而自己是唯一做官的耶稣会士，如果自己保不住的话，整个传教事业都保不下去。安文思用葡萄牙文写了他在张献忠军队里的经历和被清军俘虏后的经历，已经出版了。所以董老师如果能把它翻译成中文就是非常好的文献。其他还有比如三藩之乱里面，广州和方济各会有联络，因为他们希望通过与菲律宾通商来发展自己的经济资本，如果这些史料翻译成中文，那么对研究有很大帮助。安文思的一本著作《中国新史》已经翻译成中文。但您刚才讲的安文思在张献忠军队的资料还没有翻译。

学生：

我想问一下耶稣会传教的经济基础和经济来源？

夏伯嘉：

这个问题的研究不够，而且也是很难做的问题。最早的来源就是和澳门的葡萄牙人的通商。最主要的是中国、日本和澳门的三角贸易，他们从日本运送白银，赚得的钱买中国丝绸和茶叶，再到日本赚钱。其中的一部分利润是用来传教的。澳门的葡萄牙商人捐给耶稣会也是一个重要来源。因为葡萄牙国王有保教权，拨了印度政府的开支给中国教区，但那个钱经常被扣下来，所以澳门不是经常能收到那笔钱。第三个来源就是中国信教士大夫捐的，给他们盖房子、出版刊物，这个是早期的情况。到清朝有不一样的情况，18世纪变得很正规，有罗马传信部来管理时，每一个传教士都有薪水，中国神父的薪水比西方人低大概30%。后来到18世纪西班牙皇帝也给钱，其他天主教国家也给了钱，所以分析起来十分复杂，没有人全面做过这方面研究。

学生:

后来教案的发生是否和居民的经济原因有关?

夏伯嘉:

教案的最重要的原因是第二次鸦片战争以后,法国要求保护传教士,可是他们以前在乾隆禁教以后的房产、土地已经充公,他们回来是100多年后的事情,但他们觉得那个财产还是他们的,要求恢复。所以这个就直接引起与中国居民的冲突。因为有的教堂变成了书院,所以这也是有经济因素在里面的。

周振鹤:

如果大家没有别的问题,那么今天的报告会就到这里。我们再次对夏教授表示感谢。

夏伯嘉:

谢谢。

再说《李娃传》两题

主讲人：倪豪士（William H. Nienhauser）
主持人：陈引驰

倪豪士(William H. Nienhauser)

美国威斯康辛大学东亚系教授,著名汉学家,研究领域为唐代文学。专著有《柳宗元》(*Liu Tsung-yüan*,合著)、《皮日休》(*P'i Jih-hsiu*)等,编有 *Indiana Companion to Traditional Chinese Literature*. Vol. 1—2、*Critical Essays on Chinese Literature*,编译 *The Grand Scribe's Records*、《传奇与小说:唐代文学论文集》(*Chuan-chi yü hsiao-shuo*:*T'ang-tai wen-hsüeh lun-wen chi*),以及译著 *Chinese Literature*, *Ancient and Classical*。

陈引驰 | 复旦大学中文系教授,研究领域为中国古代文学,特别是道家思想与文学、中古佛教文学、古典诗学以及近代学术史。

陈引驰:

各位老师,各位同学,今天非常荣幸地邀请到美国威斯康辛大学倪豪士教授到我们学校,借这次"都市繁华"会议的机会,来"复旦文史讲堂"为大家做一场报告。倪豪士教授是美国研究中国文化非常有成就的、非常著名的学者。他早年是在印第安纳大学获得博士学位,他的指导老师是柳无忌教授,柳无忌先生就是柳亚子的公子,也是非常有成就的专家。倪豪士教授长期在威斯康辛大学任教,多次担任威斯康辛大学东亚系主任。倪教授的著作非常丰富,在1973年的时候就合作出版了《柳宗元》,1979年出版了唐代文学专著《皮日休》,还有非常有影响力的 *Indiana Companion to Traditional Chinese Literature*,前后出过两卷。这是非常权威、非常有影响的著作。倪教授还主持了《史记》(五卷)的翻译,倪教授为国内学术界熟知的主要是他在唐代文学,特别是唐代传奇小说方面的研究,在大陆和台湾出版了《传奇与小说:唐代文学论文集》,值得一提的是,其中倪教授的大部分文章都是直接用中文写作的,这是非常了不起的成绩。今天倪教授给我们做的报告的题目是《再说〈李娃传〉》,《李娃传》是唐传奇作品中非常重要的一篇,倪教授对《李娃传》有两个重要问题有新的见解,我们非常高兴来请倪教授来为大家做报告。(鼓掌!)

倪豪士：

谢谢陈教授。

虽然我用中文写过不少作品，但是今天大家可以看到我的中文水平不够好，错误还是很多，还请大家多多指教。各位女士，各位先生，很荣幸有这个机会拜访复旦大学文史研究院跟在座各位交换意见，特别感谢葛兆光教授的邀请。今天我想谈谈我最喜欢的唐代传奇《李娃传》的两个小问题。

唐代传奇的佳作中，在西洋汉学界《李娃传》可以说是最有名的。这个情况和杜德桥先生(Glen Dudbridge)的《李娃传：第九世纪小说的研究和定本》(*The Tale of Li Wa, Study and Critical Edition of a Chinese Story from the Ninth Century*, London：Ithaca Press, 1983)有很大的关系。杜德桥这本书的影响不小，他研究《李娃传》的版本历史(包括《太平广记》版本的发展)，把《李娃传》翻成英文，探讨《李娃传》语言的典故，分析故事的惯用主题和题目，最后提出一个关于荥阳公子新的看法。

我已经对杜教授的翻译和典故研究发表过自己的意见。今天想谈另外的两个问题：第一，白行简是什么时候撰写《李娃传》的？第二，《李娃传》中的荥阳公子是否有影射目的？

关于写作时间的问题，《李娃传》最后一句话说：“时乙亥岁秋八月，太原白行简云。”白行简(776—827)一生只有一次乙亥年，即贞元十一年，公元795年。但是贞元十一年白行简才十九岁，还没有到过长安(他和白居易此时在襄阳)。而且，他父亲白季庚贞元十年去世了，所以这几年白氏兄弟正在服丧。因此，学者对写作时间的分歧不少。比方说，王梦鸥以为“乙亥”是“己丑”的抄写错误。王教授说：己丑为元和四年(809)，是年白行简为校书郎，与兄同居长安新昌里，与元稹共听《一枝花话》。元氏既有《李娃行》之作，而行简因(李)公佐之怂恿又为之作《传》……时公佐常因公往来长安，验以事理，较为契合。惟以己丑传抄误为乙亥，而元和纪年无乙亥岁，《异闻记》编者或又并改元和为“贞元中”……

杜德桥(*The Tale OF Li Wa*,……第35页)也觉得《李娃传》写成于

809年。李剑国也讨论了“乙亥”岁的问题。他先拒绝李娃是“一枝花”的说法，然后连续地反驳戴望舒（1905—1950）推断的贞元二十一年或永贞元年、王梦鸥提出的元和四年（809），以及张政烺和卞孝萱提出的元和十四年己亥岁，（819），李先生认为“未可从信”。刘开荣的元和十年到长庆初年的推测也没得到李先生的赞成。

最近也有一些学者讨论这个问题。黄大宏《白行简行年事迹及其诗文编年》谓“《李娃传》当作在长庆四年到宝历二年之间（824—826）”，这个观点遭到了谭朝炎的激烈反对。谭先生在《也谈唐传奇作家白行简的生平事迹》中的结论适与周绍良先生的看法是相似的：虽然白行简在卢坦（749—817）幕府下（814—817）已开始撰写《李娃传》，但是此传等到元和十二年卢坦去世后，行简先到浔阳，然后从兄居易之忠州（819）才问世。

无论此传写成于何年，读《李娃传》最后几句话可知作此传应该不是一件短时间的事情：

> 贞元中，予与陇西（李）公佐化妇人操烈之品格，因遂述汧国之事。公佐拊掌竦听，命予为传；乃握管濡翰，疏而存之。

虽然李剑国贬低“一枝花”对《李娃传》的重要性，“一枝花”的情节好像还是白行简创作的原型。809年，他和几位文人一起在白居易长安的寓所客听“一枝花”的情况不可确考（是他们几位文人互相讲故事或者是有专门的说书人来给他们听）。唐代文人彼此喜欢讲故事是很平常的。听“一枝花”以后，白行简可以自己讲述那个故事给别人听。而且，他讲得让人“拊掌竦听”。因此，李公佐大概不是第一位听白行简讲“一枝花”的人。行简听“一枝花”以后，好像向老一辈的人打听过。《李娃传》云：“予伯祖尝牧晋州，转户部，为水路运使，三任皆与（郑）生为代；故谙详其事。”白行简大概问过他伯祖关于李娃之事，要不然他怎么会说伯祖“谙详其事”？如果这样，白行简创作《李娃传》可能是一个长期的过程，像有些唐代文人作诗一样。因此，如果我们只强调《李娃传》是哪年写成的，也许不能完全了解白行简的创作过程。

谈到这里，笔者觉得《李娃传》写作的时间和此传影射什么人有关。为了解决这个问题，笔者想提出另外一位学者对此传的看法。傅锡壬在他的《试探〈李娃传〉的写作动机及其时代》中也支持一个比较晚的写成年份。他认为白行简撰写《李娃传》的目的和"牛党势力复炽"有关，所以创作应完成于长庆初年（821—823）。

但是说到《李娃传》的创作动机，就引申出这篇论文的第二个问题：郑公子有没有影射别人？

虽然难以确定小说本身是否含有影射，但是白行简在《李娃传》的第一句话说得很清楚："天宝中，有常州刺使荥阳公者，略其名氏不书"。换句话说，白行简知道荥阳公的姓名，可是他不愿意告诉读者。如傅锡壬说：《李娃传》既改写于说话，即可见这是公开的秘密，白行简又何需故隐荥阳公之名？故布悬疑？可能他改写的地方与原本的说话在几处关键处已经不同，而与元稹的《李娃行》也必有许多地方不同……所以我仍大胆假设：《李娃传》是白行简刻意改写，而寓于主题和用意的一篇小说。这样的想法并不是近代才产生的。北宋刘克庄（1187—1269）即提出类似的看法：

> 郑畋名相，父亚亦名卿。或为《李娃传》诬亚为元和，畋为元和之子。小说因谓畋与卢携并相不咸。携诟畋身出倡妓。按畋与携皆李翱甥。畋母携姨母也。安得如娃传及小说所云。唐人挟私忿腾虚谤，良可发千载一笑。亚为李德裕客。白敏中素怨德裕及亚父子。娃传必白氏子弟为之托名行简。又嫁言天宝间事。且传作于德宗之贞元，追述前事可也。亚登第于宪宗之元和，畋相于僖宗之干符。岂得预载未然之事乎？其谬妄如此。如周秦形记世以为德裕客韦绚所作。二党真可畏哉！

李剑国不但觉得传首的“略其名氏不书”是“故弄狡狯，使成无头案耳”，而且怀疑《李娃传》的情节有历史的根据：“余疑白行简伯祖所谙详者亦传闻，而行简又自增饰。”

然而，虽然刘克庄不接受撰写《李娃传》的目的是要影射讽刺郑亚和郑畋，但是刘氏也觉得此传是用意而为的。他一方面拒绝相信荥阳公子是指郑亚和郑畋，另一方面承认唐代已经有“人挟私忿腾虚谤”。

清代博学者俞正燮（1775—1840）《癸巳存稿》曰：“《太平广记·李娃传》，文笔极工。所云常州刺史荥阳公及其子官爵，刘后村《诗话》以为郑亚、郑畋。然稽之《唐书·宰相世系表》郑氏荥阳房中，无有合者，益故错隐之。”

这里先不论两位学者的意见正确与否，但至少我们可以知道最晚从宋代就有学者探讨《李娃行》影射的可能性。

傅锡壬觉得白行简“略其名氏不书”是因为他“有意……藏头露尾，留下一些破绽，使读者自己去探索”。杜德桥也觉得“在一篇探索敏感的问题，像家庭诚实、学术和官职地位对结婚的影响，提到一个东北贵族家庭非有某些含意不可”。傅锡任先断言荥阳公子非郑姓不可，然后谈及两个前人的猜测：第一，郑畋是荥阳公，郑元和是荥阳公子；第二，郑亚是荥阳公，郑畋是荥阳公子。但是，不少学者已经证明荥阳公子就是郑畋的说法是错误的。白行简于827年去世，此时郑畋（825—883）才三岁。因此杜德桥以为荥阳公子是影射郑昈（700—777）的三个儿子，郑云逵、郑方逵，跟郑公逵。杜先生认为这三个儿子“乃一人”（*the three brothers became one*，第51—52页），就是郑畋三个儿子结合在一起是荥阳公子的化身。明代的学者薛审在《薛谐孟笔记》认为荥阳公子是元和十一年状元郑澥。李剑国觉得这类的“于唐世郑姓中觅及第居高官者以实之”是没有根据的。

其实，如果仔细地读《李娃传》，可以看得出来郑氏家族有声望的人不是荥阳公，而是荥阳公子。他“一上登甲科声振礼闱……应直言极谏科策名第一……三事以下皆其友也”。因此，除了傅先生提出的前人的两种父子——郑畋、郑元和、跟郑亚、郑畋以外，可以加上另外的可能性：荥阳公子是郑亚，荥阳公就是郑亚的父亲郑穆。关于郑穆的历史资料不多。《旧唐书·郑畋传》曰:“(郑畋)曾祖邻,祖穆,父亚,并登进士第。”《新唐书·宰相世系五上》云:“穆,河清令。”河清县离洛阳往北二十英里.郑亚有一篇短小的传记存留于《郑畋传》中:

> 亚字子佐,元和十五年擢进士第,又应贤良方正,直言极谏制科,吏部调选,又以书判拔萃,数岁之内,连中三科。

郑亚这样“连中三科”已经很像浪漫的传奇小说。同年进士崔嘏赞美郑亚曰:“早升甲乙之科,雅有词华之誉”。郑亚和崔嘏都是生在唐代贵族阶级的家庭,间接地跟李党有关。白行简在荥阳附近长大,是寒族由进士进入官场,属于牛派。行简少时,白家和郑家有来往。所以杜德桥认为“可以确定的是,白行简通过他的兄长白居易的关系,有机会亲自接触郑氏望族的某一支,也必然应当熟悉他们的事情”,因此《李娃传》所涉及的对象极有可能与荥阳郑氏家族有关。元和十五年郑亚考中进士,白居易也于“十二月……为主客郎中,知制诰”。因此白家兄弟应该认识郑亚。因为居易和行简元和十五年回京正好是郑亚考上进士。郑亚接连登科,“雅有词华之誉”可以使荥阳郑族的地位得以稍稍恢复。这个过程也和《李娃传》的情节有呼应。

考上进士以后几个月,郑亚拜访李德裕:

> (郑亚)聪悟绝伦,文章秀发。李德裕在翰林(820—821),亚以文干谒,深知之。出镇浙西,辟为从事。累属家艰,人多忌嫉,久之不调。会昌初,始入朝为监察御史,累迁刑部郎中。

这段文字说明一方面郑亚和李党有密切关系,另一方面强调郑亚的文学天资,而且因此“人多忌嫉”,所以可能会有诽谤和谣言。郑亚实际上并没有娶妓女,前文所引的《后村诗话》虽然表明了刘克庄本人对谣传的否定态度，但是同时也从侧面证实了这类诽谤至少到了宋朝仍在继续流传这一事实。在李牛两派权威争斗的内部，这类捏造的情况大概不少。在《旧唐书·郑亚传》最后一句提到吴汝纳的情况："大中二年，吴汝纳诉冤，德裕再贬潮州，亚亦贬循州刺史，卒。"吴汝纳本人依附李宗闵党。其弟吴湘被讼，观察判官魏铏受李党成员李绅之命负责此案，定吴湘死罪。因吴氏素与宰相有嫌，故有议论称李绅故意网罗罪名加以报复。御史崔元藻复审此案，肯定了吴湘的一条罪名但同时也撤销了另一条，因此被李德裕认为是首鼠两端而导致贬官。之后吴汝纳为吴湘诉冤，崔元藻为报复李德裕也参与其中。有关此事的细节可在《吴汝纳传》中找到：

> 崔铉等久不得志，道汝纳使为湘讼，言："湘素直，为人诬蔑，大校重牢，五木被体，吏至以娶妻资媵结赃。"且言："颜悦故士族，湘罪皆不当死，绅枉杀之。"又言："湘死，绅令即瘗，不得归葬。按绅以旧宰相镇一方，恣威权。凡戮有罪，犹待秋分；湘无辜，盛夏被杀。"崔元藻衔德裕斥己，即翻其辞，因言："御史覆狱还，皆对天子别白是非，德裕权轧天下，使不得对，具狱不付有司，但用绅奏而置湘死。"是时，德裕已失权，而宗闵故党令狐绹、崔铉、白敏中皆当路，因是逞憾，以利诱动元藻等，使三司结绅杖钺作藩，虐杀良平，准神龙诏书，酷吏殁者官爵皆夺，子孙不得进宦，绅虽亡，请从《春秋》戮死者之比。诏削绅三官，子孙不得仕。贬德裕等，擢汝纳左拾遗，元藻武功令。

这段关于吴汝纳的事迹和郑亚有没有关系最好让读者判定，然而它至少可以证明李牛各派怎样用谣言诽谤人。

这篇小文旨在提出两个假设：第一，白行简不一定是在一年之内完成《李娃传》的创作。他听"一枝花"的故事以后，对于此传细节向朋友和亲戚查究询问，《李娃传》的创作可能会有十几年；第二，如果白行简是用意写《李娃传》，除了以前学者提出的猜想以外，还可以考虑郑穆和郑亚当为荥阳公子。

如果《李娃传》是影射郑亚的话，白行简写成《李娃传》应该在长庆二年或三年左右。

学界对《李娃传》的研究由来已久，但对其成书时间和人物原型这两个问题却仍是众说纷纭，莫衷一是。我就借此机会浅抒己见，尝试对以上问题进行新的解答，答案究竟如何，还望求证于方家。

提问与回答

陈引驰：

简单概括一下，倪教授想要讨论的其实是两个相关的问题：第一个是《李娃传》的写作时间，第二个是《李娃传》有没有影射？如果有影射，那么影射的是哪一位？如果能够大概推定影射的是哪一位，这和写作时间也是有关系的。倪教授得出的最重要的结论是：第一，他觉得《李娃传》的写作不是在一个时间里完成的，可能是有个过程。他（白行简）最初听到《一枝花》到最后写成是有一个时间过程的。第二，倪教授还是要考虑到郑亚作为"荥阳公子"影射对象的可能，如果荥阳公子是指郑亚，那么这个写作时间就应该在长庆二年或者三年。倪教授通过各种文献和《唐书》的审读，以及对《李娃传》的解读，他大概得出了这样的结论。

查屏球：

我现在手里还有一本倪豪士教授的《美国学者论唐代文学》，倪教授是我认为美国学者中对唐代文献解读最深入的一个人，大概在十年前，我在《哈佛学报》里看到倪教授关于 Stephen Owen《中唐诗》的一个批评。那个书评一方面展示了倪教授精深的学力，另一方面也让我感受到哈佛以及美国学界那种开放的、宽容的风气。批评他们本校教授的文章也放在本校的学报上。我们这里的陈广宏教授正在翻译的日本学者内山知野教授的《隋唐小说研究》,在这本著作中也有一篇是研究《李娃传》的,他的基本结论和你非常地接近,你们都认为白氏家族和郑氏家族有那么一段交往。但不同的是,你通过这些把这个小说的创作时间推断在长庆二年。另一个我想问你的是,你这本《传记与小说》出了新版,好像和台湾南天书局版相比加了两篇新的文章,是哪两篇?

倪豪士:

最后两篇。Stephen Owen 和我以前是朋友,希望还是朋友。我对欧文的看法是,他可能是在美国研究中国古典文学的人中最聪明的一个,但我不太喜欢他的研究方法,因为他不太注意"典故"。他很聪明,他写的东西和他脑子里所想的东西中有许多是非常有意思的,但我不知道他的解读和原作的意思是不是一样的,就是这个问题。但是提到这个书评,我觉得不舒服,好像和白行简忌妒了郑亚一样,我也忌妒了欧文。他现在有很好的合作的人,我想那个合作的人就会影响他的学术。欧文写的那个《六朝诗》,真是有他太太的影响,是个很好的影响。

倪豪士:

你可以问我白行简最喜欢的传奇是哪一篇。

陈引驰:

我不会问这个问题的。

倪豪士:

他(白行简)有一些诗相当有意思。还有,我问你们,你们觉得唐代传奇写得最好的是哪一篇?《莺莺传》?高友工和梅祖麟是影响我们读唐诗的最重要的两个人,对于研究唐传奇,我想杜德桥是最重要的一个人,他的书虽然"影射"部分我不赞成,但有的地方是写得非常好。

查屏球：

那你觉得他这个《李娃传》研究和《广异记》研究相比如何？

倪豪士：

《广异记》这个书，我想虽然他也做翻译也做研究，但他总归还是个宗教的东西，我不完全了解。

陈尚君：

倪教授的唐代小说研究以前我一直知道，但今天才有机会第一次见面，我刚才很仔细地听了倪教授的报告，虽然《李娃传》的小说和有关研究都阅读了一些，但了解还很不够，刚才听了讲解才了解研究的详细过程以及倪教授报告中的主要见解。我觉得，在提出了这个观点以后，特别是了解了各家说法以后，我有一个这样的看法：如果荥阳公子是郑亚的话，那么《李娃传》为白行简所作的可能性非常低，因为郑亚的及第一般说是元和十五年，他在之后连中三科，包括你提到的一些可能发生的情况，不是两三年之内可以完成的，而如果和牛李党争建立联系的话，更加需要一个长的过程。但从白行简的故事来讲的话，后面仅仅就是这么几年。所以我觉得这个问题一旦被提出，连带的问题会比较多，都是需要我们一起思考的。

我刚才要来听倪教授的报告，就顺便带了本《李娃传》的文本，刚才也稍微看了一点。从文本上来看，如果按照唐人小说的一般叙述，大概会有另外的几层因素在小说的年代方面应该予以考虑的。在白行简的小说中，有几个关于"乙亥"年的干支，我最近在校《旧唐书》，唐人史书出现的讹误中，"己亥"作"乙亥"的情况很常见。当然也不能就此证明就是这个错误，干支上的错误其他类型的也非常多，但它里面还有其他的因素：白行简在写这个小说的时候说他是在担任监察御史，讲到他的伯祖和荥阳公子的继任官职是相接的，还讲到荥阳的任职是从常州刺史到成都尹，讲到成都尹时后面有句说是担任"成都尹剑南采访使"的说法，明确是玄宗时候的官制记录，是在还没有实行节度使制度以前的表达。所以我觉得在现在的小说文本之中，目前看不到元和以后的事情的痕迹，因此这个说法连带的问题非常多。

刚才我听了讲座，有一个刚想出来的看法，提出来向倪教授请教，并且我觉得有些问题还是需要以后了解更多的新的资料来解释的。我现在想的是，会不会荥阳公子未必姓郑，别的姓氏的人也可以有这样的提法？因为白居易这一家的伯祖是不是有这样一个任职的经历？从常州刺史到成都尹的话，担任过这两个官职的人，很大程度上是考得出来的，我想是不是在其他方面有证明的途径，因为最近几年有非常可喜的情况就是新出土的文献数量非常多，有很多大家族，包括洛阳附近的万安山一带的郑氏家族的墓地出了很多新的材料。所以我听了你的报告后也引起了我以后研究的兴趣，如果看到别的资料能够有所悟的话，我想以后有机会写文章向倪教授请教。

倪豪士：

关于第一个问题，即写作年代问题，我接受这个意见。第二个有关影射问题的，材料我读得少，以后想向你请教。

陈引驰：

陈尚君教授的意思是：如果这个影射对象是郑亚，那么就有问题，郑亚的年辈要比他们低很多，等到他后来再连中三科等情况发生，白行简可能就没有时间完成小说的创作，就是他可能没时间看到郑亚完成这些后再去加工创作成小说。

倪豪士：

我有一个说法不知道好不好。我的意思是，他原来写《李娃传》跟郑亚没有关系，所以他先写一个文稿，用文稿给别人讲故事，但当他回到长安，就是 821 年左右，就碰到他们非常不能接受的一个情况，如果我们对郑穆的情况知道得多一些，会好得多。新出来的资料我要看一下再下结论。

陈引驰：

在文本的最后，提到伯祖和荥阳公子很熟，但白居易、白行简都比郑要年长很多，那如果荥阳公子是郑亚，白居易、白行简的伯祖会更大，那么他们的伯祖就不太可能和郑亚有更多交往，对不对？

倪豪士：

白氏伯祖可能就认识郑穆，但是……对对对，如果只有郑穆就没有这个故事，需要有郑亚才有故事。

陈引驰：

对，我想这个"生"应该是指郑亚而不是郑穆，郑穆应该是"公"。

倪豪士：

那这样的话我就把这个……（做扔文稿状）

陈引驰：

不不不，这只是个问题，如果白氏兄弟比郑亚都要大，那么他们的伯祖无论如何应该是高出郑亚两代以上，那这样的话他怎么和郑亚……，我们只从文本上讲的话可能有这样一个问题。还有一个，我们现在因为看不到《李娃行》，那个是元稹作的，我们知道，一般来说这个文本，诗和传是有相关性的，那如果是放在牛李党争这个背景中去理解的话，元稹算哪个党派？因为白氏兄弟应该算接近牛党吧？元稹应该是更靠近李德裕这边的，那这个文本为什么一个诗的作者是李党的，一个传的作者是牛党的？当然我们现在看不到这个诗是什么样，但从一般的道理上来讲，一个文本的诗和传应该有相关性。李党的人作诗不可能来攻击李党这边，如果说这里面有政治斗争因素的话，就有些矛盾，所以我在这里有些疑问，不知该怎么看。

倪豪士：

《李娃行》的内容很少，所以我不知道，可能《李娃行》和《李娃传》不一样。有一个《冯燕传》跟《冯燕歌》，（陈引驰：这两个不一样？）这两个我没有比较，我不能说不一样，但我希望不一样。

陈引驰：

我刚才说的只是一种可能性，因为《长恨歌》和《长恨歌传》就有不一样的地方，那个传和歌的作者是相关的，两人认识或者有过交游。但是白行简写《李娃传》，他的背景和时间与元稹都没有关系。我只是有这种怀疑。

倪豪士：

最麻烦的问题就是两位提出的这两个问题。时间又不合适。

查屏球：

而且牛李党争在那个时候还不明显，没有到会昌、大中期间那样明显。

陈尚君：

就是白敏中上台以后对于李党的清算，白居易生前都没有看到，所以那时这个情况好像还没有那么严重。现在郑亚、郑畋，包括郑畋的儿子都有新的资料出来，但都还不足以证明你提出的观点。

查屏球：

在文本里讲到的李公佐，李公佐的活动是比较早一点的，一般说元和以后吧。

学生：

我不是文史专业的，但也对唐代传奇有兴趣。我的问题是，《李娃传》很详细地描绘了唐代社会风情，比如荥阳公子落难之后在西市、东市的描写，还有一些婚姻风俗的描绘，这些描写是不是唐代社会的真实状况？当时门阀贵族和平民通婚的可能性有多大？这小说中荥阳公子能够和风尘女子结合，其他小说如《柳毅传》、《霍小玉传》中也有士族子弟和平民女子成亲的故事，大量这种小说的出现，是不是说明在当时不同阶层之间的流动还是能被接受的？

倪豪士：

关于婚姻的问题，你可以去看吴汝纳的故事，真的说到了这个问题。关于这个，许多人已经写了文章，我不是专家。关于你第一个问题，唐传奇是不是真实地描绘了唐代社会，我想应该是不太真实的。比方说你去看妓女的情况，最好是看《北里志》，《北里志》里面女人实际生活应该很辛苦，另外一些很有名的人，他们的生活实际上也不太好。《北里志》也不是个真实的描写，但我想它应该比较接近真实的情况。另外一个问题是，女性在唐代传奇为什么那么有能力，这是个应该问的问题，像《任氏传》里面，把任氏和故事里面的男人比较一下，任氏是个很好的、很有见识的人，两个男人不怎么样。《李娃传》和《莺莺传》也有很多这方面的描写，不知道这样是否回答了你的问题。关于婚姻问题，不一定只是和法律相关的，就和现在一样，也有很多限制，但如果你有关系有钱，还可以做一些不应该做的事。但在(唐代)平常，比如吴汝纳的故事里面，这是很危险的事情，跟妓女或平民女子结婚还是有危险的。但这个我真的是外行，不能很好地回答这个问题。有些问题，国内的学者很了解，而我是用一些西洋的办法研究一两篇文章，你们的老师他们看了很多诗很多全集，我至今只看了二十几个全集，too old already，你们的老师和研究生可能已经看过全部的唐传奇和鲁迅的东西，而我没有那些经验，所以我真的不敢回答。

陈引驰：

可能我们都没有您读这么仔细。

倪豪士：

我读得很慢。

学生：

我是现当代文学的，是外行。我的问题是：您对宇文所安的中唐观怎么看？

倪豪士：

Stephen Owen 最近拿到了一个 One Million Dollar 奖学金，我没有什么 One Million Dollar 奖学金。批评他是很难的，因为他写了很多有意思的东西，但我觉得他有一个很根本的问题，就是不注重“典故”。比如有一首杜甫的诗写晚年碰到李龟年，这个诗如果你看了《杜诗详注》，他们都说有一句话跟《世说新语》的故事有关系，如果看了《世说新语》的故事，杜诗的感觉就会体会很深，但是欧文把这首诗翻成英文的时候翻成了他自己欧文的感觉，他没有理解原著。关于这个我也写了一篇很长的东西，就是说他因为没有注重那个典故，所以不了解这首诗。然后我寄给他，他就给我回信，那个时候我们的关系还是很好，他回信说这个典故他当然知道，但是觉得不那么重要。但我觉得这个典故是非注意不可，要不然你就不了解这首诗。但欧文写得那么快，写了那么多东西，他有十几本书，他可能都没有时间注意到这些问题。除了柳无忌、罗郁正，我还有一个从奥地利来的老师，他是研究寓言的，还有很多古老的西洋的东西，所以他对寓言和典故特别有兴趣。比如《江汉》的最后一句话，这个很重要，确定是一个典故，欧文没有兴趣，他看了一首诗，然后就写他自己脑子里觉得怎么样的，他有时候也做翻译，但翻译出来的是一首欧文的诗，不是杜甫的诗。但是这个人比我聪明多了，所以我不敢说很多批评的话。

李贵：

我觉得陈引驰老师刚才提的那个角度倒是很好，就是按照传奇的体例来说，诗和小说是并行的，是有些关联的，所以假设《李娃传》和《李娃行》这两个有关系的话，不会是诗这个样子而传那个样子，除了从历史角度揪这个问题，还该从文体的角度来看。这个可能是我们在研究《李娃传》和其他传奇时要注意的。

学生：

问一个和这个传奇没关系的问题：我是个研究道教的学生，曾经有一次看到一个西方研究道教的学者在他的序中写，他研究道教处在一个很尴尬的地位，道教在他那里是个很冷的专业，我就联想到现在在国外做中国文学的学者是处于一个什么样的地位？是不是像研究道教在研究整个中国的圈子里是冷门一样，研究中国文学在美国整个学界也是冷门？

倪豪士：

我认为西方道教的研究主要在法国。法国人喜欢说他们是西方最好的汉学家，但 1945 以前这是没错的，这之后就不一定了，尤其在道教研究领域。我对中国的道教及道教文献不熟悉，但在美国，这个领域是一小撮力量，他们跟文学的关系不大。可能有一个例外的人，就是 Paul Kroll，他研究李白诗中道教的内容和典故，但是多半的研究道教的人，真的研究如《真诰》这样“专门”道教的东西的人，他们不看唐代文学和道教有什么互相的影响。

陈引驰：

倪教授大概讲了一下美国道教研究的情况，很多学者实际上是受法国的影响，法国有很好的研究道教的传统，他不太了解中国道教研究的状况，但在美国那个属于“小派”。

倪豪士:

就是个独立的派。

陈引驰:

倪教授就是说他们的研究跟文学并没有特别的关系,他提到的 Paul Kroll,现在在科罗拉多大学,他研究唐代文学,研究李白,曾讨论到李白跟道教的关系。

倪豪士:

在美国做中国古典文学的学生大部分都是中国人。我在德国留学,那时就有个转变,对柳宗元有兴趣。那个时候很多外国人对中国古典文学有兴趣,但是越来越少,现在真正的外国人多半是对现代文学或者历史感兴趣,学中国古典文学的大多都是从中国大陆和台湾来的,以后新的老师可能也都是中国人,现在我有十个研究生,99%都算是中国人。这个我觉得不好,我想一个比较平衡的情况是五个外国人和五个中国人一起学中国古典文学,这是最好的。我们有很多中国来的研究生是讲我们到美国去教外国人什么是中国古典文学,但是美国人对于中国古典文学一点兴趣都没有,我不知道为什么。你问他们《红楼梦》是什么,他们大部分知识分子在教授们都不知道,杜甫他们也不知道,你说杜甫,他们说"OH,toufu(豆腐)"。这是一个很大的问题,但我们一直到现在都没有办法解决这个问题。我们这两个国家以后交流的机会会很多,我想如果有中国人在那边生活过一段时间,会影响到美国人对中国古典文学产生兴趣。

陈引驰:

倪教授今天做了一个非常有启发性的的报告,所以我们陈尚君教授说他会继续地做研究。

倪豪士：

关于这个问题我已经想了很多，但是今天晚上真的是给我提供了意见，对我来说是个很好的机会。

陈引驰：

细读文本是非常重要的，我们有时候可能读得非常粗略，这样的问题如果不是倪教授结合《李娃传》作品文本，结合史书的记载和相关文献来做分析的话，可能我们不会特别地意识到这些需要去讨论的问题。我想，结论如何，我们可以继续讨论，但这些从方法上来讲都是很有启发性的，是必须的。谢谢倪教授，今天我们就到这里。

求异还是趋同:谈比较文学研究的一个问题

主讲人:张隆溪

主持人:葛兆光

张隆溪

北京大学硕士，美国哈佛大学博士，现任香港城市大学比较文学与翻译讲座教授，瑞典皇家人文、历史及考古学院外籍院士。主要从事中西比较文学及跨文化研究。主要著作有《二十世纪西方文论述评》(北京三联，1986)；*The Tao and the Logos*：*Literary Hermeneutics*，*East and West* (Duke UP，1992，中译《道与逻各斯》，获美国亚洲研究学会列文森书奖之荣誉奖)；*Mighty Opposites*：*From Dichotomies to Differences in the Comparative Study of China* (Stanford UP，1998)；《走出文化的封闭圈》(北京三联，2004)；*Allegoresis*：*Reading Canonical Literature East and West* (Cornell UP，2005)；《中西文化研究十论》(复旦，2005)；*Unexpected Affinities*：*Reading across Culture* (Toronto，2007)；以及《比较文学研究入门》(复旦，2009)等。

葛兆光　复旦大学文史研究院院长、历史系教授，研究领域为中国宗教、思想和文化史。

葛兆光：

各位，今天的文史讲堂请到张隆溪教授给我们做一个关于比较研究的讲座，题目是"求异还是趋同"。在此之前，我要先介绍一下张隆溪教授。张隆溪教授是文革后第一批考到北京大学的研究生，研究生毕业后留在北大工作，之后很快去了哈佛大学。他在哈佛大学比较文学系获得博士学位，博士毕业后在加州大学河滨校区担任教授。在美任教近十年后，他又回到了香港，现在在香港城市大学担任比较文学与翻译讲座教授。最近他又荣获瑞典皇家人文、历史和考古学院的外籍院士称号。这个称号在中国先后由冯至先生和夏鼐先生获得，张隆溪教授是第三位；前两位先生已经去世，所以张隆溪教授是现在唯一还健在的外籍院士。（众笑）

这次张隆溪教授来上海是参加我们的"研究生入门手册"的发行仪式，张教授为我们写了丛书中的第一种，即《比较文学研究入门》。这本书包含了他对比较文学研究多年的心得，其中就包括类似今天"求异还是趋同"这样的题目。我想张教授关于求异还是趋同的看法其实和我是一致的，只是我比较爱求异，他比较爱趋同。但是，今天张教授会跟大家说明，无论求异还是趋同，本质上还是一个共同的问题，而且它并不构成一个真正的障碍。现在就有请张教授。（掌声）

张隆溪：

非常感谢葛兆光先生的介绍，我跟葛兆光教授是老朋友了，我们在北大时就认识。我是1983年离开北京去美国的，时隔10年之后的1993年才第一次回到北京。我过海关时，海关的人就说：怎么十年都没有回来？我说：这不就回来了么？那一次是去北大开会，当时葛兆光教授在清华，清华刚刚成立文学院，要把当年清华辉煌的国学院的历史恢复起来。当时葛教授还请我到清华去，交谈得非常愉快。人文学科的发展不是一天两天的事情，后来清华当然发展得很快，但是也有不少问题。葛兆光教授现在来到了复旦，在复旦建立了文史研究院，复旦大学也非常支持。短短两年的时间里，做了许多的事情，在国内、国际已经取得了相当的声望。这一次我也很高兴来到复旦，随着兆光来到复旦，我也已经来了好几次了。昨天来参加新书发布会，今天则很高兴来做这个演讲。讲的题目是"求异还是趋同"的问题，我的演讲有一个提纲，我希望讲一部分，然后多和大家做一些讨论。

比较研究中，"求异还是趋同"是一个非常重要的问题。当然，天下的事情不是同就是异，同和异是世界上普遍存在的问题。不少人都曾问过我：比较文学究竟应该重视文化、文学之间相同的地方还是差异呢？我想异和同的问题，不管中国古代也好，西方也好，都曾经讨论过了。孟子是讲人性具有普遍性的，他是比较趋同的，他认为天下的人性都是一样的，大家从口味到审美趣味都是相同的。所以他说"口之于味也，有同耆焉；耳之于声也，有同听焉；目之于色也，有同美焉"(《孟子·告子上》)。但另一方面，人们也认识到杂多与统一的关系，认为不同成分调和起来，才构成事物和谐之美。《易·系辞下》说："物相杂，故曰文。"《国语·郑语》说："和实生物，同则不继。……是以和五味以调口，刚四支以卫体，和六律以聪耳，……声一无听，物一无文，味一无果，物一不讲。"意思是说很多东西放在一起的时候才会产生一种和谐，这当中就包含了"物相杂，故曰文"这种意思。这两种说法并不互相矛盾，而是强调的方面不同，两者相辅相成。

在这一点上，西方人的认识和中国古人有许多相近之处。希腊哲学家赫拉克利特(Heraclitus)说:“相反者相成;最美的和谐(harmonia)乃由相悖的事物构成,一切都在争斗中达于一致。”西方的哲学家都在追求一种同,就是世界和宇宙归根到底是由哪一种元素构成的?希腊第一个哲学家泰勒斯(Thales)说:世界是由水构成的,水是产生万物最根本的东西。天下万物毁灭之后也要归于水。赫拉克利特认为火是最基本的元素。所以希腊古人追求的是同一个元素。可是赫拉克利特也说火是变化的,事物是变化的。这种杂多与统一的辩证关系,在西方美学中是一个重要原则,同时也很接近中国古人所谓“物相杂,故曰文”的思想。由此可见,差异与契合,事物的独特性与普遍性,本来是相反相成。在比较研究中,不应该偏于一面而忽略另一面。所以脱离具体的情境,抽象地说应该趋同还是应该求异,是没有意义的假问题。

当然就文学艺术而言,从具体作品和具体细节来说,应该强调它的多元化。中国先秦时期百家争鸣、百花齐放,是非常有活力的时代。当时有不同的学派,不同的思想,所以就构成了中国思想的丰富性。秦始皇焚书坑儒是要强调思想的统一,可是他并没有成功,还背负了万世的骂名。所以我觉得要强求思想的统一是不可能的事情。秦始皇要焚的书都遗留下来,形成了后来的今文、古文之争,而他想要保留下来的书却都不可见了。在中国文革的时候,有一段时间强调统一思想、统一行动,这实际上也是不可能做到的。文学、艺术是要强调自己独立特性的。

王安石是一个很有成就的思想家和文学家,文章和诗都写得很漂亮。当他拥有很大权力的时候,写了《字说》和《三经新义》,作为取士的标准,希望天下的文章都跟他写得一样,就引起了苏东坡的反感。东坡批评说:“王氏之文未必不善也,而患在于好使人同己。”他首先承认王安石的文章并不是不好,可是天下文章都以王氏之文为楷模,千篇一律,异口同声,就失去了文学应有的丰富多样。所以苏东坡说:“地之美者,同于生物,不同于所生。惟荒瘠斥卤之地,弥望皆黄茅白苇,此则王氏之同也。”他反对的就是强求思想和文字的统一。有些研究的意义在于界定某一事物的特点,所以需要注重这一事物区别于其他事物的独特性和差异，所以求异自有其价值。从文学作品的细节来说，每一首诗、每一部小说都是独特的，都不同于其他的诗或小说，差异显得非常重要。然而独特并不是完全不同于其他作品，独特到不可与其他任何作品比较的绝对程度，把独特性夸张到绝对的地步就有问题了。诗人和小说家运用的是平常的语言，这种语言和科学还不一样，科学为了要追求一种精确，任何概念不能有任何的含混，所以要规定一些特殊的符号，比如化学元素各有不同的表示符号。科学的符号语言区别于平常的语言。当然符号语言并不就是完全精确到没有疑义，这在科学史上也有很多争论。总之，自然科学的语言强调标准化，这些都是为了避免含混，而文学创作运用的是我们平常的自然语言，它的独特性并不是表现在运用完全没有人能看懂的新造语言上，完全新造的语言就没人能读懂了。所以文学作品虽然有独特性，但是作品与作品之间有许多共通点，其实文学语言与普通语言之间也有许多共通点。因此尽管文学作品是独特的，它也可以有共同的方面，比如体现某种文类、体裁的共同特点，体现某种文学传统的共同特点，所以从此意义而言，同和异也是相辅相成的。

不过，当我们说到比较文学，尤其是中西的比较文学，我们在这个意义上把文学看作不同的传统、不同的语言文化传统的时候，我们所问的求同还是求异这个问题，往往指的是文学传统之间是否有共同点、是否有可比性的问题。那么这个问题就比较具体了，不是我们一般抽象的求同还是求异的问题。钱钟书先生在《谈艺录》序里借明末以来中国知识分子常用的说法，明确肯定了“东海西海，心理攸同；南学北学，道术未裂”，也就肯定了中西文学和文化之间有相同或相近之处，有可比性。然而，在中国和西方都有不少人强调文化传统独特无“比”，尤其认为中西文化之间有根本性质的差异，没有可比性。文化传统之间当然有差异，中国和欧美在语言、文化、历史、社会和政治制度等很多方面都不同，这是显而易见的事实。没有人能够抹煞这样的事实，宣称中西之间一切相同而没有差异。但强调中西文学和文化传统有根本差异的人，往往不是停留在这类具体的差异上，而是强调中国人和西方人之间在思想方法和思维模式上有根本差异,而所谓根本差异是说互相之间毫无共同点,也就没有跨文化理解的可能。

很多西方学者都有这种看法,而这种看法是由来已久的。最早来到中国的西方人是13世纪的马可·波罗,他来到元代的中国,但当时他并不具备非常高的文化修养,他跟父亲和叔父到中国经商,而且他到的是忽必烈在北京的宫廷,交往的都是蒙古人和色目人,大概很少有机会真正与汉人接触,很少有机会能真正了解中国的文化。所以后来有很多人怀疑马可·波罗是不是真的来过中国,因为他的游记中既没有提到中国的儒家,也没有提到中国人喝茶,没有提到中国人吃饭用筷子或是中国女人裹小脚,没有提到中国的长城,等等。没有提到这一切当然也是可以理解的,我们现在看到的长城都是明代建造的长城了;我想主要是因为马可·波罗没有机会接触到汉族的文化,所以他不知道汉字、儒家,不知道中国的风俗习惯。真正在文化上有中西交往的是16世纪的利玛窦,他是耶稣会传教士,来到中国的目的当然是希望把中国变成基督教国家。16世纪的欧洲刚刚经历了文艺复兴,基督教在美洲的传教也运用了相当激烈的手段。欧洲人认为美洲是蛮荒之地,因此他们强迫印第安人信仰基督教。可是利玛窦来到中国,发现中国的情形与美洲不同,中国有这么多人,这么发达的社会制度,明代的中国绝对不是我们后来见到的中国,明代的中国在社会经济,甚至科技上并不亚于当时的欧洲。因此利玛窦采取的适应策略是尽量把儒家思想和基督教思想融合起来。他说中国其实早就有了自然宗教,已经非常有可能接受基督教,所以他用中文来写《天主实义》,还要从中国人自己的古代典籍中找出神、天、天主这样的观念来翻译基督教的观念。这其实就是两个文化在接触之初,采取互相调和、适应的策略。当然他有自己传教的目的,不过在当时讲这套东西,实际上表明他认识到了中国文化的传统。

当时有个西班牙人向西班牙国王提出建议,希望葡萄牙人和西班牙人联合派兵征服中国。还有一个在菲律宾传教的耶稣会教士,他曾经向西班牙国王上书说,我们应该到中国去传教,传教就要有军队作为后盾。而利玛窦在这时写过一篇文章，叫《交友论》，在这个历史环境下看，他的思想观念与当时许多欧洲人的思想观念是很不一样的。可是利玛窦死后不久，在梵蒂冈内部就产生了反对利玛窦的思想，尤其是各个不同派别之间的竞争。他们批评利玛窦的适应策略，认为中国毕竟是个异教国家，中国人根本就是异教徒，中国人没有办法接受基督教。当时产生的争论主要有两个：中国人信奉基督教之后，还能不能去祭祖；在他们看来祭祖是一种宗教行为，与基督教是冲突的，因为基督教信奉的是上帝，除祭拜上帝之外，其他都是偶像崇拜。另外一个问题是术语的问题，中国的语言有没有可能阐发基督教的真理？这种所谓中国礼仪之争的结果是教皇在16世纪两次发出谕令，禁止中国教徒祭祖祭孔，禁止在中国传教时，使用上帝、天、神等中文字眼，因为这样的字眼根本无法传达基督教对神的观念。只能用“杜斯”来称呼神，其实就是拉丁文的Deus。我们可以很清楚地看到，站在基督教纯粹派的立场上，他们就强调文化之间的差异，认为基督教作为一种精神文化和中国的儒家文化是绝对不可融和的。西方的传教士后来就成为汉学的开端，研究中国最早是从传教士开始的，现代汉学争论的问题其实都跟礼仪之争以来的问题有关系。当然我们都很熟悉16世纪到18世纪，西方有一个世俗化的过程，当时耶稣会传教士对中国文化的介绍，尤其是中国没有一个像西方教会这样的强大机构，却得到较好的管理。这点符合当时启蒙思想家关于世俗社会的观念，所以伏尔泰对中国、对孔子那么崇拜，他说孔子是非常伟大的思想家，中国没有宗教，没有教会，可是中国的道德制度、社会制度非常完善。对当时的欧洲知识分子而言，有两点是非常有吸引力的，一是认为中国是世俗的国家，这是启蒙时代的思想家非常想做的事情，即政教分离，当时的启蒙思想家认为中国已经做到了这点，即没有宗教的管理；另一点是中国的科举考试制度，因为在他们看来，这种制度使得人具有社会流动性，社会地位可以变动。在当时欧洲还是讲血缘和血统的，贵族是世代相传的，而中国却无论什么出身，只要考上科举就可以做官，这对欧洲知识分子有很大的吸引力。日后欧洲的文官制度，从很大程度上说，是从中国的传统中获得了很多的启发。可是19世纪到20世纪初,欧洲向外殖民扩张,他们自认为欧洲文明高于其他文明,这样一种种族主义思想起来之后,他们就非常强调自己与其他民族之间的不同,尤其是与东方民族。

所以20世纪中西方的对立观念实际上可以追溯到利玛窦那个时代。西方在讲到东方的时候,往往将文化之间的差异绝对化,往往将文化间的差异归结为思维方式之间的差异。当然不光是西方学者这么看,不少中国学者也是这么看的,比如我经常听到的一种说法是:中国人是综合思维模式,西方人是分析思维模式;中国人重集体,西方人重个人;中国人爱护自然,与自然形成和谐的关系,西方人则用科学和工具理性征服自然,造成自然环境的污染和破坏。记得有一次在台北讲演,讲完后讨论提问时,听众当中就有一位说:中国人讲天人合一,西方人讲人定胜天,二者根本不同。可是"人定胜天"并不是西方人讲的,而是中国古人提出来的思想。这句话的意思也不是说人可以战胜天,或者人可以征服自然,而是说天时、地利、人和这三者中,人的因素在一定情形下可以超越天时地利环境条件的局限。所以"人定胜天"与"天人合一"并不绝然矛盾,讲的都是人和自然环境之间的互动关系。以为西方人对自然只是一味利用和榨取,那是简单化和带有狭隘民族主义情绪的偏见。其实在最近数十年里,正是西方社会和学界首先开始讨论环境污染和保护自然生态环境的问题。

另外,更重要的一点,那就是"天人合一"往往被误解为中国传统思想主张人与自然合一,人和自然形成和谐一体的关系,而且认为那是儒家思想的一个核心观念。中国古代固然有这样的思想,但那不是儒家,而是道家的主张,是陈寅恪先生所谓道家的"自然主义"。汉儒董仲舒讲的"天人合一"绝不是什么人与大自然合一,而是如葛兆光先生所说,是"把'天'作为人间秩序合理性的背景",作为"解释自然与历史的宇宙法则"。董仲舒在《春秋繁露》等著作里,提出以天人感应为基础的、系统的宇宙论和政治理论,在社会地位和政治权力上都分出严格的等级秩序,并在中国历史和文化中产生了深远影响。按照董仲舒的阐述,天是至高无上的权威,是社会政治权力的最终来源,为人间的政治权威提供神圣的合理性依据。在这个理论系统里,权力的运作是井然有序的,而这种秩序以儒家典型的论证方式,把家庭人伦关系作为政治理论道德上的基础。董仲舒说:“天子受命于天,诸侯受命于天子,子受命于父,臣妾受命于君,妻受命于夫。诸所受命者,其尊皆天也,虽谓受命于天亦可。”可见董仲舒讲“天人合一”的目的,首先是要建立一种大一统的政治和道德权威的理论,有一套严格的等级秩序。在这个理论框架里,天子受命于天,也就是君权神授,君主是代天行使统治权力,而天子与臣民之间的主从关系又重复出现在家庭和社会的每个等级层面上。

董仲舒把天人格化,使自然与人显出各种对应的关系。他说:“天以终岁之数成人之身。故小节三百六十六,副日数也;大节十二分,副月数也;内有五脏,副五行数也;外有四肢,副四时数也。”甚至人眼目的开合也可对应于昼夜的变化,鼻口的呼吸可对应于风气的流动,喜怒哀乐可对应于四季循环和阴阳刚柔。在这一系列对应中,天变为具人形的神,人也变为一个小的宇宙。所以董仲舒说:“身犹天也。”由于天和人如此一一对应,就可以由观察具体有形来理解抽象无形的天意和天道,这就可以说明为什么古人认为观测天象、记录灾异是那么重要。既然天象可以显示天意,灾异是上天警示人的迹象和征兆,那就只有通过正确解读自然现象的符号,人才可能见微知著,了解天意。董仲舒说,“凡灾异之本,尽生于国家之失”,所以灾异是上天给人的警告,治国者必须善于由“灾异以见天意”。懂得观测天象又能对之做出解释、向帝王提出建议者,当然就是有知识有学问的儒者,于是董仲舒这套“天人合一”论,也就为确立儒生在政权中的重要地位,奠定了稳固的基础。

天上日月星辰发生的变化与人世相关,而且可以影响人世,这的确是中国古已有之的观念,可是这一观念,或我们现在称之为星象学或占星术,却绝非中国所独有。以观测天体星象来了解上天的意志,在几乎所有古代文明里都是一件大事。“神给我们视力,其目的是让我们得以观察天意的行动,并将之运用于近于天意的人意之举动。”这听起来和董仲舒的意思很接近,但说这话的却是柏拉图。我们现在用的两个词 astrology 和 astronomy,前者指星象学,用现代科学观点来看是迷信,认为上天与人世有直接的关系;后者指天象本身的变化,然后来解释与预测。这两个词古希腊就已经有了,所以托勒密的文章中就已经提到了这两个词,在当时这两个词只是观测天象时的不同运用,后者解释其本身的运行,我们现在称之为天文学,前者将天体运行与人世相联系,两者在当时是完全不矛盾的。英国学者罗界(Geoffrey Lloyd)教授考察了古代美索不达米亚、中国和希腊对天象的观测,发现在这三种文明里,都有这样一个共同信念,即"上天发出与人的命运相关的信息,不是决定他们的命运,而是作为警告,引起明智的人注意。"这和董仲舒所论完全一致,因为他说:"国家之失乃始萌芽,而天出灾害以谴告之;谴告之,而不知变,乃见怪异以惊骇之;惊骇之,尚不知畏恐,其殃咎乃至。"可见在古代希腊和中国,都有以灾异为上天谴告的观念。这令人惊讶的相似使我们不能不意识到,天体与人体的对应、自然与人世的对应,即所谓"天人感应"或"天人合一",都不是只在中国才有,而是在西方从古代到中古、直到18世纪甚至之后,都可以找到的。西方一些研究思想史和文学批评的名著,如亚瑟·罗夫乔伊(Arthur Lovejoy)著《万物之链》(*The Great Chain of Being*)和蒂里亚德(E. M. W. Tillyard)著《伊丽莎白时代的世界图象》(*The Elizabethan World Picture*),都曾详细讨论过把自然和人世视为一个井然有序、等级分明、相互感应的世界这种"综合性"的世界观。也许相对而言,西方"万物之链"的观念有更系统的宗教意义,但在中西文化中,天与人、大宇宙(macrocosm)与小宇宙(microcosm)之间的相互感应就把世间万物都彼此联系起来,为跨文化的比较研究提供了丰富的机会。

举一个西方文学中著名的例子,莎士比亚的悲剧《李尔王》第三幕第一场,李尔把王位交给两个大女儿掌管之后备受冷落,由愤怒而变为疯狂,在疾风暴雨之夜冲向一片荒野。忠诚的肯特伯爵到荒原上来寻找国王,碰见李尔的一个侍臣,侍臣告诉肯特说,李尔正在荒原上"与暴怒的大自然竞争",并且说他"Strives in his little world of man to outscorn / The to-and-fro-conflicting wind and rain.” 这里的“little world of man”是拉丁文 microcosm 的翻译，即“小宇宙”，这句话的意思是说李尔“在他人的小宇宙中的风暴，更胜过天地间那彼此冲突的风雨”，小宇宙和大宇宙互相对应，大自然中那场狂风暴雨不过是人内心情感风暴的反映。所以，蒂里亚德在讨论莎士比亚的专著中认为“对应”(correspondence)是很重要的。而对于这段文字的中文翻译往往会出现错误，比如朱生豪先生的翻译，我绝对不是批评朱先生，他对于莎士比亚悲剧的翻译非常漂亮。朱生豪先生翻译莎士比亚是在抗战时期，非常艰难，能够在那个时候翻得这么好非常不容易了。但是，在这一点上，他的翻译的确是有错误的，他译为：“在他渺小的自身之内”。“渺小”与 little 是有差别的，little 是小，可绝不是渺小。而上下文中说的是小宇宙，外在的自然风雨是内心小宇宙的反映，译为渺小之后似乎人成为非常渺小的东西了，这就有些歪曲原意了。所以，我认为翻译不仅是从一种语言到另一种语言，一定得在文化的背景上有很深的了解，不然的话难以准确地翻译。这使我想起英国 19 世纪有名的散文家兰姆(Charles Lamb)写过一篇看似很荒谬的文字，专论莎士比亚悲剧，他说莎士比亚悲剧是不应该在舞台上演的，他举的例子就是《李尔王》。在剧本中，李尔是一个英雄人物，但是舞台上那个拿着拐杖走来走去的小老头，哪里是莎士比亚悲剧要传达的东西呢？当然他的判断有些荒谬，但是我们可以想见读莎士比亚剧本时，读者是可以想像当时的文化、宗教背景的，有很多关于历史政治的很深刻的东西，可能这些我们在观看舞台表演时，反而不能体会很深。这点说明在西方，在莎士比亚作品中，天人之间的对应是相当重要的。

李尔王作为悲剧人物处于中心地位，大自然好像只是反映他内心的情感。这是否表明西方文学是以人为中心，而中国的“天人合一”却是人和自然完全平等呢？我们看董仲舒是怎么说的，他赞美人高于其他动物，感叹说：“观人之体，一何高物之甚，而类于天也！”接下去他解释说，其他生物都“旁折取天之阴阳以生活”，与人相比，“取天地者少”，所以一切动物“莫不伏从旁折天地而行，人独题直立端尚，正正当之。”换言之，其他动物都在地上爬行,只有人才头接近于天,直立行走,所以他明确肯定说,人乃“超然万物之上,而最为天下贵”。由此可见,以为西方是以人为中心,中国则以人与自然合一,那是一个简单化的看法,并不符合中西历史和文化传统的实际。

美国研究中国历史的学者史景迁(Jonathan Spence)曾经说,法国人似乎特别喜欢把西方之外的文化想象为与西方不同,具有异国情调。这当然不只法国人如此,美国人和西方其他学者当中,也有不少人是如此。不过在法国学者中,确实有不少人把中西文学和文化绝对对立起来。例如谢和耐(Jacques Gernet)讨论基督教在中国传教之所以不成功,就认为归根结底原因在于中国人的思维模式与西方人根本不同。他认为,传教士在中国遇到的一切困难最终都可以归结到一个根本的差异,“这不仅是不同知识传统的差异,而且更是不同思想范畴和思维模式的差异。”他认为中国人没有抽象思维的能力,中国语言没有系统的语法范畴。他说:“在全世界所有的语言里,中国语言格外特别,既没有按照词法来加以系统区分的语法范畴,也没有任何东西来把动词区别于形容词,把副词区别于补语,把主语区别于定语。此外,中文里没有一个字可以表达‘存在’的意思,没有任何词汇可以传达存有或本质的概念,而这在希腊文里用名词 ousia 或中性的 to on 就表达得很清楚。因此,存在的概念,那种超越现象而永恒不变的实在意义上的存在,也许在中国人就是比较难以构想的。”这里所下的判断并不是针对个别词语,而是对整个中文的性质和能力所下的断语,并且是由此对整个中国思维模式和中国人思维能力所下的断语。

当代法国一位颇有影响的学者于连(François Jullien)更可以代表这种将中西对立的观点。他写了不少书和文章,反复论说同一个基本看法,那就是在古代世界各文明中,只有中国文明和希腊文明没有接触,所以也就可以在与希腊的对比中,显出西方文明真正的特点。西方人要认识自己,就应该通过中国来反观希腊,由此认识西方真正的自我。由异己的文化来反观自己,这本来是无可厚非的,但于连预设了中国与希腊的不同,其论证的前提往往决定了他研究的结果,于是他在著作中几乎连篇累牍地论证一系列中西文化的对比，而这些对比往往引出极其简单化和绝对化的结论。例如希腊有哲学，中国只有注重实用的智慧，希腊有真理观念，中国人不讲真理，只注重实际方法，等等，不一而足。

于连曾经批评钱钟书先生的《管锥编》，说钱先生把什么都说成是"多多少少相同的"。然而他自己的著作千言万语，不过是说中国与西方截然不同，却没有像钱先生的著作那样以具体丰富的文本为证据，通过文字的例证来说服读者。我和于连先生曾经有过一些争论，文章已经收在复旦大学出版社出版的《中西文化研究十论》里，这里就不再多说了。总之我想说的是，求异和趋同本身并不是研究中的真问题，比较研究必须注重具体问题和具体的论证前提，以此决定在具体情形下，同与异的意义和价值。"同"不等于完全没有差异，"异"也不等于完全没有一点可以相通和可以比较之处。这就是比较研究的一个基础。

提问与回答

葛兆光：

现在我们把时间开放给大家，大家有什么问题，我们一起讨论。演讲是一个人面对公众，可是我们更希望互相交流。哪一位先来？

学生：

在文学理论或者电影理论方面，西方的理论占主导地位。但是我在看书的时候感觉到，我们中国的有一些学者和西方的看法是非常相似的，但是比较零碎，或者说零散化。我想问的是，您觉得这种现象是因为中国的学者在国际学术中不是那么有发言权，还是因为我们国内的学者缺乏与统治的意识形态作斗争的精神呢？

张隆溪:

我觉得,首先,一个国家学术的情形与一个国家总的情形是不能完全分开的。所以从这个意义上说,近百年来,确实西方不仅在政治经济上强势,在文化上也是强势的。所以西方的理论、观念、方法确实影响了非西方的世界,不光是中国,还有许多国家,包括印度、巴基斯坦等。非西方国家的学术界受到欧美,尤其是后来美国的影响。所以这跟一个国家的实力是有关系的。第二点,我觉得首先我们得承认现实西方的很多理论和观念都变得很有影响力。可是,如何去面对这个现实才是最重要的。我自己就非常反对机械地去搬用西方的理论,中国毕竟有自己深厚的文化传统,有自身学术的传承。你刚才说得有道理,就是中国人可能不是那么有系统性,缺乏大部头的理论著作。而且中国学者的影响力不够,所以很难产生很大的影响。但是接受现实不等于说要被它完全牵着走。对西方理论应该有兴趣去了解,我自己就非常喜欢看理论著作,在中国国内也算是比较早地介绍西方理论。83年的时候我每个月在《读书》上发表文章,都是讲西方文学理论的,后来出了一本书。但是我从一开始就有一个看法,就是不能完全跟着西方理论走。我非常反对用西方的理论来硬套中国的文本,比如用后殖民主义、女权主义、心理分析来过一遍《红楼梦》,我觉得这都是很没有出息的做法。我觉得应该从我们自己的文化传统中吸取营养。理论怎么做,这是理论探讨中很重要的问题。理论不应该是把一些现成的方法、观念、术语搬过来,这不是很好的办法,而是应该把它还原到要探讨的最基本的问题。拿文学理论来说,不外乎就是语言、语言的性质本身、语言的结构本身、语言的表现力,一个文本如何去解释,而语言、理解、解释、表现,这些问题都是理论的基本,它不但是现成的,而且是普遍的:中国有中国的语言,西方有西方的语言,中国有中国的语言表现和理解的问题,西方也一样。在西方理论影响力至上的局面之下,尤其需要独立思考,理论很重要的是对文学本身的思考。不能把西方人的看法作为绝对的真理,包括汉学家,他们对中国的研究有自己独立的角度、方法和观念,所以他们的有些讲法,我们看起来是非常新鲜的,对我们是有启发的。但不能因此就认为西方汉学家讲的都是真理,这是不对的。所以用批判的独立态度来看待西方理论是十分重要的。

学生:

张老师您好!比较研究是一种平行研究,我想比较先秦与古希腊,那么如何在比较研究中,选取一个比较的点?应该把侧重点放在哪里?

张隆溪:

所谓平行的比较就是不太注重时间的,因为平行比较注重的是思想观念的比较。先秦与希腊之所以可以比较,并不是因为它们刚好同时代,而是说先秦思想家产生的一些思想观点和古希腊的思想观念有可比之处。所以,平行比较关注的是在思想观念上,在文学主题上,在修辞手法的运用上,有可比较之处。它在时间上可以有很大的跨度。

学生:

如果我想在同一个时间段里选取比较对象的话,可不可以这样做?

张隆溪:

先秦和希腊从某个角度而言,是很可以这样做的。因为我们都很熟悉的德国哲学家雅思贝尔斯说过的"轴心时代"的观念,在公元前5世纪的时候,在世界的不同地方恰好出现了对后来不同传统有深刻影响的观念,这个时候在中国是先秦时代,在西方正好是希腊时代。但平行研究关注的不是时间的同时,很多情况下,相同的时空内并没有什么可以互相比较的东西。

学生:

我想问一个关于学科之间的问题。您理解的比较文学与比较教育学、比较哲学等许多学科,有什么不同点呢?从学科上说,您理解的比较文学之所以为比较文学,它的学科特性与其他比较学科相比,边界上有什么不同?超出了某种边界,还有没有比较文学?有没有这种边界?

张隆溪:

比较文学当然是以文学为中心,但是我所理解的文学不能够简单地看成是语言或者修辞手法的运用,当然审美是文学很重要的一部分;但是真正好的文学评论著作都不是仅仅停留在对文本字面的理解之上的,而是深入到当时的整个思想、文化和历史当中的。我刚才举例的《伊丽莎白时代的世界图像》是西方莎学界的重要著作,它是以文艺复兴到17世纪整个西方的思想观念、宗教哲学为背景的。它关注的是文学如何运用最优美的语言和最有力的方式表现当时大家都注重的一些大问题。所以,我认为一个文学作品要分析得好,分析得深刻,它所要求的知识准备不仅是一般的文学常识,而是整个思想观念和历史框架。比较文学当然是要以文学为中心的,现在有种趋势就是,文学理论越讲越远,变成政治研究、历史研究、人类学研究,文学都没有了。我觉得这是不对的。所以,有一个界限,这个界限不是只限制在文学文本本身,既要有一定的灵活性,也不能把比较文学抛开了去谈别的。

学生:

如果要用文学性来概括和区别界限的话,有没有一个比较同一性的认可?

张隆溪:

美国比较文学学会的十年报告中提出,要重新回到文学的文学性。因为现在美国的比较文学研究越来越走向文化研究,谈的都已经不是文学的问题,所以现在非常希望回到文学,转而重新提出文学性的问题。文学性当然是一个非常模糊的概念,究竟什么是文学性?雅各布森的意思是:一个文学作品或者文学语言之所以成为文学作品，靠的是文学性，他认为文学语言在运用当中，是以审美为主要目的。使用语言有很多目的，最基本的是一个通讯的目的，而文学作品讲的是语言自身的表现方式的问题，不光是给你信息，而是语言本身的优美，这是文学性的核心的东西。现在大家重新要去强调这个东西，把诗、词、戏曲、小说作为研究的核心，这就有一个体裁上的界限，但是我想无论如何定义，都不可能有一个死板的边界。

学生：

感谢您的精彩演讲，我的问题是：在研究实际问题的过程中，如何实现趋同与求异之间的转化？怎么确立一个规范？

张隆溪：

学术研究是一种对话，就是说，你做一篇论文就是针对前人或者其他人的研究提出问题，然后试图回答那个问题。在这个时候，求同还是求异就显示出它的合理性与必要性了。面对一个中西方差异的话题时，把其中的差异具体化、讲清楚是很重要的；但是针对那种将差异绝对化的情形，趋同就显得比较重要了。我在美国很多年，刚才兆光也说，我趋同的更多一些。趋同的原因是什么呢？就是因为西方的学界非常强调中西方的不同。我举一个例子，《道与逻各斯》最先是我在普林斯顿大学做的一个演讲，后来我把它发挥成了一本书。1983 年我刚去美国，就被邀请去普林斯顿做演讲，演讲题目是针对德里达的一本书，他认为逻各斯中心主义是只有西方才有的东西，而中国、日本的文明是绝对与西方不一样的。我当然对他有些批评，后来他在耶鲁演讲，我就从哈佛驱车前往，把我的手稿给他看了。我们讨论了两个多小时，非常激烈。讨论的最后，他问我：你觉得道家的思想与逻各斯中心主义是一样的吗？我就说，你既然说的是 Taoism and logocentrism，用的是 and——英文中表示并列的连词，就说明前提就是 A 和 B 是不一样的两样东西。所以逻各斯中心主义与道家思想当然是不一样的东西，可是你看看逻各斯中心主义思想中的内容,说的是思想的东西一旦转化为口头语言就会失去许多东西,把口头语言再转化为书写的文字又会失去许多东西,这与老子的"道可道,非常道;名可名,非常名"是一个意思,那意思同"书不尽言,言不尽意"都很相近啊。所以当强调东西方绝对不一致的时候,针对这种语境,我试图强调相同的东西;但如果一个和你同样有影响的人说中国和西方完全没有区别,那我也许就会采取不同立场,要指出东西方有许多东西是很不相同的。因此,同与异都是针对绝对化的语境时说的。我们好多人都认为钱钟书先生是讲相同的,其实钱先生很多地方都讲差异:"貌同而心异"。你看他写的《诗可以怨》,他的主题是说悲哀产生好的诗歌,中国有句话说"不平则鸣",钱先生指出韩愈《送孟东野序》里的"不平则鸣"其实并不是这个意思,韩愈所说的"不平则鸣"与"诗可以怨"还不完全是一个意思;韩愈在《荆潭唱和诗序》里说"穷苦之言易好也",这才是"诗可以怨"的意思。同样由韩愈讲出来的两句话,我们以为是一个意思,其实不然,所以钱先生细致的分析常常向我们揭示"貌同而心异"的道理。学术研究就像一个对话,细致地分析别人说了什么话,然后再去回应。换言之,还是刚才那句话:抽象地来讲求同还是求异是没有什么意义的,只有针对一个具体的环境来讨论问题的时候才有意义。

学生:

我刚才想问的问题,您已经回答了一部分。我就是想问一个关于钱钟书先生的问题,钱先生从来不承认自己做的是比较文学,他在他的一系列著作中最常用的一个词就是"貌同而心异"或者"貌异心同"。他更多致力于"貌异而心同",是不是可以这么理解,钱先生的最终目的是求同,是通过求异来发现真正的同?

张隆溪:

我觉得可以这么说。因为《管锥编》也好,《谈艺录》也罢,都是引用了很多具体文本的细节。这些文本其实是很不相同的,他用了很多中国古典的文本,也用了意大利文、英文、法文、德文、西班牙文、拉丁文等等,这些文本从语言的角度来说,都是很不相同的,但是正如你所说,他可以通过这些不同的文本找出具体的字句,而这些字句都可以说明相同的问题,因此是从异中求同。当然钱先生否认自己是搞比较文学的,我觉得这个很有意思,因为钱先生不屑于那种把不同的东西牵强比附在一起的比较文学。而且还有一个更实际的原因,钱先生的著作内容是包罗万象的,所以按照现代学科分类的观点来看,也非常困难,哲学类、心理学类、文学类、语言学类,究竟属于哪一类呢?我觉得这就是学问。于连曾经批评钱钟书把各种东西多多少少都说得相同,可是能通过跨语言的各种不同文本分析出相同之处,这才是真正的学问。

学生:

比较本身似乎应该成为人文学科的存在方式,所以我想比较本身好像并不是给我们简单地提供一个异还是同的结论,而是给我们提供了一种视域,让我们在接触到各种语言、各种文本的时候,在这种视域之下进行分析。所以,我想听听您关于比较的类似形而上的看法?

张隆溪:

昨天是我们新书的发布会,我写的那本书叫做《比较文学研究入门》,我书的第一章就是"何谓比较文学"。我第一句话就说:比较不是比较文学的特点,比较是一种研究方法,是一种普遍的研究方法,甚至将它追到最基本的意义上,用你的话来说,比较是定义任何存在的一种必须手段。荷兰哲学家斯宾诺莎说过一句话:所有的决定都是否定。换句话说,当定义一个东西时,不是那个东西本身能够被定义,它必须区别于其他东西才能够被定义。所以将比较认为是比较文学的独特方法论是对比较文学的误解。索绪尔的语言学认为语言就是差异的系统,正是词与词间的区别才能够定义词语的意思。再具体说比较文学的历史,自从19世纪达尔文的进化论开始,就产生了比较动物学、比较解剖学,希望把本来毫不相关的动物放在一起研究,寻找不同动物进化中的环节,比较文学正是受了这样的启发才产生的。当然比较文学也受到比较语言学的影响,印欧语正是这样一个理论概念,世界上并没有一种叫做印欧语的语言,是人们通过比较后发现梵文与欧洲语言之间在早期可能存在着某种关联。所以比较绝对不是比较文学所独有的,而比较文学之所以是比较文学,是因为它超出单一的民族文学,涉及不同的语言、不同的传统。比较李白与杜甫孰优孰劣、唐诗宋词的婉约与豪放是比较,但不是比较文学。所以,比较文学首先强调外语,一定要不同语言才叫比较文学。

学生:

我想问一个关于求同的方法的问题。我曾经拜读过您的《道与逻各斯》以及《同工异曲》,我想问一下这个"同"是同源性的"同"还是同工性的"同",究竟是有相同的来源,还是一种文化发展中的巧合?

张隆溪:

我觉得两种都有。有的确实是同一个来源,比如阿拉伯诗中有一种结构叫做"鲁拜",我最近碰到一个土耳其的学者,他告诉我,现在中亚的学术界中基本已经形成一种共识,就是承认古代波斯文学中的"鲁拜"这种形式是受中国唐代绝句的影响。还有一种同,可能就是一种巧合,这种巧合就是互相之间并没有影响,比如佛家的经典中经常有以手指月的表述,意思是手指只是指示月亮的凭借,月亮才是真正佛法,因此不要纠缠于手指这个凭借上,这是禅宗的比喻;可是奥古斯丁在他的《基督教教义》的一开头就说,看星星月亮时不要老看着我的手指。我想这两种比喻是个巧合,或许因为两者都是宗教的文本,宗教强调的是精神的理解,跟文字是有区别的,所以两者都强调文字是指引人去理解精神意义的表面的东西,不要停留在文字之上。

学生：

张教授今天您的演讲主题用的是：趋同还是求异，也就是 or，似乎这两个东西是如此的不同，似乎 there's no way in between，让我觉得是不是您对这二者有一个价值判断呢？您刚才说的相对真理，以人的感知为标杆，为什么人希望许多东西相同，比如度量衡，比如货币；而有些东西，人们又希望他们不同，比如不同民族的风俗文化。如果说人对同与异的感知因为事物的不同而不同，那么是不是比较文学在其研究起点上，就有一个可疑的动机，或者说探究文学的同与异有没有预设的目的？

张隆溪：

其实我刚才说的与你所言的是非常符合的。有的时候我们非常需要同，可是文化、文学方面我们又需要不同，或者说多元，所以同和异都有其存在的价值。所以我今天要说的是，抽象地说比较文学的同还是异的问题，是没有意义的。至于我今天的题目，用 or，其实是因为很多研究比较文学的人都经常碰到这个问题，很多就问我，所以我今天试图对这个问题做出回答。

学生：

那您的回答是什么？

张隆溪：

我的回答是，我认为这是一个虚假的问题，抽象地回答异或同都是没有意义的，在不同的环境下有不同的分析；而且同与异都是程度上的区别，不是绝对的，因此我反对的不是差异，而是把差异夸大到绝对的程度。

葛兆光：

我开始时说我比较趋向于求异，而张教授比较趋向于求同，到现在似乎不需要有什么区别了。其实在中国文化自己的资源中，有讲同的，也有讲异的。《礼记·王制》中说五方之民的本性都是不变的,那就是说差异都是很大的;发展到后来西晋《徙戎论》的“非我族类,其心必异”,就绝对是不同了;可是陆王心学所说的“东海西海,心同理同”,又是在说同。我想我说异比较多,可能是因为脑子里总有《庄子·天下》中的话:“道术将为天下裂。”庄子那会儿还是“将为”,我们现在是“已为”。我非常同意张教授的话,所有的症结都在于太过绝对化了,如果把问题极端化就很麻烦了;还有一点是刚才张教授强调的,在不同的环境、不同的意图中,才要强调你是要求同还是要求异。我有时有个不太恰当的想法,我觉得张教授较多地受到西方的训练,且早年读书时受钱钟书先生影响颇深,所以更希望寻求不同文化中彼此越界的相同处;而我学了比较多的历史,长期受国内的学术训练,所以较多着眼于在相同相似中寻求不同。但是我们两人共同的特点就是不会将问题推向绝对化,所以我们现在还能做朋友。(笑)今天非常感谢张隆溪教授,也谢谢各位!(掌声)